EINS

Der schwarze Mann fiel vom Himmel.
Zwischen den Sonnenstrahlen flog er nach unten. Unbemerkt.
Acht Sekunden lang war die Welt noch in Ordnung. Klaus Rembrand und seine Geliebte saßen unbeschwert in ihren Liegestühlen, sie konnten noch nicht sehen, was auf sie zukam. Ahnten nicht, dass ihr Untergang unmittelbar bevorstand. Sie unterhielten sich ausgelassen, lachten und tranken. Zwölf leere Bierdosen lagen auf der Wiese. Immer wenn sie eine Dose leergetrunken hatten, schleuderten sie sie, soweit sie konnten, durch den Garten der Jugendstilvilla, die Klaus kürzlich von seiner Mutter geerbt hatte.
Es war ein perfekter Nachmittag. Klaus Rembrand war mit sich und der Welt im Reinen. Er genoss die Stunden mit dieser wunderbaren Frau. Hemmungslos erfüllte er sich seine Wünsche.
Koste es, was es wolle, dachte er.
Oxana.
Sie war etwas Besonderes.
Wunderschön, geheimnisvoll, aufregend.
Klaus kümmerte sich immer rechtzeitig darum, dass sie an

zwei Samstagen im Monat für ihn verfügbar war. Er fieberte diesen Tagen entgegen, die Zeit mit ihr zählte zum Kostbarsten, was er hatte. Es war ein Ritual, dem er voller Freude folgte, und das er beharrlich am Leben hielt. Wenn die Tage zwischen den Treffen endlich vergangen waren, legte er sich in die Badewanne und fuhr anschließend mit seinem hellblauen Mazda in die Waschstraße. Er sorgte dafür, dass der Wagen glänzte, er polierte und saugte ihn. Dann besorgte er Sushi und Bier im Supermarkt und holte Oxana wie immer am vereinbarten Treffpunkt ab.

Beim botanischen Garten.

Oxana hatte ihm nie gesagt, wo sie wohnte. Sie wollte nicht, dass er auf die Idee käme, sie irgendwann zu Hause zu besuchen, ihre Privatsphäre war ihr heilig. Sie kümmerte sich zwar mit Inbrunst um Klaus, aber sie genoss auch, dass ihre Beziehung zeitlich begrenzt war. Die zwei Samstage im Monat gehörten ihm, der Rest des Monats aber gehörte ihr. So hatte sie es ihm eingebläut.

Akzeptiere es, oder lass es, hatte sie zu ihm gesagt.

Bitte mach es nicht kompliziert, Klaus.

Es ist doch schön so, wie es ist.

Oxana war da ganz klar und deutlich.

Und Klaus stimmte zu.

Wobei er durch Zufall doch herausgefunden hatte, wie sie wirklich hieß und wo sie wohnte. Er behielt es für sich, beließ es bei ihrem Künstlernamen, wenn er sie traf, und tat so, als hätte er keine Ahnung von ihrem anderen Leben.

Tatsache war, dass er keinen Grund hatte, an dem bestehenden Arrangement etwas zu ändern. Klaus war zufrieden, so wie es war. Er trug keine Verantwortung, musste sich an den

Oxana-freien Tagen nicht um sie kümmern. Sie hatte ihr eigenes Leben, er hatte seines.
Diese Art von Beziehung hatte sich bewährt.
Klaus wollte keine Kompromisse eingehen, um nichts in der Welt hätte er eine Frau bei sich einziehen lassen. Seine Freiheit war ihm heilig, der Singlehaushalt sein Paradies. Klaus Rembrand war glücklich. Auch wenn die Tage mit Oxana Offenbarungen waren, er mochte auch die Zeit dazwischen. Er liebte es, sich nach ihr zu sehnen, bereits Tage vor den Treffen zelebrierte er in Gedanken die Momente ihres Wiedersehens. Malte sich aus, was passieren würde. Zweimal im Monat feierte Klaus so das Leben. Sie völlerten, hatten Sex, betranken sich. Sushi, Viagra, Bier.
Und eine Ahnung von Liebe.
Hundertzwanzig Euro kostete eine Stunde Glück.
Klaus buchte Oxana gewöhnlich von mittags bis Mitternacht, machte zweitausendachthundertachtzig Euro pro Monat, zuzüglich Getränken, Verpflegung und kleinen Präsenten. Ein stattlicher Betrag, den er monatlich fix eingeplant hatte. Viele andere schöne Dinge hätte sich Klaus davon kaufen können, doch warum sollte er? Dieses Geld war für Oxana bestimmt. Sie lebte davon. Nicht ausschließlich, aber vermutlich zum größten Teil. Dass sie außer ihm noch andere Kunden hatte, war ihm natürlich klar, aus seiner Sicht war er aber definitiv ihre Nummer eins. Oxana fand ihn lustig, charmant und weltoffen, er war überzeugt davon, Klaus war zufrieden mit der Gesamtsituation.
Könnte nicht geschmeidiger laufen, sagte er sich.
Es war eine wunderbare Fügung des Schicksals gewesen, dass seine Mutter auf der Kellertreppe ausgerutscht war und sich

das Genick gebrochen hatte. Von einem Tag auf den anderen hatte das jahrelange und durchaus mühsame Zusammenleben ein Ende gehabt. Klaus vergoss einige Tränen über ihren Tod, am Ende aber überwog die Freude über ihr Verschwinden. Die schöne Villa in Schmargendorf gehörte jetzt ihm, genauso wie die unzähligen Sparbücher, die er im hintersten Winkel ihres Kleiderschranks gefunden hatte.
Klaus Rembrand war endlich für seine Mühen belohnt worden.
Ein Leben lang war er mit einem von seiner Mutter gemachten Pausenbrot in der Aktentasche zum Finanzamt und wieder zurückgelaufen, er war Beamter mit Leib und Seele gewesen. Jetzt aber hatte er sich mit einem Lächeln im Gesicht in den frühzeitigen Ruhestand verabschieden können. Mit vierundfünfzig Jahren ein Glücksfall.
Mit Bedacht hatte Klaus durchgerechnet, wie lange er mit dem Geld seiner Mutter durchkommen würde, und was er sich alles damit leisten könnte. Eine ganze Woche lang hatte er diverse Szenarien durchgespielt, er hatte Betriebs- und Heizkosten für die nächsten fünfzig Jahre berechnet, er hatte die Kosten für einen Hausmeisterdienst addiert, genauso wie die Ausgaben für Unvorhergesehenes. Sanierungen am Haus, besondere Aufwendungen wegen Krankheit, Kosten für Pflegerinnen im hohen Alter, er dachte auch an die Anschaffung diverser Autos, von denen er träumte, und erfüllte sich in Gedanken noch einige andere Wünsche. Klaus dachte großzügig. Er rechnete sogar noch einen Puffer ein, durfte am Ende aber trotzdem feststellen, dass das Ergebnis seiner Berechnungen äußerst erfreulich ausfiel.
Klaus musste sich nie wieder Sorgen um Geld machen.

Er konnte sich die zwei Samstage im Monat ohne Probleme leisten, er hätte sogar damit weitermachen können, bis er hundertvier Jahre alt wäre. Geld spielte keine Rolle.
Nur dieses Lebensgefühl zählte.
Der Rausch, dem er sich mit Oxana hingab.
Ihre nackten Brüste, die er so liebte, der Geruch des Kokosöls, das er auf ihrem prachtvollen Leib verteilte, das Zischen, das aus den Dosen kam, wenn man sie öffnete.
Es war ein Nachmittag im Paradies.
Alles war perfekt.
Klaus wollte gerade aufstehen und etwas zum Knabbern aus dem Haus holen, da sah er zwischen den Sonnenstrahlen plötzlich etwas Schwarzes aufblitzen. Im Gegenlicht konnte er nicht erkennen, was es war, er wunderte sich nur. Er verstand es nicht. Versuchte zu begreifen, aber es ging zu schnell. Da war ein Geschoss, das auf sie zukam, etwas großes Dunkles, das schließlich vor ihnen auf der Wiese einschlug.
Kawummm.
Es war seltsam, aber Klaus hatte keine Angst. Ihm fiel in diesem Moment nur ein Comic ein, den er gerade gelesen hatte. Viele kleine schwarze Meteoriten waren auf der Erde eingeschlagen, einer direkt vor Dagobert Ducks Geldspeicher. Aliens hatten es auf die vielen glitzernden Taler abgesehen. Was er gelesen hatte, wurde Wirklichkeit.
Was zur Hölle ist das, fragte Oxana.
Ein Außerirdischer, antwortete Klaus.
Ein schwarzer Mann war direkt vor ihre Füße gefallen.
Nur wenige Meter von ihnen entfernt.
Er lag im halbhohen Gras.
Klaus lachte.

Und auch Oxana begann zu lachen.
Noch realisierten sie nicht, was geschehen war. Es war eine Übersprunghandlung. Das Lachen nahm dem Drama für ein paar Augenblicke die Tragik. Während sie prusteten und sich gegenseitig mit ihrer hysterischen Fröhlichkeit ansteckten, versuchten sie das Unfassbare zu begreifen.
Der ist verdammt noch mal vom Himmel gefallen, sagte Oxana.
Muss ein verdammter Engel sein, sagte Klaus.
Wieder lachten sie. Aus Unsicherheit, aus Angst.
Beide wussten nicht, was jetzt zu tun war. Sollten sie aufspringen und hingehen? Oder lieber sitzen bleiben?
Lebt er noch, fragte Oxana.
Schaut nicht unbedingt so aus, sagte Klaus.
Das Lachen verebbte.
Oxana starrte den leblosen Körper an.
So wie es aussieht, haben wir großes Glück gehabt, sagte Klaus. *Ein paar Meter weiter, und einer von uns beiden wäre ebenfalls tot.*
Oxana schluckte.
Klaus konzentrierte sich. Bemühte sich, trotz allem die Situation sachlich zu hinterfragen. So wie er sich in seinem Berufsleben nie hatte von Emotionen ablenken lassen, war es auch jetzt wichtig, die Fakten zu sammeln und dann die richtigen Schlüsse zu ziehen.
Wahrscheinlich ein Afrikaner, sagte Klaus.
Vielleicht zwischen dreißig und vierzig.
Muss wohl aus einem Flugzeug gefallen sein.
Oxana nickte.
Da ist aber nirgendwo Blut, stammelte sie.
Sieht so aus, als würde er schlafen.

Vielleicht lebt er ja doch noch.

Klaus schüttelte den Kopf. Soweit er das ohne Brille beurteilen konnte, war die Sache eindeutig. Die Positionierung des Körpers ließ keine Hoffnung mehr zu. Die verdrehten Beine, die verbogenen Arme, sämtliche Knochen mussten gebrochen sein. Wo auch immer dieser Mann hergekommen war, ob er aus einem Helikopter oder aus einem Heißluftballon gefallen war, er hatte den Sturz in die Tiefe definitiv nicht überlebt. Das Geräusch beim Aufprall auf die Erde war Beweis genug dafür gewesen. Genauso wie die Mulde in der Wiese, in der der Mann lag.

Das hier übersteht niemand, sagte er.

Oxana wurde sichtlich nervös. Mit keinem Witz der Welt hätte Klaus sie wahrscheinlich jetzt noch zum Lachen bringen können. Sie schien plötzlich hellwach, der Alkohol in ihr hatte sich verflüchtigt. Von einem Moment zum anderen wirkte sie völlig nüchtern. Oxana hatte verstanden, dass etwas Schreckliches passiert war.

Sie sprang auf.

Klaus wollte sie noch zurückhalten, aber zu spät. Es war so, als hätte sie den Sender im Radio gewechselt. Statt romantischer Schlagermusik, die Klaus so liebte, liefen jetzt die Nachrichten. Oxana war die Lust auf Dosenbier vergangen. Klaus musste einsehen, dass sie unter diesen Bedingungen nicht mehr wie gewohnt weitermachen konnten. Anstatt sie also ein weiteres Mal mit Küssen zu bedecken, musste er zusehen, wie Oxana die Leiche untersuchte. Faszination mischte sich mit Furcht.

Es schaut so aus, als wäre er tiefgefroren, sagte sie.

Obwohl Klaus sie davon abhalten wollte, war sie auf den

Toten zugegangen und hatte ihn bereits angefasst. Absurderweise wollte sie sichergehen, dass der Mann mit den verdrehten Gliedmaßen nicht vielleicht doch noch lebte. Ein sinnloses Unterfangen, doch Oxana war ein guter Mensch. Reichlich naiv, wie Klaus fand, aber bestückt mit wunderbaren Brüsten und einem großen Herz.
Oxana wollte helfen.
Den schwarzen Mann irgendwie zurückholen.
Klaus war beeindruckt. Warum auch immer, aber Oxana hatte keine Berührungsängste. Sie schien zwar beinahe durchzudrehen, aber sie hatte offensichtlich keine Probleme damit, eine Leiche anzufassen. Sie tat etwas, zu dem Klaus niemals fähig gewesen wäre. Sie legte ihr Ohr ganz nah an den Mund des Toten, überprüfte, ob er noch atmete. Sie bewegte seinen Oberkörper hin und her, sie schüttelte ihn, wollte ihn wachrütteln, sie sprach sogar mit ihm.
Hallo, hören Sie mich?
Bitte, wachen Sie auf.
Klaus konnte ihre Verzweiflung geradezu spüren.
Während Oxana den Toten mit aller Gewalt wiederzubeleben versuchte, lag Klaus immer noch mit einer Bierdose in der Hand auf seiner Sonnenliege. Er trank und schüttelte den Kopf. Verstand nicht, was Oxana machte.
Hektisch begann sie in den Taschen des Toten zu wühlen, fast schaute es so aus, als würde sie ihn durchsuchen.
Was um Himmels willen machst du da, fragte er.
Vielleicht hat er einen Ausweis dabei, sagte sie.
Oxana fummelte weiter an der Leiche herum.
Was genau sie tat, sah Klaus leider nur verschwommen. Er hätte seine Brille holen, aufstehen und zu ihr hingehen

müssen, um sie davon abzuhalten. Doch Klaus wollte nicht. Konnte nicht akzeptieren, dass sein wunderbarer Nachmittag mit Oxana zu Ende war. Er wollte das Schreckliche ausblenden, so tun, als wäre nichts passiert.
Komm, setz dich wieder zu mir, sagte er.
Das wird schon wieder.
Doch für Oxana war die Party vorbei.
Ich haue jetzt ab, sagte sie.
Damit will ich nichts zu tun haben, Klaus.
So gerne ich dich mag, aber da musst du jetzt alleine durch.
Klaus fluchte.
An Sex in der Abendsonne war nicht mehr zu denken. Oxana ließ sich auch mit einer Zusatzzahlung nicht zum Bleiben überreden. Sie bestand darauf, ein Taxi zu nehmen und diese Katastrophe so schnell wie möglich hinter sich zu lassen.
Mit den Bullen will ich nichts zu tun haben, sagte sie.
Ich will keine Fragen beantworten müssen.
Kann keine Probleme gebrauchen.
Trotzdem danke.
War schön wie immer, Klaus.
Wir sehen uns in zwei Wochen.
Sie küsste ihn auf die Stirn.
Und verschwand.
Klaus blieb allein zurück in seinem idyllischen Garten.
Er war jetzt allein mit dem Toten.
Verärgert und frustriert trank er sein Bier aus.
Und warf die Dose durch die Luft.

ZWEI

SVENJA SPIELMANN
DAVID BRONSKI

– Schön, dass du rangehst. Ich habe es einige Male versucht in den letzten Tagen.
– Tut mir leid, Svenja.
– Eigentlich sollte ich sauer sein.
– Bist du aber nicht, oder?
– Ich weiß, ich sollte das nicht sagen, aber ich habe dich vermisst.
– Sehr?
– Warum hast du dich nicht gemeldet? Wir haben uns nur zweimal gesehen in den letzten drei Wochen. Das Pflänzchen, das wir gesetzt haben, ist noch ziemlich jung, wir sollten es nicht verkümmern lassen.
– Bitte hab etwas Geduld mit mir. Ist alles ein bisschen viel im Moment. Schwer, alles unter einen Hut zu bringen. Die Liebe. Das Vatersein. Ich weiß gar nicht, wie ich das hinkriegen soll.
– Das mit der Liebe? Oder das mit dem Vatersein?
– Beides.
– Deine Tochter und ich hätten es schlechter erwischen kön-

nen. Als Liebhaber hast du nämlich durchaus Potenzial. Und das Familiending bekommst du bestimmt auch noch hin. Einen Vater wie dich zu haben ist bestimmt nicht das Schlimmste, das einem Kind passieren kann.

– Bin mir da nicht so sicher.
– Wie geht es ihr?
– Eigentlich ganz gut. Judith ist ziemlich robust. Steckt das alles fast besser weg als ich. Erstaunlich, wie sie das macht.
– Du klingst so deprimiert. Eigentlich solltest du doch glücklich sein.
– Bin ich ja auch. Ich weiß nur nicht, wie ich damit umgehen soll. Nach einundzwanzig Jahren ist sie plötzlich wieder da. Ich hatte nicht mehr damit gerechnet, sie lebend zu finden. Judith und ich lernen uns gerade erst kennen. Und die traurige Wahrheit ist, dass ich eigentlich keine Ahnung von Kindern habe.
– Du warst dabei, als sie geboren wurde. Du hast sie gehalten, als sie ein Baby war. Ihr seid miteinander verbunden. Genau aus dem Grund hast du sie am Ende auch wiedergefunden.
– Nichts habe ich mir in all den Jahren mehr gewünscht, als sie wieder in meine Arme zu schließen. Alles hätte ich dafür gegeben. Und jetzt sitzt sie drüben im Wohnzimmer und schaut fern.
– Klingt doch gut.
– Ich habe ständig das Gefühl, dass die Zeit nicht reicht.
– Wofür?
– Es gibt noch so viel, das ich nicht weiß. So viele Dinge, die ich ihr erzählen möchte. Ich habe Angst, dass sie plötzlich wieder verschwindet. Dass ich sie ein weiteres Mal verliere.

– Das wirst du nicht.
– Und was, wenn doch?
– Halt die Klappe, Bronski. Du musst endlich aufhören, dir Sorgen zu machen. Ihr bekommt das hin.
– Wir bemühen uns. Aber wir sind uns fremd. Zwanzig Jahre lang hat ihr ein anderer vorgemacht, er wäre ihr Vater. Ein Mörder. Und die Frau, die sie entführt hat, hat ihre liebende Mutter gespielt. Ist nicht ganz einfach, das zu verkraften. Für mich nicht und auch für Judith nicht. Alles, woran sie geglaubt hat, existiert nicht mehr. Ihr ganzes bisheriges Leben war eine Lüge.
– Gut, dass der Lügner jetzt im Gefängnis sitzt.
– Ja, das ist es.
– Ein Freund bei der Staatsanwaltschaft hat mir erzählt, dass er mindestens zwanzig Jahre bekommt. So wie es aussieht, wird Judith ihn so schnell nicht wiedersehen.
– Sie hat ihn vor ein paar Tagen in der Justizanstalt besucht.
– Was hat sie?
– Sie wollte es sich nicht nehmen lassen. Hat darauf bestanden, es ihm ins Gesicht zu sagen.
– Dass er ein Arschloch ist?
– Ja.
– Warum macht sie so was?
– Judith will das Ganze abschließen. Neu anfangen.
– Das verstehe ich. Auch dass es wichtig ist, dass ihr viel Zeit miteinander verbringt. Trotzdem würde es nicht schaden, wenn sie außer dir auch noch jemand anderen zu Gesicht bekommt.
– Du meinst dich, oder?
– Genau. Und natürlich deine Schwester. Sie hat sich bei mir

ebenfalls beschwert, dass du sie ignorierst. Finde ich nicht gut, Bronski. Du solltest Anna und mich an deinem Leben teilhaben lassen. Wäre nur fair, oder?

– Ja, das wäre es.
– Mich mit dir einzulassen war etwas vom Unvernünftigsten, was ich je gemacht habe.
– Klingt so, als würdest du einen Rückzieher machen wollen. Ich könnte es dir, ehrlich gesagt, nicht verübeln. Wahrscheinlich bin ich kaputter, als ich mir eingestehe. Ist vielleicht wirklich besser, wenn du die Finger von mir lässt.
– Nichts da, Bronski. Auf ein einfaches, unkompliziertes Ende unserer aufkeimenden Beziehung brauchst du gar nicht erst zu hoffen.
– Das tue ich nicht, Svenja. Ich bin dir wirklich sehr dankbar dafür, dass du mir geholfen hast. Dass du deinen Job für mich riskiert hast.
– Ich habe das nicht nur für dich gemacht, mein Lieber. Meiner Karriere hat das ebenfalls ganz gutgetan.
– Wie meinst du das?
– Ich bin für einen der wichtigsten Journalistenpreise des Landes nominiert. Die haben mich vorgestern angerufen, die Reportage über dich und Judith hat ziemlich eingeschlagen.
– Wow.
– Und so wie es aussieht, hat das weitreichende Folgen für mein Berufsleben. Unsere Chefredakteurin hat mich zur obersten Reporterin gemacht. Von der geduldeten Kulturredakteurin zur Leiterin der Polizeiredaktion. Nicht schlecht, oder?
– Großartig, Svenja. Das muss gefeiert werden.

- Unbedingt. Wobei du dir Gedanken darüber machen solltest, welche Auswirkungen meine Beförderung auf dich hat.
- Auswirkungen? Wie meinst du das?
- Ich kann mir jetzt aussuchen, welche Geschichten ich mache. Und auch, mit wem ich sie mache. Ich bin jetzt quasi so etwas wie deine Chefin und kann über dich verfügen, ganz wie es mir gefällt.
- Damit kann ich leben.
- Sicher?
- Ja.
- Na, dann pack mal deine Sachen, mein Lieber. Dein Urlaub ist nämlich vorbei. Wir müssen nach Schmargendorf. Eine schöne Reportage über einen Mann machen, der vom Himmel fiel.
- Was bitte?
- Ein blinder Passagier, nimmt man an. Wahrscheinlich handelt es sich um einen afrikanischen Flüchtling, der sich im Fahrwerk eines Flugzeugs versteckt hatte. Ziemlich krasse Nummer. Als beim Landeanflug das Fahrwerk wieder ausgefahren wurde, muss er abgestürzt sein. Er ist dann direkt im Garten eines Frührentners gelandet.
- Das erfindest du gerade.
- Klaus Rembrand heißt der Mann. Er saß gemütlich in seinem Liegestuhl, als er beinahe von dem Flüchtling erschlagen worden wäre. War anscheinend richtig knapp. Aber das wird uns der Gute gleich alles selbst erzählen, er ist so freundlich, uns ein Exklusivinterview zu geben.
- Wann?
- Jetzt.

– Nicht dein Ernst, oder?
– Doch. Ich stehe unten vor deiner Tür und warte auf dich. Wenn du deinen Job nicht verlieren möchtest, solltest du also schnell zu mir runterkommen. Ich möchte nämlich nicht, dass es sich unser Rembrand anders überlegt, nur weil er zu lange auf uns warten musste.
– Du stehst unten vor der Tür?
– Ja. Schau raus, ich wink dir zu.
– Judith und ich wollten etwas kochen, uns einen schönen Abend machen.
– Kein Problem. Sie kann ja mitkommen, wenn sie mag. Wir beide erledigen unseren Job, und hinterher können wir zum Wannsee fahren und dort im Biergarten was Schönes essen gehen.
– Du willst, dass ich Judith mit zur Arbeit nehme?
– Warum nicht? Wenn du dich nämlich nicht bald dafür entscheidest, mich glücklich zu machen, werde ich es mir am Ende doch noch anders überlegen. Die Wahrheit schaut nämlich so aus, dass ich nicht ewig auf dich warten werde, Bronski.

DREI

Ich war dankbar für diesen Anruf.
Svenja wollte mich aus dem Loch holen, in dem ich mich seit Wochen verkroch. Sie ließ sich nicht auf Distanz halten, und das war gut so. Sie sorgte dafür, dass Judith und ich einen Weg fanden, mit allem zurechtzukommen. Sie bemühte sich, uns dabei zu helfen, so etwas wie Alltag zu leben. Sie wusste, wie schwer es mir fiel, mit der neuen Situation zurechtzukommen. Mit der Tatsache zu leben, dass ich nach all den Jahren wieder Vater war.
Svenja verstand mich.
Sie konnte nicht dabei zusehen, wie ich mich plagte.
Ist nicht leicht, mit dieser Nähe umzugehen, sagte ich.
Du musst dich eben ein bisschen anstrengen, erwiderte sie.
Und sie hatte recht. Alles war neu. Stand auf wackeligen Beinen. Ich durfte mein neues Glück nicht aufs Spiel setzen. Nicht die Beziehung zu Svenja. Und auch nicht jene zu Judith.
Der Pressefotograf und die Chefreporterin.
Der Vater und die Tochter.
Wie schwer mir das alles fiel.
Jahrelang hatte ich allein gelebt. Hatte nicht mehr daran ge-

glaubt, dass ich wieder Gefühle für jemanden entwickeln könnte. Eine Beziehung führen und ein Kind beim Erwachsenwerden begleiten. Es ging darum zu lernen, mich selbst zurückzunehmen und anderen Raum zu geben. Mit dem Schmerz umzugehen, der da immer noch war.
Ich war überfordert.
Und deshalb auch dankbar, dass Svenja sich nicht von meiner sperrigen Hilflosigkeit abschrecken ließ.
Sie suchte meine Nähe, spornte mich an, meine Angst vor dem Scheitern in den Griff zu bekommen.
Und so blieb ich.
Obwohl ich davonlaufen wollte.
Weil da so viel Vergangenheit war.
Jeder Tag mit Judith war eine Herausforderung für mich. Jede Erinnerung, die ich mit meiner Tochter teilte, riss eine Wunde auf. Die Gedanken an ihre Mutter. Meine Ehefrau, die irgendwann auch einfach verschwunden war. Was unserer Familie geschehen war, stellte sich vor die Gegenwart. Blockierte sie. Nahm uns die Luft. Brachte uns zum Weinen.
Judith und ich waren sprachlos.
Gemeinsam trauerten wir über das, was passiert war.
Kurz vor Weihnachten 1998 war Judith entführt worden. Sie war vier Monate alt, als meine Frau in einem Moment der Verzweiflung jemanden auf der Straße um Hilfe gebeten hatte. Mona hatte keine Kraft mehr gehabt. Sie hatte Angst gehabt, dass sie ihrem eigenen Baby etwas antun könnte. Sah den letzten Ausweg darin, eine Passantin anzuflehen, sich kurz um Judith zu kümmern. Sie wollte nur ihr Baby beschützen. Kurz Luft holen.
Aber anstatt Mona zu helfen, nahm die Fremde unser Kind

einfach mit. Anstatt den Vorfall der Polizei zu melden oder Mona in ein Krankenhaus zu bringen, fuhr sie mit dem Baby nach Leipzig, täuschte dort eine Schwangerschaft vor und zog meine Tochter als ihr eigenes Kind groß.

Es war ein ungeheuerliches Verbrechen. Ein Drama, über das mittlerweile alle Bescheid wussten. Man hatte mir mein Herz aus dem Leib gerissen. Mein halbes Leben lang hatte ich befürchtet, dass ich mein kleines Mädchen nie wiedersehen würde. Ich dachte, sie wäre tot. War überzeugt davon gewesen, dass ich Judith vor einundzwanzig Jahren für immer verloren hätte.

Worüber Svenja geschrieben hatte, wofür sie einen Journalistenpreis bekommen sollte, es war meine Geschichte. Mein Leben, das sich wieder zum Guten gewendet hatte.

Ich glaubte wieder an eine Zukunft.

Und deshalb hörte ich auf mein Bauchgefühl.

Ich ging auf Svenjas Vorschlag ein. Fragte Judith, ob sie mitkommen wollte, um einen Mann zu fotografieren, der dabei zugesehen hatte, wie ein schwarzer Mann vom Himmel fiel.

Ein bisschen Ablenkung tut uns vielleicht gut, sagte ich.

Wird bestimmt lustig, sagte sie und zwinkerte mir zu.

Judith war genauso dankbar wie ich, die Isolation zu durchbrechen, in die wir uns begeben hatten. Es war ein Ausflug, den wir miteinander machten. Wir tauchten in das Schicksal eines Fremden ein. Judith saß auf dem Beifahrersitz und löcherte Svenja mit Fragen. Sie war offen für alles, Journalismus und Fotografie, beides faszinierte sie. Judith war neugierig, sie wollte etwas in ihrem Leben verändern, Neues ausprobieren, nachdem sie ihr Medizinstudium abgebrochen hatte.

Vielleicht wirst du ja ebenfalls Fotografin, meinte Svenja.

Bronski kann mir bestimmt einiges beibringen, sagte Judith. Ich saß auf dem Rücksitz und schmunzelte. Zum einen, weil sich die beiden Frauen blendend verstanden, zum anderen, weil meine Tochter *Bronski* zu mir sagte. So wie alle anderen nannte sie mich beim Nachnamen. Nur manchmal sagte sie *David*. Wenn sie alleine mit mir war, wenn sie neben mir saß und weinte.
Ansonsten blieb sie dabei.
Bronski.
Mir gefiel es.
Zufrieden lehnte ich mich zurück, hörte den beiden zu und ließ die Landschaft an mir vorbeiziehen. Svenja brachte uns nach Schmargendorf, wo Klaus Rembrand uns vor seiner hübschen Jugendstilvilla empfing.
Er war gerade dabei, sich von den Einsatzkräften zu verabschieden, zwei Bestatter hoben einen Transportsarg auf die Ladefläche des Leichenwagens und fuhren los. Noch im Fahren fotografierte ich aus dem Fenster. Es war das perfekte Timing und das perfekte Bild. Noch bevor wir ausgestiegen waren, hatte ich bereits einen Volltreffer gelandet.
Bingo, sagte ich.
Judith schaute mich fragend an.
Ich wusste, dass sie nach Mitgefühl für den Verstorbenen in meinem Gesicht suchte. Dass sie es nicht fand, irritierte sie ein wenig.
Judith versuchte zu verstehen, wie ich dachte. Zu ahnen, was ich fühlte. Sie beobachtete mich, wie ich Rembrand die Hand schüttelte, wie ich ihm und Svenja in den Garten folgte. Die Kamera immer im Anschlag, immer bereit, sie hochzunehmen und abzudrücken.

Es war mein Job, Dinge zu sehen, die ein anderer vielleicht nicht sehen konnte, schnell zu reagieren, die entscheidenden Momente festzuhalten, besondere Blicke auf das Außergewöhnliche möglich zu machen. Und ich war gut darin.
Während Svenja es sich bereits mit Rembrand an einem Gartentisch in der Nähe der Einschlagstelle gemütlich machte, nahm ich Judith zur Seite und erklärte es ihr. Es ging nicht um sie oder um mich. Nicht um unser Mitgefühl, nicht darum, dass wir uns in den Lebensgeschichten der anderen verloren, es ging nur darum, diese Geschichten so gut wie möglich aufzubereiten und für ein breites Publikum nachzuerzählen. Während Svenja das Tragische in Worte fasste, hielt ich es in Bildern fest. Es war nicht unmenschlich, was wir taten.
Es war einfach nur unser Job.
Und er faszinierte mich.
Der Tod.
Immer schon.
Erst vor ein paar Tagen hatten wir darüber gesprochen.
Ich habe Judith die Fotos gezeigt. All die Aufnahmen, die ich in den letzten Jahren gemacht hatte.
Fotos von toten Menschen.
Bilder vom Verschwinden.
Post-Mortem-Fotografie.
Ende des neunzehnten Jahrhunderts war es völlig normal gewesen, die Angehörigen auf diese Weise in Erinnerung zu behalten. Bevor die Leichen verwesten, wurden sie noch einmal schön gemacht, sie wurden in Position gebracht, von Gestängen und Stativen gehalten, auf Papier gebannt und für immer konserviert.
Ich war immer fasziniert davon gewesen und hatte dann

ebenfalls begonnen, die Stille festzuhalten, diese Ruhe in den Gesichtern der Toten.
In meinem Fall waren es Unfallopfer gewesen, Drogentote, Selbstmörder, Opfer von Gewaltverbrechen. Ich porträtierte sie. Meine Kontakte zur Polizei, zur Rettung und zur Feuerwehr waren gut, deshalb hinderte man mich nur selten daran, dem Tod so nahe zu kommen. Ich machte also nicht nur Bilder für die Zeitung, sondern auch diese Bilder für mich. Analog.
Ich entwickelte sie in meiner Dunkelkammer.
Kunst war es für mich. Abschreckend war es für andere.
Nicht aber für Judith.
Es war seltsam, aber sie verurteilte mich nicht dafür.
Sie mochte meine Bilder, nicht zuletzt deshalb, weil ich auch ihre Mutter nach ihrem Tod fotografiert hatte. Stundenlang hatte Judith sich dieses ganz besondere Foto angeschaut.
Sie hatte dabei gelächelt.
Meine Tochter.
Sie war der Grund, warum dieses bizarre Hobby plötzlich in den Hintergrund trat. Seit sie wieder bei mir war, hatte ich kein Bedürfnis mehr, mich mit dem Sterben auseinanderzusetzen.
Ich brauchte die Toten nicht mehr. Zumindest nicht mehr so dringend. Wegen Judith. Und auch wegen Svenja. Der Frau, für die ich nach Jahren der Stille wieder so etwas wie Liebe empfand. Mit der ich mir wieder vorstellen konnte, glücklich zu werden.
Svenja und Judith zogen mich wieder auf die Seite der Lebenden. Zeigten mir, dass es noch etwas anderes gab als diese Fotos, die ich jahrelang heimlich gemacht hatte.

Die Tragik rund um den Tod dieses Flüchtlings zum Beispiel. Und das Bedürfnis des kleinen Mannes vor uns, sich in den Vordergrund zu rücken, um ein einziges Mal im Leben in der Zeitung zu stehen.
Klaus Rembrand.
Der Mann, der der Polizei den Fund der Leiche gemeldet hatte.
Judith hing an seinen Lippen. Aufmerksam hörte sie zu, wie Svenja ihn zum Reden brachte, wie sie geschickt ihre Fragen stellte, ohne zu bewerten und zu urteilen. Svenja brachte Rembrand dazu, sich zu öffnen, Dinge zu verraten, die er wohl lieber vor uns verborgen hätte.
Wir hatten uns etwas abseits der beiden ins Gras gesetzt. Direkt neben der Mulde, in der kurz zuvor noch die Leiche gelegen hatte.
Rembrand lallte. Er war betrunken, und es war ihm egal. Selbstbewusst und freudig bot er auch uns ein Bier an. Svenja lehnte ab, Judith und ich nahmen sein Angebot gerne an. Ich hatte noch Zeit, erst wenn Svenja mit dem Gespräch fertig war, war es an mir, ihn zu motivieren, für Fotos zu posieren.
Rembrand auf der Sonnenliege.
Schockiert auf die Unfallstelle zeigend.
Rembrand mit einer Dose Bier in der Hand.
Wie er auf das Leben trinkt.
Drei oder vier Motive zur Auswahl.
Ich überlegte mir, wo ich ihn platzieren würde, wo das Licht am besten war, ich wollte nichts dem Zufall überlassen. Sobald Svenja mit dem Interview fertig sein würde, musste ich schnell sein. Das war das Wichtigste in meinem Job. Nicht jeder konnte damit umgehen, fotografiert zu werden. Es

war notwendig zu wissen, was man wollte. Den Ton anzugeben. Je klarer die Vorstellung von den Bildern war, die man machen wollte, desto besser wurden sie. Fotografenlatein war es, das ich für Judith übersetzte.

Während Rembrand noch einmal aufstand, um Knabbergebäck aus dem Haus zu holen, teilte ich meine Gedanken mit ihr.

Ich hatte wirklich den Eindruck, dass sie sich für meine Arbeit interessierte. Es fühlte sich gut an, ihr etwas beizubringen. Lenkte uns ab von allem anderen. Deshalb sagte ich ihr, was ich vorhatte. Beschrieb ihr die Bilder, die ich machen würde.

Klingt gut, sagte sie.

Wir zwinkerten uns zu. Lächelten.

Und verfolgten mit Freude, wie Svenja ihren Job machte.

VIER

SVENJA SPIELMANN
KLAUS REMBRAND

– Wenn ich mir das alles hier so ansehe, bin ich beinahe sprachlos. Eine absolut unfassbare Geschichte.
– Stimmt. Ich kann immer noch nicht glauben, dass das wirklich passiert ist. Ich wollte mir einfach nur einen schönen Nachmittag machen, und dann das. Damit rechnet doch keiner, oder?
– Nein, wirklich nicht. Sie scheinen heute Nachmittag alle Schutzengel auf Ihrer Seite gehabt zu haben. Das sind nur fünf oder sechs Meter, oder? Verdammt knapp, würde ich sagen.
– Bin eben ein verdammter Glückspilz. Im Gegensatz zu diesem armen Teufel. Ich will mir gar nicht vorstellen, was der alles durchgemacht hat. Bei dem, was mir die Polizisten eben erzählt haben, bleibt einem echt die Spucke weg. Dass der Kerl es überhaupt in den Flieger geschafft hat, ist ein Wunder. Er muss wohl kurz vor dem Start über den Zaun geklettert sein. Hat sich wohl im Radkasten dieses Vogels versteckt, ist absolut lebensgefährlich, heißt es. Er hätte von den Rädern, die nach dem Start wieder eingezo-

gen werden, zerquetscht werden können. Wenn man den Beamten Glauben schenkt, war die ganze Sache wohl von Anfang an eine Selbstmordmission.

– Er muss sehr verzweifelt gewesen sein.

– Stimmt. Sonst macht man so was nicht. Da oben in zehntausend Meter Höhe hat es nämlich minus fünfzig Grad. Mit großer Sicherheit ist er erfroren, er muss also schon tot gewesen sein, bevor er aus dem Radkasten fiel.

– Was war Ihre erste Reaktion?

– Ich wollte natürlich helfen. Bin zu ihm hin. Wollte Erste Hilfe leisten. Bin aber schnell zu dem Schluss gekommen, dass das sinnlos ist. Er war ja ganz kalt. Fühlte sich so an, als hätte man ihn direkt aus einer Tiefkühltruhe zu mir in den Garten gebeamt.

– Sie haben ihn angefasst?

– Natürlich. War doch meine Pflicht, alles zu tun, um zu helfen. Hätte ja sein können, dass er noch lebt. Dass ich ihn hätte zurückholen können. Ich war ja mal bei den Sanitätern, als ich jung war. Menschenskind, da könnte ich Ihnen Geschichten erzählen, da war das hier im Vergleich dazu der reinste Kindergeburtstag.

– Sie haben also versucht, ihn wiederzubeleben?

– Ich habe keine Sekunde gezögert. Bin von meiner Liege aufgesprungen und habe mich über ihn gebeugt. Aber da war nichts mehr zu machen.

– Das war sehr mutig von Ihnen.

– Ach, das hätte doch jeder getan, oder?

– Sind Sie nicht erschrocken? Hatten Sie keine Angst?

– Wovor hätte ich denn Angst haben sollen? Der Mann hat sich ja nicht mehr gerührt. War also keine Gefahr. Ich hatte alles unter Kontrolle. Wobei Sie natürlich recht haben.

- Womit?
- Man hört ja immer wieder, dass man sich vor Flüchtlingen in Acht nehmen muss. Wenn man da zu nachlässig ist, überrennen die uns. Liest man doch immer wieder in der Zeitung. Ich will wirklich nicht hetzen, aber wenn wir nicht aufpassen, fressen uns die womöglich noch die Butter vom Brot. Ist doch so, oder?
- So habe ich das nicht gemeint mit der Angst. Ich wollte wissen, ob Ihnen bewusst war, dass Sie hätten sterben können, wenn der Mann eine Millisekunde früher aus dem Flugzeug gefallen wäre oder wenn der Wind etwas stärker geweht hätte. Es muss Ihnen doch ein Schauer über den Rücken gelaufen sein, als Sie begriffen, was für ein Glück Sie gehabt haben.
- Ein Schauer. Genau so war es. Ich hätte es nicht schöner formulieren können. Mir ist sofort klar gewesen, dass auch ich hätte tot sein können. Deshalb bin ich am Feiern. Um ein Haar hätte man mich in einem Sarg aus dem Garten tragen müssen. Kaum vorstellbar, oder? Wir sollten alle gemeinsam noch ein Fläschchen Sekt aufmachen und auf das Leben anstoßen, was meinen Sie?
- Später vielleicht.
- Der arme Schlucker hätte es verdient, dass wir ihn noch einmal hochleben lassen. So zu enden, muss hart sein. So weit weg von zu Hause und mit nichts in der Tasche als einer Flasche Fanta, einem Paar Turnschuhen und einem Kugelschreiber.
- Sie haben seine Tasche gefunden?

- Nicht ich. Die Beamten am Flughafen. Die hatten letztes Jahr schon mal so einen Fall, deshalb wussten sie, wo sie suchen müssen.
- Wissen Sie, woher das Flugzeug kam?
- Freetown. Sierra Leone.
- Hat man einen Ausweis gefunden? Weiß man, um wen es sich bei dem Toten handelt?
- Nein, die haben keine Ahnung. Einer der Polizisten hat gemeint, sie werden wohl bald ein Foto veröffentlichen, um die Identität zu klären.
- Hatte er starke äußere Verletzungen? Konnte man sein Gesicht noch erkennen?
- Natürlich. Der war beinahe unversehrt, ein Wunder nach einem Sturz aus dieser Höhe. War ein Glück, dass er ins Gras gefallen ist und nicht auf die Betonplatten da drüben. Wäre eine ziemliche Sauerei gewesen sonst. Da hätte ich stundenlang schrubben müssen, um das wieder sauber zu bekommen. Sie müssen nämlich wissen, dass mein Kärcher kaputt ist. Verdammt praktisch so ein Kärcher. Kennen Sie doch, oder? Ist so ein Hochdruckreiniger, der hätte das alles in null Komma nix weggemacht. Aber wie gesagt, ist kaputt im Moment. Umso besser also, dass der Mann auf die weiche Erde gefallen ist. War irgendwie schön, wie er dagelegen hat.
- Wie hat er denn dagelegen?
- Ein friedliches Bild war das. So, als würde er sich nach einer langen Reise endlich ausruhen wollen. Ein Nachmittagsschläfchen in meinem Garten halten. Aber Sie können es sich gerne selbst ansehen.
- Wie meinen Sie das?

– Ich habe mit meinem Handy Fotos gemacht.
– Das haben Sie?
– Natürlich. War mir doch sofort klar, dass Sie heiß darauf sein werden. Sie können sie von mir aus auch in Ihrer Zeitung abdrucken. Für eine kleine Aufwandsentschädigung können Sie damit machen, was Sie wollen.
– Woran hätten Sie denn gedacht?
– Fünfhundert.
– Das lässt sich machen. Wenn die Bilder von der Qualität her halbwegs in Ordnung sind, sind fünfhundert absolut angemessen.
– Dann schauen Sie mal. Hier. Da liegt er. Verrückt, oder?
– Wow. Das ist tatsächlich verrückt. Sie haben völlig recht. Schaut so aus, als würde er schlafen. Auf den ersten Blick völlig unversehrt.
– Das werde ich wohl nie mehr vergessen. Hat uns völlig aus der Bahn geworfen. Wir liegen da und schauen in den Himmel, und da fällt uns dieser Kerl einfach vor die Füße.
– *Uns*?
– Ach Gott. Ich meinte natürlich, er flog *mir* vor die Füße.
– Es war noch jemand bei Ihnen?
– Nein.
– Ich sehe es in Ihrem Gesicht.
– Was sehen Sie denn?
– Dieses verschmitzte Lächeln sagt mir, dass Sie nicht alleine waren. Da war noch jemand bei Ihnen, als es passiert ist, richtig?
– Ich werde Ihnen nichts anderes erzählen, als ich der Polizei erzählt habe. Die Geschichte ist doch gut so, wie sie ist.

Wir müssen nicht mit Gewalt noch einen weiteren Helden an den Start schicken, oder?
- War es ein Freund von Ihnen?
- Ich möchte nicht darüber reden.
- Eine Freundin?
- Sie sind hartnäckig.
- Das ist mein Job. Und den mache ich seriös. Ich kann Ihnen versprechen, dass ich nicht darüber schreiben werde, wenn Sie das nicht wollen. Trotzdem wäre es gut, wenn ich Bescheid wüsste, damit ich die Situation richtig einschätzen kann, ein Gefühl dafür bekomme.
- Ich will keine Zeile davon in der Zeitung lesen.
- Bleibt alles unter uns, versprochen.
- Das ist gut. Die Dame, um die es sich handelt, zieht es nämlich vor, im Hintergrund zu bleiben.
- Wie heißt denn die Schöne?
- Oxana.
- Exotischer Name.
- Eine wunderbare Frau. Sie ist atemberaubend und absolut jeden Cent wert.
- Sie ist Ihre Lebensgefährtin?
- Nein. Oxana ist meine Prostituierte.
- Ernsthaft?
- Haben Sie ein Problem damit?
- Um Himmels willen, nein. Ich bin nur überrascht, dass Sie so offen darüber sprechen.
- Ist nicht jeder für eine Beziehung geschaffen, oder?
- Stimmt.
- Ich mag es gerne unkompliziert.
- Wer nicht.

– Trotzdem würde ich sagen, dass ich eine treue Seele bin. Oxana und ich kennen uns nämlich schon ziemlich lange. Ich würde sagen, unsere Beziehung ist stabiler als so manch andere.
– Kann ich mir vorstellen.
– Mit der Prostata habe ich auch keine Probleme.
– Was Sie nicht sagen.
– Funktioniert alles noch wunderbar. Oxana kümmert sich wirklich sehr gut um mich. Sie ist ein Engel, sie weiß, wie man mich glücklich macht.
– Wo ist Ihr Engel denn jetzt?
– Keine Ahnung. Das Ganze hat sie ziemlich mitgenommen. Verständlicherweise hat sie sich davongemacht, bevor die Polizei aufgetaucht ist. Sie wollte keine Fragen beantworten müssen. Reicht ja, wenn ich mich in die erste Reihe stelle, hat sie gesagt.
– Das ist völlig richtig. Hätten Sie trotzdem eine Adresse für mich? Falls sich noch die eine oder andere Frage auftut.
– Leider nicht. Oxana ist äußerst diskret.
– Na dann. Darf ich an dieser Stelle an meinen Kollegen übergeben? Wenn es Ihnen recht ist, würde er gerne ein paar hübsche Bilder von Ihnen machen.
– Kein Problem, damit habe ich natürlich gerechnet. Habe mir extra mein bestes Hawaiihemd angezogen.
– Steht Ihnen wirklich gut. Sie werden Eindruck damit machen.
– Damit werde ich wohl in die Geschichte eingehen, oder?
– Garantiert.

FÜNF

Svenja überließ Bronski die Bühne.
Zufrieden lehnte sie sich zurück und schaute ihm dabei zu, wie er Klaus Rembrand dazu brachte, mit Leidenschaft Modell zu stehen. Bronski war bekannt dafür, Menschen lenken zu können, sie zu motivieren. Seit über fünfundzwanzig Jahren inszenierte er den Schrecken und das damit einhergehende Leid, er bebilderte das Unheil, er übersetzte es in eine einfache und für jeden verständliche Sprache.
Jedes Klicken der Kamera erzählte etwas.
Rembrands Entsetzen über den Tod des Flüchtlings.
Die Überraschung darüber, dass er wie Regen vom Himmel gefallen war.
Das Glücksgefühl, weil der Tod Rembrand verschont hatte.
Der Stolz in seinem Gesicht, weil er sich unvergesslich machte.
Bronski machte das Glück und das Unglück für die Masse konsumierbar. Immer darauf bedacht, die Grenze zum Boulevard nicht zu überschreiten. Er schraubte einen Filter vor die Wirklichkeit, er setzte das Licht und entschied damit, wie dramatisch den Lesern das Schreckliche verkauft wurde. Die

Menschen sollten sich beim Anblick des Grauens zugleich gruseln und sicher fühlen, zufrieden sein in ihrer Welt, glücklich darüber, dass sie lebten.
Eigentlich tue ich den Leuten einen Gefallen, sagte er immer. *Ich erinnere sie daran, dass es gar nicht so schlecht für sie läuft.*
Bronski war einer von den Guten.
Svenja war sich sicher.
Es gab unausgesprochene Regeln, die ihnen beiden wichtig waren. Bestimmte Bilder hätte Bronski nämlich nie gemacht. Da gab es Grenzen, die sie nie überschritten hätten. Genauso wenig wie Svenja über Rembrands Vorliebe für Prostituierte schreiben würde, würde Bronski Bilder machen, auf denen Rembrand aussah, als wäre er sturzbetrunken. Es war eine stumme Übereinkunft, die sie mit den Helden ihrer Geschichten trafen, Svenja und Bronski wollten niemandem wehtun, weder den Betroffenen noch den Betrachtern.
Wir möchten unsere Leser berühren, hatte Bronski zu Judith gesagt.
Wir wollen sie nicht schockieren.
Svenja schätzte es, dass Bronski nach all den Jahren immer noch versuchte, nach seinen Vorsätzen zu leben. Obwohl er so lange im Sumpf gewatet war, hatte er immer noch ein Herz. Auch wenn es einem der Journalistenberuf manchmal schwer machte, war Bronski genauso wenig bereit wie sie, alles für eine gute Story zu opfern.
Würde und Haltung. Mitgefühl.
Darum ging es.
Svenja bekam ihre Story, und dafür bekam auch Klaus Rembrand, was er sich wünschte. Sie schenkten ihm Aufmerk-

samkeit, gaben ihm das Gefühl, etwas Besonderes zu sein. Sie sparten sich ihre Kommentare über dessen Weltsicht, sie versuchten, nicht den Kopf zu schütteln. Sie waren nicht da, um sich eine Meinung über ihn zu bilden. Rembrand war ein Informant, ein Zeuge. Sie waren nur zu ihm gefahren, um aufzuzeichnen, was er sagte. Alles andere war nicht wichtig.
Wir machen die Dinge nur sichtbar, sagte Svenja.
Wir machen die Geschichten nicht zu unseren eigenen.
Solange wir uns daran halten, sind wir sicher.
Svenja sprach gerne über ihre Arbeit.
Und Judith hörte aufmerksam zu.
Auch die Bilder auf Rembrands Handy schaute sie sich an. Er hatte es offen am Tisch liegen lassen, während Bronski ihn fotografierte.
Der schlafende Schwarze berührte sie.
Judith wirkte nachdenklich.
Willst du das wirklich abdrucken, fragte sie.
Svenja wusste es nicht. Ob sich die Chefredaktion dazu entschließen würde, stand nämlich in den Sternen. Trotzdem hatte sie sofort zugegriffen. Fünfhundert Euro für dieses Bild waren ein Schnäppchen. Sie hatten es exklusiv, im besten Fall würde ihre Chefin jubeln, im schlechtesten hätten sie einen kleinen Beitrag dafür gezahlt, dass das Bild nicht anderswo erscheinen würde. So lief das Geschäft. Nachdem Bronski mit dem Fotografieren fertig war, sollte Rembrand ihnen das Bild mailen und es dann vor ihren Augen von seinem Handy löschen. So gingen sie sicher, dass er es nicht auch noch an andere Medien verkaufen würde.
Alles lief nach Plan.
Sie hatten eine perfekte Story in der Tasche.

Und zudem war endlich eine Tür aufgegangen.
Bronski hatte sich aus seinem Schneckenhaus gewagt. Er hatte verstanden, dass es nun an ihm war, einen Schritt auf sie zuzugehen. Svenja war zwar bereit, einiges in Kauf zu nehmen, aber ewig hätte sie nicht mehr darauf gewartet, dass er ihr entgegenkam und sich für ein normales Leben entschied. Ein Leben, in dem man soziale Kontakte pflegte und die Hilfe annahm, die man geboten bekam.
Bronski war wieder an Deck.
Und auch wenn Svenja nicht wirklich daran geglaubt hatte, dass er seine Tochter mitbringen würde, war sie ebenfalls da. Judith. Eine starke junge Frau, die Eindruck auf sie machte. Wie sie mit allem umging, war außergewöhnlich. Jemand anderes wäre wahrscheinlich längst daran zerbrochen, sie aber lächelte.
Svenja reichte ihr die Hand.
Du kannst ein Praktikum bei uns machen, sagte sie.
Könntest von uns beiden was lernen.
Mord, Brände, Raubüberfälle, Unfälle, Naturkatastrophen.
Überleg es dir. Könnte dir gefallen.
Scheinst aus derselben Wolle gestrickt zu sein wie dein Vater.
Svenja zwinkerte ihr zu. Judith grinste. Alle drei spürten, dass es der Beginn von etwas Neuem war.
Eine leise Ahnung von Familie. Drei Menschen, die in Beziehung zueinander standen. Etwas, das ganz selbstverständlich passierte. Ohne Eile und mit großer Gelassenheit kamen sie sich näher.
Schön war es.
Sie verabschiedeten sich von Rembrand und fuhren in Bronskis Lieblingsbiergarten am Wannsee. Gemeinsam.

Sie setzten sich auf die Terrasse.
Bestellten Krustenbraten und Bier.
In Rekordtempo tippte Svenja ihren Artikel in den Computer, und Bronski bearbeitete seine Fotos. Sie mailten Text und Bilder in die Redaktion und leerten ihre Gläser.
Zufrieden und satt saßen sie unbeschwert in der Abendsonne und schauten auf den See.
Unter dem Tisch hielt Svenja Bronskis Hand.
Mit einem Mal war alles so einfach, da war keine Angst mehr in seiner Stimme, er verschloss sich nicht mehr, ließ alles geschehen. Zuneigung, Sehnsucht, Fürsorge, Begehren. Svenja hätte ihn gerne umarmt. Je länger sie zusammensaßen, desto größer wurde ihr Wunsch, ihn zu berühren.
Es knisterte.
In Leuchtschrift stand es irgendwann in ihre Gesichter geschrieben. Alle konnten es sehen. Auch Judith.
Sie grinste und stand auf.
Wird wohl das Beste sein, wenn ihr schnell ins Bett kommt.
Ich bin dann mal weg, sagte sie.
Viel Spaß noch, ihr zwei.
Und wegen dem Job. Ich bin dabei.
Dann stapfte sie davon.
Svenja und Bronski blieben zurück.
Und küssten sich.

SECHS

REGINA MASEN
JUDITH BRONSKI

– Sie sind also Bronskis Tochter?
– Ja. Muss mich aber selbst erst daran gewöhnen.
– Sie nehmen es mit Humor, das gefällt mir.
– Ich gebe alles, um die Chefredakteurin der Zeitung, bei der ich gerne arbeiten würde, zu beeindrucken.
– Gute Einstellung. Ist wirklich schön, Sie kennenzulernen. Ich habe mir ein bisschen Zeit genommen, Sie können mir gerne etwas über sich erzählen, wenn Sie wollen.
– Ich befürchte, dass ich Sie kaum noch überraschen kann. Nachdem Sie meine Geschichte veröffentlicht haben, wird es nichts mehr geben, das Sie nicht schon über mich wissen.
– Ganz so schlimm ist es nicht. Aber Sie haben natürlich recht, ich weiß, was Sie durchgemacht haben, und freue mich sehr, dass diese Sache gut für Sie ausgegangen ist.
– Ist sie das?
– Sie haben überlebt, oder nicht?
– Ich schon, einige andere aber nicht.
– Sie meinen Ihre leibliche Mutter?

– Ja. Aber auch meine andere Mutter. Die Frau, die sich dafür ausgegeben und mich großgezogen hat.
– Wie war sie? Erzählen Sie mir von ihr?
– Sie war immer gut zu mir. All die Jahre war sie auf meiner Seite. Im Gegensatz zu ihrem Mann hat sie immer versucht, alles richtig zu machen.
– Diese Frau hat Sie entführt. Sie hat das Baby einer anderen Frau gestohlen. Sie hat Sie ein Leben lang belogen und Ihre ursprüngliche Familie zerstört.
– Ich weiß. Trotzdem war sie meine Mutter. Ich war traurig, als ich von ihrem Tod erfahren habe. So seltsam das klingt, aber ich habe sie geliebt. Sie zu hassen fällt mir schwer.
– Ich verstehe.
– Sie verstehen? Ist das überhaupt möglich? Ich kann es selbst nicht fassen. Nicht begreifen, was passiert ist.
– Ihre Geschichte berührt mich, Sie haben mein vollstes Mitgefühl.
– Danke. Das ist sehr nett von Ihnen.
– Ich schätze Ihren Vater. Er arbeitet schon ziemlich lange für uns. Er ist zwar unberechenbar, aber ich mag ihn. Und weil Sie seine Tochter sind, mag ich auch Sie.
– Das ist sehr freundlich von Ihnen.
– Sollen wir das Thema wechseln, oder darf ich weiterfragen?
– Nur zu.
– Was ist eigentlich mit Ihrer Schwester passiert? Also mit der leiblichen Tochter Ihrer vermeintlichen Eltern.
– Sie ist in einem Internat in der Schweiz. Ist so eine Art Kinderheim für Reiche. Bis sie achtzehn ist, kümmert man sich dort um sie.

– Sie haben keinen Kontakt mehr zu ihr?
– Nein. Wir standen uns nie besonders nahe. Wir haben zwar im selben Haus gewohnt, aber in zwei komplett verschiedenen Welten gelebt. Und als sich herausgestellt hat, dass ihr Vater ein Mörder ist, hat das die ganze Sache nicht besser gemacht.
– Stimmt es, dass Sie bei ihm im Gefängnis waren?
– Die Buschtrommeln in Ihrer Redaktion sind ganz schön laut.
– Ist mein Job, solche Sachen zu wissen.
– Und genau das finde ich so spannend. Es wäre wirklich großartig, wenn Sie mir eine Chance geben könnten. Ich bin neugierig, schnell, flexibel. Sie werden es nicht bereuen, wenn Sie mich ins Boot holen.
– Sie sind sehr selbstbewusst.
– Ich bemühe mich.
– Können Sie schreiben?
– Ich denke schon. Habe zwar bis vor Kurzem Medizin studiert, aber ich kann mit Sprache umgehen. Die Arbeiten, die ich geschrieben habe, wurden immer mit *Sehr gut* bewertet.
– Nun, dann wollen wir es einfach mal probieren.
– Was soll ich machen?
– Sie könnten erneut ins Gefängnis fahren und mit Ihrem ehemaligen Vater ein Interview führen. Er wird bald angeklagt. Etwas Schönes, Exklusives würde sich gut machen in unserer Zeitung. Wie Sie wissen, haben wir von Anfang an über alles berichtet und wohl deshalb auch maßgeblich dazu beigetragen, dass der Fall gelöst wird und Sie die Wahrheit erfahren.

– Tut mir leid, aber daraus wird nichts.
– Ich verstehe, dass Sie zögern. Aber denken Sie darüber nach. Dadurch hätten Sie das Heft selbst in der Hand. Sie bestimmen, was am Ende im Blatt steht.
– Ich will nichts mehr mit diesem kranken Psychopathen zu tun haben. Ich werde vor Gericht gegen ihn aussagen, aber das war es dann für mich.
– Schade.
– Tut mir leid, dass ich Sie an dieser Stelle enttäuschen muss. Trotzdem hoffe ich, dass ich für Sie arbeiten darf.
– Versteht sich natürlich.
– Freut mich sehr. Bleibt nur noch zu sagen, dass ich nicht nur schreiben, sondern auch fotografieren möchte. Das ist vorhin etwas untergegangen.
– Ihr Ernst?
– Ja. Die Fotografie war immer etwas, das mich sehr fasziniert hat. Ohne zu wissen, dass mein leiblicher Vater sein Geld damit verdient, habe ich jahrelang Fotos geschossen. Andere Jugendliche haben Gedichte geschrieben, ich habe Bilder gemacht. Gar keine schlechten, würde ich sagen.
– Sie wollen also tatsächlich so enden wie Bronski?
– Es gibt Schlimmeres, oder? Die Alternative wäre, Radiologin zu werden.
– Bringt auf alle Fälle mehr Geld.
– Ist aber bei Weitem nicht so spannend.
– Ich würde sagen, Sie sehen das genau richtig. Sie können sich das Ganze gerne ein paar Wochen lang in Ruhe ansehen. Wenn Bronski Sie unter seine Fittiche nehmen möchte, werde ich dem Familienglück auch hier in der Redaktion nicht im Wege stehen.

– Danke.
– Wir werden Ihnen aber jetzt erst mal alle Abläufe im Haus näherbringen, man wird Ihnen das Redaktionssystem erklären, und Sie werden die Kolleginnen und Kollegen kennenlernen.
– Jetzt?
– Sie haben doch keine Zeit zu verlieren, oder?
– Natürlich nicht. Bin zu allem bereit.
– Geld gibt es dafür erst mal keines, aber das ist Ihnen klar, oder? Wir reden hier von einem unbezahlten Praktikum.
– Ist klar.
– Und wenn Sie nicht pünktlich sind oder nicht tun, was man Ihnen sagt, haben Sie Ihre Chance verspielt. Ihre Sonderbehandlung endet nämlich hier und jetzt. Verstanden?
– Verstanden.
– Erlauben Sie mir noch eine letzte Frage. Glauben Sie, dass Sie dem wirklich gewachsen sind? Kann einem ganz schön an die Nieren gehen, woran Svenja und Bronski da gerade dran sind.
– Ich weiß. Ist schlimm, was da in Schmargendorf passiert ist.
– Der Mann, der vom Himmel fiel. Er beschäftigt Sie, oder?
– Ja. Ich kann nicht aufhören, an ihn zu denken.
– So etwas gehört leider dazu.
– Obwohl ich auch schon ein paar beschissene Dinge erlebt habe in meinem Leben, kann ich mir nicht im Entferntesten vorstellen, wie verzweifelt man sein muss, um so etwas zu tun. Ich habe gegoogelt, die Wahrscheinlichkeit, als blinder Passagier im Fahrwerkraum zu überleben, tendiert gegen null. Der Mann muss völlig am Ende gewesen

sein. Ich will mir gar nicht ausmalen, wovor er davongelaufen ist.

- Die Behörden sind gerade dabei herauszufinden, wer der Mann war. Mittlerweile wurde das Porträt, das von der Pressestelle der Polizei gekommen ist, auch von den internationalen Medien veröffentlicht. Solche Storys verkaufen sich überall gut. Wird also nicht lange dauern, bis ein Leser ihn erkennt und identifiziert.
- Und dann? Was passiert dann mit ihm?
- Wenn es gut geht und irgendjemand dafür aufkommt, wird er in seine Heimat überstellt und dort von den Menschen, die ihn lieben, begraben. Wenn er Pech hat, bekommt er hier bei uns ein Armenbegräbnis, man wird ihn irgendwo verscharren und vergessen.
- Klingt traurig.
- Ist es. Aber wir müssen es hinnehmen und weitermachen. Leider sterben zu viele Menschen da draußen, die genauso wie wir ein Recht auf ein glückliches Leben hätten. Es ist bitter, mitansehen zu müssen, dass manche Menschen einfach keine Chance haben. Von Anfang an nie eine hatten. Sie sollten sich schon mal daran gewöhnen.
- Ich bin mir nicht sicher, ob ich das kann.
- Sie müssen. Sonst haben Sie in diesem Job keine Chance.
- Man muss also abgebrüht sein?
- Ja, das muss man.
- Und warum haben Sie sich dann gegen den Abdruck der Fotos entschieden? Der Fotos, die Rembrand von dem Toten gemacht hat? Kann es sein, dass Sie ein schlechtes Gewissen hatten?
- Das ist ein schöner Gedanke, Judith. Aber ein schlechtes

Gewissen können wir uns nicht leisten. Der einzige Grund, warum ich mich gegen den Abdruck entschieden habe, ist unser gutes Verhältnis zur Polizei und zur Staatsanwaltschaft. Bevor wir solche Bilder veröffentlichen, sichern wir uns in alle Richtungen ab. Wir informieren die Leute dort in den Pressestellen, welches Fotomaterial wir haben, und treffen dann aufgrund ihrer Reaktion eine Entscheidung. Es geht darum, dass die Ermittlungen nicht behindert werden. Manchmal sollen bestimmte Details eines Kriminalfalls nicht an die Öffentlichkeit kommen. Und manchmal ist es einfach eine Frage des Anstands. Wenn wir also von der Staatsanwaltschaft gebeten werden, uns zurückzuhalten, halten wir uns zurück. Meistens jedenfalls. Und das lohnt sich auch. Eine Hand wäscht die andere.

– Verstehe.
– Wir fahren gut damit. Außerdem ist es ja nicht ausgeschlossen, dass wir die Bilder zu einem späteren Zeitpunkt noch drucken.
– Warum dann doch wieder?
– Mit großer Wahrscheinlichkeit werden wir noch etwas zu dieser Geschichte veröffentlichen, wenn wir wissen, wer der arme Kerl war. Wir werden den Leuten seine Vorgeschichte näherbringen und die politische Debatte wieder in Gang setzen. Endstation Europa, nie versiegende Flüchtlingsströme, das Aussterben der Menschlichkeit, Ertrinkende im Mittelmeer. Männer, die aus Flugzeugen fallen. Sie werden sehen, wir werden irgendetwas Hübsches zusammenbasteln.
– Das klingt sehr zynisch.
– Ich weiß. Aber Sie irren sich. Sie werden es nicht glauben,

aber es ist mir tatsächlich wichtig, dass wir ab und zu etwas Gutes mit unserer Arbeit bewirken. Auch in diesem speziellen Fall.

– Und das wäre?
– Gerechtigkeit vielleicht? Die Aufmerksamkeit, die dieser Fall verdient? Wir schaffen ein Bewusstsein für den Albtraum, in dem dieser Mann gefangen war.
– Das klingt schon besser.
– Mir geht es wie Ihnen, Judith. Dieses Foto berührt mich. Wie dieser Mann da im Gras liegt. Endgültig von allen Träumen erlöst. Das tut weh.
– Ja, das tut es.
– Dann lassen Sie uns herausfinden, was passiert ist.
– Guter Plan.

SIEBEN

Klaus Rembrands Leiche wurde aus der Spree gefischt.
Sechs Tage nachdem er bei sich zu Hause in seinem Hawaiihemd für mich posiert hatte, zog er erneut die Aufmerksamkeit des ganzen Landes auf sich.
Wir waren gerade zu Besuch bei meiner Schwester, als Touristen ihn im Wasser treiben sahen. Judith und ich spielten mit den Kindern, als man Rembrands nackten Körper aus dem Wasser hob. Ich verlor zum fünften Mal in Folge beim UNO-Spielen, als festgestellt wurde, dass man ihm sieben Finger abgeschnitten und dann die Kehle durchtrennt hatte.
Ein grausamer Mord war es.
Ein schöner Mittag mit der Familie.
Anna hatte uns zum Essen eingeladen.
In ihrer Altbauwohnung in Kreuzberg hatten die Kids ungeduldig auf mich und Judith gewartet. Onkel David war ein seltener Gast, auf den sie sich aus mir unerfindlichen Gründen immer freuten wie auf das Christkind. Es lag nicht an den Geschenken allein, die ich aus schlechtem Gewissen heraus gewöhnlich mitbrachte, die kleinen Monster schienen mich einfach zu mögen.

Wahrscheinlich hatte die unerschütterliche Liebe, die mir Anna seit so vielen Jahren bedingungslos entgegenbrachte, auch auf die Kinder abgefärbt. Überhaupt war es immer wieder schön, an diesem Familienleben teilhaben zu dürfen. Anna und ihr Mann Robert schienen sich gut zu verstehen, selten gab es Konflikte, die sich über Tage hinzogen. Und wenn, dann hatten sie nur mit Annas Arbeit zu tun. Dass sich ihre beruflichen Welten so drastisch voneinander unterschieden, führte manchmal zum Streit, es gelang den beiden aber immer irgendwie, die Wogen zu glätten.
Robert war Grundschullehrer. Anna Privatermittlerin. Und Chefin einer Wachschutzfirma. Sie hatte mit Ehebrechern und Mobbingopfern zu tun, außerdem arbeitete sie für einen libanesischen Clan. Zumindest war sie für die Sicherheit an den Türen zahlreicher Clubs verantwortlich, die in deren Besitz waren.
So wie ich kannte auch Anna die dunkle Seite des Lebens, Robert nicht. In seiner Schule kümmerte er sich liebevoll und engagiert um die Kinder, er glaubte an das Gute, war in jeder Lebenssituation verständnisvoll und trug Anna auf Händen. Trotzdem fuhr sie regelmäßig aus der Haut.
Nicht die Libanesen bringen mich um, sagte sie.
Sondern er mit seiner Angst.
Ich besänftigte sie. Sagte ihr, dass sie aufhören solle zu jammern. Robert sei das Beste, was ihr in ihrem Leben passiert war. Anna rollte dann nur mit den Augen und grinste.
So eine Ehe ist die Hölle, sagte sie.
Aber sie zwinkerte mir dabei zu.
Wir verstanden uns.
Immer schon.

Sie war es, die für mich da gewesen war, als Judith damals verschwunden war, sie hatte mich all die Jahre über Wasser gehalten. Als ich nach dem Tod meiner Frau aufhören wollte, um mein Leben zu strampeln, hielt sie mich davon ab, unterzugehen.

Dass Judith zu mir zurückgekommen war, machte Anna ebenso glücklich wie mich.

Jetzt ist unsere Familie wieder komplett, sagte sie.

Anna hatte Judith sofort ins Herz geschlossen.

Die fremde junge Frau, die meine Tochter war.

Mein Baby, nach dem wir so lange gesucht hatten.

Anna empfing Judith mit offenen Armen.

Ich bin immer für dich da, Judith.

Falls dir dein Vater auf die Nerven geht, kommst du zu mir.

Und Judith nahm die Einladung gerne an.

Annas unkomplizierte und direkte Art machte alles leicht und selbstverständlich. Judith besuchte sie, ließ sich öfter bei ihr blicken, als ich es tat. Ohne es mir zu sagen, fuhr sie immer wieder nach Kreuzberg, trieb mit den Kindern Unfug und fragte Anna über mich und Mona aus. Sie wollte mehr über ihre leibliche Mutter erfahren, sie musste dieselbe Geschichte aus verschiedenen Mündern und Perspektiven hören.

Sie sah sich Bilder an.

Mona und ich. Mona und das Baby. Judith bei ihrer Geburt. Stundenlang erzählte Anna. Meine große Schwester hielt erneut die Familie zusammen. Obwohl sie selbst mehr als genug zu tun hatte, nahm sie sich Zeit dafür.

Sie stand wie ein Fels in ihrer Küche und ermutigte uns.

Lasst euch Zeit, sagte sie.

Genießt doch einfach diese Tage miteinander.
Mir war klar, dass sie recht hatte. Dass es nicht lange dauern würde, bis Judith wieder aus meiner Wohnung ausziehen würde. Sie war erwachsen. Dass sie Zeit mit mir verbringen wollte, war ein Glücksfall. Auch dass sie mit mir arbeiten wollte. Dass sie diese Leidenschaft mit mir teilte.
Es war eine große Überraschung für mich gewesen, als ich begriff, dass Judith so viel Ahnung von der Fotografie hatte. Sie wusste, wie Belichtungszeit und Blende im Verhältnis zueinander standen, sie war technisch versiert und hatte ein Gefühl für Motive und Komposition. Ich war beeindruckt, als wir zum ersten Mal in der Dunkelkammer standen und gemeinsam die Bilder entwickelten, die sie aufgenommen hatte. Analog. Weil auch sie davon fasziniert war. Sie hatte Spaß daran, sich diesem altmodischen Zugang zur Fotografie nicht zu verweigern.
Judith experimentierte, probierte sich aus. Sie hatte Talent.
Auch Anna war verblüfft, als ich die Fotos, trotz Judiths Protest, auf dem Küchentisch auslegte.
Die ist ja jetzt schon besser als du, sagte sie.
Da musst du dich anstrengen, Bronski.
So wie es aussieht, wird sie deinen Laden bald übernehmen.
Wir lachten.
Anna schichtete Gemüseauflauf auf unsere Teller und erzählte von ihren aktuellen Fällen. Ohne indiskret zu sein, entwarf sie ein Panoptikum menschlicher Untiefen. In Anwesenheit ihrer Kinder und trotz Roberts Interventionen sprach sie über Ehebruch, Firmenspionage und diverse Schlägereien in den Libanesenclubs.
Gehört zu meinem Leben dazu, sagte sie.

Sie beschäftigte mittlerweile achtzehn Mitarbeiter, die an den Wochenenden alle Hände voll zu tun hatten. Das Thema Sicherheit spülte regelmäßig eine schöne Menge Geld in ihre Kasse. Dass Anna sich als Frau gegen die männliche Konkurrenz durchgesetzt hatte, lag einerseits an ihrer Geschäftstüchtigkeit und daran, dass sie nie ein Blatt vor den Mund nahm, andererseits hatte es auch mit ihrem Äußeren zu tun. Anna war kräftig, wog mehr als hundert Kilo und strahlte eine beunruhigende Selbstsicherheit aus. Sie hatte keine Angst vor den Machotypen, mit denen sie es zu tun hatte, sie war verlässlich und verschwiegen, man respektierte sie.

Anna Dragic hatte sich längst einen Namen gemacht. Nach vielen Jahren in der Branche rankten sich jetzt schon Legenden um sie. Mit einem gewissen Stolz servierte sie uns den neuesten Tratsch zum Dessert, sie erzählte uns, was sie kürzlich auf der Straße aufgeschnappt hatte.

Dragic hätte einem Albaner mit bloßen Händen beide Arme und Beine gebrochen, hieß es. Sie hätte sogar einen umgebracht, der ihr unvernünftigerweise zu nahe gekommen war. Man würde es ihr aber niemals nachweisen können. Sie sei nämlich nicht nur eiskalt und skrupellos, sondern auch noch unheimlich schlau.

Anna musste schallend lachen.

So ein Ruf kann ja nicht schaden, sagte sie.

Solange sie so über mich denken, kann Robert sich entspannen.

Sie küsste ihn auf die Wange.

Robert schüttelte nur den Kopf. Er sprach nicht aus, was ihm auf der Zunge lag. Ich konnte es dennoch sehen. Er lächelte nur und versuchte ein weiteres Mal auszublenden, dass seine

Frau eine Superheldin war, die sich täglich in der Welt der Bösen behaupten musste.
Ich hab dich lieb, flüsterte Anna ihm zu.
Dann klingelte mein Telefon.
Ich ging nach draußen auf die Terrasse, um den Anruf entgegenzunehmen. Es war ein Informant. Daniel. Einer jener uniformierten Polizisten, die mir wohlgesonnen waren. Ich hatte vor drei Jahren seine Hochzeit fotografiert, ohne ein Honorar dafür zu nehmen, und er revanchierte sich dafür. Immer, wenn während seines Dienstes etwas Spektakuläres passierte, ließ er es mich wissen. Ein perfektes Arrangement. Ihm entstand durch die kleinen Tipps kein Schaden, für mich waren sie Gold wert. Durch Daniels Hilfe war ich oft lange vor den Kollegen an Tatorten oder Unfallstellen, ich konnte Bilder machen, von denen die anderen nur träumten, weil sie erst lange nach mir eintrafen. Die Verstorbenen waren dann meistens bereits abtransportiert, die Einsatzwägen mit Blaulicht verschwunden und die Straßensperren aufgelöst. Schnelligkeit war entscheidend. Wer zuerst da war, hatte die Chance auf die besten Bilder. Verdiente am meisten Geld damit. Machte sich in den Redaktionen unverzichtbar.
Es war ein knallharter Job.
Deshalb rannte ich. Und Judith hinter mir her.
Aus Annas Wohnung.
Die Treppen nach unten.
In meinem Wagen nach Berlin Mitte.
In Rekordzeit. Denn jede Minute zählte.
Während wir durch die Stadt rasten, erzählte ich Judith, was passiert war, und rief auch Svenja an. Ich sagte ihr, dass sie zur Museumsinsel kommen und in der Redaktion Bescheid

geben sollte. Ich teilte ihr alles mit, was ich zu diesem Zeitpunkt wusste.

Männliche Leiche.

Vor dreißig Minuten aus dem Fluss gefischt.

Nackt.

Keine Papiere.

Amputierte Finger, durchschnittene Kehle.

Mordalarm. Einer von vielen in Berlin.

Um wen es sich bei dem Opfer handelte, wussten wir zu diesem Zeitpunkt noch nicht. Erst als Judith kurz nach unserer Ankunft am Tatort durch einen glücklichen Zufall einen Blick auf die Leiche erhaschen und ein Foto machen konnte, wurde uns klar, mit wem wir es zu tun hatten.

Judith hatte einen Volltreffer gelandet.

Entweder war es Anfängerglück, oder sie hatte einen besonderen Riecher. Tatsache war, dass sie exakt im richtigen Moment an der richtigen Stelle gewesen war und abgedrückt hatte.

Wir hatten geparkt, die Kameras aus dem Kofferraum geholt und uns getrennt. Wir wollten uns der Fundstelle der Leiche von zwei Seiten nähern.

Drück einfach ab, hatte ich gesagt.

Je mehr Material wir haben, desto besser.

Und Judith hatte genickt.

Zwei Minuten später hatte sie diese winzige Lücke in den blickdichten Absperrungen gefunden, die rund um die Leiche aufgebaut worden waren.

Sie reagierte sofort. Hob die Kamera. Drückte ab.

Als sie mir das Foto kurze Zeit später zeigte, war ich begeistert.

Mitarbeiter der Spurensicherung waren zu sehen, unzählige Uniformierte. Und der nackte tote Mann. Im ersten Moment dachten wir beide, dass uns dieses Gesicht bekannt vorkam, aber wir wussten nicht, woher. Wir stellten die Verbindung zu der Story mit dem afrikanischen Flüchtling und dem Buchhalter im Hawaiihemd noch nicht her. Die fehlenden Kleider und die Tatsache, dass es sich um ein Gewaltverbrechen handelte, ließen uns nicht an den ausländerfeindlichen Glückspilz denken, der uns vor knapp einer Woche ein Bier spendiert hatte. Erst als ich am Display in das Foto hineinzoomte, fiel bei uns beiden der Groschen. Wir starrten dieses Gesicht an. Und erinnerten uns. Klaus Rembrand.
Während die Polizei noch völlig im Dunkeln tappte, was die Identität des Opfers anging, kannten wir bereits seine Wohnadresse und wussten, dass er in einen spektakulären Fall verwickelt gewesen war. Wir hatten sogar Fotos von ihm. Vor sechs Tagen veröffentlicht. Rembrand in Feierlaune, weil er das Unglück, das sich in seinem Garten zutrug, überlebt hatte.
Es war eine unglaubliche Abfolge von Ereignissen.
Das konnte kein Zufall sein.
Judith und ich waren uns sicher. Auch Svenja.
Nachdem sie angekommen war und sich einen Überblick verschafft hatte, begann sie Fragen zu stellen. Während Judith weiter herumstreifte und Bilder machte, versuchten wir Antworten zu finden.
Worin war Rembrand verstrickt gewesen? Hatte er möglicherweise ein kriminelles Vorleben gehabt? Gab es Verbindungen ins Rotlichtmilieu? Hatte er uns etwas vorenthalten?
Vielleicht war er ja Zuhälter, sagte Svenja.

Vielleicht hatte er Spielschulden, sagte ich.
Wir sponnen herum, während wir darauf warteten, dass wir mit einem ermittelnden Beamten sprechen konnten. Wir mussten geduldig sein. Und doch brannten wir vor Tatendrang und Neugier.
Wir interviewten und fotografierten Passanten, sammelten Fakten und riefen schließlich Regina an. Wir kündigten ihr innerhalb der nächsten Stunde eine erste Onlinestory an und brachten sie dazu, uns Platz in der Printausgabe freizuhalten. Es ging darum, mit exklusiven Inhalten vorzupreschen, den Lesern klarzumachen, dass unsere Zeitung jene war, die die besten Informationen hatte.
Wir wussten mehr als alle anderen.
Und wir hatten die besten Bilder.
Dank Judith.
Still und heimlich feierten wir bereits.
Wir waren wie im Rausch. Der Informationsvorsprung beflügelte uns. Was wir über Rembrand wussten, ermöglichte uns einen gewissen Verhandlungsspielraum mit der Polizei. Wir hielten einen kleinen Trumpf in der Hand. Svenja und mir war klar, dass wir durch Zufall auf etwas Großes gestoßen waren, wir standen am Anfang einer Geschichte, die mehrere Schlagzeilen machen würde, nicht nur eine.
Sogar Judith war überzeugt davon.
Obwohl sie erst ein paar Tage an Bord war, hatte ich das Gefühl, dass sie bereits völlig verstanden hatte, worum es ging. Mit einem Lächeln im Gesicht sprach sie aus, was ich mir dachte.
Wir sollten uns sofort auf die Suche nach dieser Oxana machen. Sie ist der Schlüssel zu der ganzen Sache.

Svenja nickte.
Anna wird uns dabei helfen, meinte ich.
Dann tauchte dieser Kripobeamte auf.
Es ging alles ganz schnell.
Er grinste, ging auf Svenja zu und nahm sie in den Arm.
Was machst du denn hier, fragte er.
Svenja Schatz. Was kann ich für dich tun, meine Schöne?
Ein paar lange Sekunden hielt er sie fest.
Dann gab er ihr einen Kuss.
Mitten auf ihren wunderschönen Mund.

ACHT

SVENJA SPIELMANN
LEANDER VOGT

- Du hast mich überrumpelt.
- Immer wieder gerne, Svenja.
- Ist zwar schön, dich wiederzusehen, aber das mit dem Kuss wäre wirklich nicht nötig gewesen.
- Ich fand ihn gut.
- Du bist immer noch derselbe Spinner.
- Man tut, was man kann. Bin gerne für dich da, Svenja. Wie gesagt, was immer du brauchst, ich versuche, es möglich zu machen.
- Danke, Leander. Ich weiß das wirklich zu schätzen.
- Wobei ich mir nicht ganz sicher bin, ob es eine gute Idee war, dich mitzunehmen.
- Doch, doch, das passt schon.
- Bist du wirklich sicher, dass du das sehen willst? Hast du Erfahrung damit?
- Nein. Wie du weißt, saß ich bis vor Kurzem in der Kulturredaktion. Mit Leichen hatte ich da selten zu tun.
- So eine Obduktion ist nichts für zarte Gemüter, könnte durchaus sein, dass du kollabierst.

– Ich frage mich eher, ob ich den Boden vollkotzen werde. Riecht irgendwie streng hier.
– Da kann ich dich beruhigen. Der nette Gerichtsmediziner hat mir erzählt, dass sich in all den Jahren, in denen er hier Leichen aufgeschnitten hat, noch nie jemand übergeben hat. An den Geruch gewöhnt man sich. Geht schnell, wirst sehen.
– Nett, dass du dir Sorgen um mich machst.
– Gerne. Kann nicht anders. Ich mag dich einfach zu sehr. Wirklich jammerschade, dass das nicht geklappt hat mit uns beiden.
– Stimmt. Wirklich schade.
– Meinst du das im Ernst?
– Ja, klar doch. Muss ein Albtraum für dich gewesen sein, aus mir schlau zu werden.
– War eine ziemliche Achterbahnfahrt. Im einen Moment Sonnenschein, im anderen schwerer Sturm. Du warst wankelmütig, Svenja.
– Ich hing noch sehr an meinem verstorbenen Mann.
– Er war da bereits seit sieben Jahren tot.
– Man kann sich seine Gefühle leider nicht aussuchen. Damals war ich einfach noch nicht so weit.
– Jetzt scheinst du es zu sein.
– Wie meinst du das?
– Dieser Fotograf da. Bronski heißt er, oder?
– Was ist mit ihm?
– Es war offensichtlich, dass ihr beiden mehr seid als nur Arbeitskollegen. So eifersüchtig, wie er war, könnte man meinen, es wäre die ganz große Liebe zwischen euch.
– Ist noch ganz frisch. Aber du hast recht, könnte tatsäch-

lich was werden. Ich habe es nämlich mittlerweile fertiggebracht, die Sachen meines Mannes wegzuwerfen. Ich habe das alles viel zu lange aufbewahrt. Heute weiß ich, dass das nicht besonders gesund war. Für mich nicht und auch nicht für dich. Aber so wie ich dich kenne, hast du längst Ersatz für mich gefunden. Du warst nie der Typ, der etwas anbrennen ließ.

– Stimmt.

– Scheint ganz gut zu laufen für dich. Wie ich gehört habe, bist du jetzt Chef der Mordkommission.

– Hat sich so ergeben, ja.

– Kann einer Polizeireporterin bestimmt nicht schaden, einen direkten Draht zu dir zu haben. Wer weiß, was sich da noch für Synergien ergeben.

– Wahnsinn.

– Was?

– Hätte nie im Leben gedacht, dass du jemals zu den Kriminalreportern wechselst. Du warst immer so kultiviert. Kunst, klassische Musik, nichts auf der Welt hätte dich dazu bringen können, freiwillig zwei Stunden lang mit mir und einer Leiche in einem stinkenden Obduktionssaal zu verbringen.

– Da ist was dran.

– Bronski muss dich ganz schön durcheinandergebracht haben.

– Hat er.

– Du weißt, dass er ziemlich durchgeknallt ist, oder?

– Ich habe mir sagen lassen, dass er Porträts von den Leichen macht. Von Unfallopfern, Selbstmördern, Ermordeten. Er macht das zum Vergnügen, Svenja.

– Ich weiß.
– Ist doch ziemlich spooky, oder? Und dann noch die Geschichte mit seiner Tochter. Scheint mir keine ganz einfache Angelegenheit zu sein. Ziemlich viel kriminelle Energie, mit der du dich da umgibst, wenn du mich fragst. Dein Geliebter scheint sich nicht immer ganz unter Kontrolle zu haben.
– Hör auf, Leander. Ist lieb gemeint von dir, aber unsere Zeit ist vorbei.
– Du weist mich zurück, nutzt mich aber gleichzeitig knallhart aus. Du bekommst die Obduktionsergebnisse quasi aus allererster Hand, ich riskiere meinen Job für dich, Svenja. Und wofür das Ganze?
– Von mir weißt du, wie der Mann hier heißt, wo er gewohnt hat, und dass er vor einer Woche durch die internationalen Medien gegangen ist. War doch auch für dich ein guter Deal, oder?
– Stimmt. Aber die Wahrheit ist, dass ich dich nur hierher mitgenommen habe, weil ich dich vermisse. Ich hoffe, dass du es dir anders überlegst.
– Werde ich nicht.
– Abwarten, Svenja.
– Kümmern wir uns jetzt lieber um unseren Freund Rembrand. Ich will wissen, was das mit seinen Fingern ist. Ob sie nach seinem Tod abgetrennt wurden oder vorher.
– Für mich schaut es so aus, als wäre er gefoltert worden.
– Warum sollte jemand ihn foltern?
– Du kennst ihn besser als ich. Warst bei ihm zu Hause, ihr habt euch unterhalten. Ich bin mir sicher, du kannst mir

noch mehr erzählen, das mich bei meinen Ermittlungen unterstützt.

– Wenn ich etwas herausfinde, das dich interessieren könnte, werde ich mich gerne bei dir melden. Macht tatsächlich Sinn, wenn wir uns gegenseitig helfen, oder?
– Macht es.
– Falls ihr also etwas Interessantes bei der Hausdurchsuchung finden solltet, die ihr gerade bei Rembrand veranstaltet, sag es mir bitte.
– Wie war das neulich bei der Befragung? Hattest du das Gefühl, dass er Angst hatte? Dass er sich bedroht fühlte? Was hat er für einen Eindruck auf dich gemacht?
– Der war völlig entspannt. Ordentlich angetrunken. Hat das mit dem Flüchtling, der ihn beinahe erschlagen hätte, ziemlich locker weggesteckt. Ein harmloser Typ, wenn du mich fragst. Ein bisschen einfältig vielleicht, aber nicht kriminell. Ich kann mir nicht vorstellen, dass er etwas zu verbergen hatte.
– Wir werden es herausfinden, Svenja.
– Wir?
– Die Polizei, meinte ich. Die Kollegen, die sich gerade sein Haus anschauen, sagen, dass die möglichen Täter das komplette Chaos hinterlassen haben. Es ist also offensichtlich, dass sie nach etwas gesucht haben.
– Nach was?
– Sag du es mir.
– Ich habe keine Ahnung, Leander.
– Könnte auch sein, dass du es mir nicht sagen willst. Aber egal. Ist, wie gesagt, nur eine Frage der Zeit, bis wir wissen, was da los war.

– Mal sehen, wer schneller ist.
– Du lässt die Finger davon, Svenja. Wäre schade, wenn du sie ebenfalls verlieren würdest. So wie es aussieht, verstehen diejenigen, die das hier gemacht haben, keinen Spaß.
– Ich kann auf mich aufpassen, Leander.
– Kannst du nicht, Svenja. Du brauchst einen starken Mann an deiner Seite. Einen, der es niemals zulassen würde, dass du dich in Gefahr begibst.
– Du meinst, einen wie dich?
– Genau so ist es.
– Eigentlich wollten wir uns ja eine Obduktion anschauen und nicht über unsere gescheiterte Beziehung plaudern.
– Das Lachen wird dir schon noch vergehen, meine Liebe.
– Das werden wir ja sehen.

NEUN

Svenja bereute, dass sie ihren Mund so weit aufgerissen hatte. Sie bekam dieses Geräusch nicht mehr aus ihrem Kopf. Dieses Knacken und Krachen, das der Knochen machte, als der Obduktionsassistent den Schädel öffnete. Nachdem er mit einem Messer die Kopfhaut eingeschnitten und sie nach vorne gestülpt hatte, begann er zu sägen und mit Spatel und Hammer den Kopf von Klaus Rembrand zu öffnen wie ein Frühstücksei.

Svenja wollte den Raum verlassen.

Doch sie zwang sich zu bleiben.

Schaute dabei zu, wie Klaus Rembrand aufgeschnitten wurde. Sie sog alles in sich auf. Schrieb mit, was der Gerichtsmediziner in sein Aufnahmegerät diktierte.

Er hielt das Hirn in der Hand und beschrieb es, dann legte er es auf ein Brett und schnitt es in Scheiben. Klaus Rembrand war nur noch ein Stück Fleisch, eine Hülle, ein Körper, aus dem ein Organ nach dem anderen entnommen wurde. Sie hatten den Brustkorb und den Bauchraum geöffnet, Lungen, Herz, Magen, Leber, Nieren, alles wurde untersucht und abgewogen.

Es war eine Lehrstunde in Anatomie.
Die sieben Finger waren wie erwartet *ante mortem* abgetrennt worden. Vielleicht mit einem Bolzenschneider. An den Stümpfen waren Schürfungssäume erkennbar. Bei den histologischen Untersuchungen würde sich zeigen, dass es im Bereich der unregelmäßigen Wundränder zu keinen vitalen Reaktionen gekommen war. Man hatte Rembrand an Hand- und Fußgelenken gefesselt, ihn vermutlich mehrere Stunden lang gefoltert und ihm anschließend mit einem scharfen Gegenstand, wahrscheinlich einem Messer, die Halsweichteile und die großen Halsgefäße glatt durchtrennt. Der Täter musste hinter dem Opfer gestanden haben. Der Halsschnitt verlief von links oben nach rechts unten, vermutlich handelte es sich um einen Rechtshänder. Es fehlten jegliche Abwehrverletzungen, es gab keine Schnitte an den Handinnenflächen, den Handrücken, den noch vorhandenen drei Fingern oder an den Unterarmen.
Die Unterversorgung des Gehirns mit Sauerstoff und der massive Blutverlust hatten schnell zum Tod geführt. Durch die Verletzung der Luftröhre war es auch zu Bluteintritten in die Lunge gekommen. Die Totenflecken waren vermindert ausgebildet, die Nieren blass.
Rembrand hatte nicht lange im Wasser gelegen. Die für eine Wasserleiche typischen Anzeichen fehlten. Es war nur ansatzweise zu einer Wachshautbildung gekommen, Fußsohlen und Handflächen waren noch nicht weiß verdickt. Nägel und Behaarung waren vorhanden, es waren keine Spuren von Algen oder Bakterienrasen zu sehen. Die Leiche wies auch keine Treibbeschädigungen auf.
Offensichtlich hatte man sie in die Spree geworfen, weil man

die Spuren der Folterung verwischen wollte. Die Kleidung wurde dem Opfer wahrscheinlich ausgezogen, um zu verhindern, dass DNA gefunden wurde. Die Täter hatten sicher auch Handschuhe getragen, der Gerichtsmediziner und Leander gingen davon aus, dass Profis am Werk gewesen waren. Sie hatten Klaus Rembrand hingerichtet, nachdem er ihnen gesagt hatte, was sie wissen wollten.

Es war ein grauenhafter Anblick.

Doch die Informationen, die Svenja bekommen hatte, waren äußerst nützlich. Sie hatte die inoffizielle Erlaubnis des leitenden Kriminalbeamten, das alles zu veröffentlichen, noch bevor eine offizielle Pressemitteilung ausgesendet wurde. Leander hatte Svenja nach getaner Arbeit des Gerichtsmediziners lediglich gebeten, nicht zu erwähnen, wer ihr Informant war. Es passierte immer wieder, dass Details zu laufenden Fällen geleakt wurden, in den meisten Fällen wurde es einfach hingenommen, niemand bei der Polizei hatte Zeit für interne Untersuchungen solch kleiner Vergehen. Außerdem war man bemüht, ein gutes Verhältnis zu den Medien zu pflegen.

Als Svenja zurück in die Redaktion fuhr, dachte sie über Leander nach. Es war ein Glücksfall, dass sie auf ihn getroffen war. Es hatte sie zwar kalt erwischt, aber am Ende profitierte sie davon. Er ermöglichte es ihr, tiefer zu blicken, als es ihr normalerweise erlaubt war. Dass er sie vor Bronski in eine unangenehme Situation gebracht hatte, verdrängte sie. Sie hatte zugelassen, dass Leander sie umarmte und küsste. Und damit eine kleine Lawine ausgelöst.

Bronski war eifersüchtig.

Sie wusste, dass sich die beiden Männer bereits einige Male über den Weg gelaufen waren, bisher hatte es für Leander

und Bronski aber keinen Grund gegeben, sich näher miteinander zu befassen.
Das hatte sich nun mit einem Schlag geändert.
Svenja hatte Bronski am Tatort kaum beruhigen können.
Was will dieser Arsch von dir?
Wie kommt er dazu, dich auf den Mund zu küssen?
Gibt es da irgendetwas, das ich wissen muss?
Svenja hatte alle Hände voll damit zu tun gehabt, Bronski zu beruhigen und die Situation unter Kontrolle zu bringen. Es war ihr einerseits peinlich, dass er sich so gehen ließ. Insgeheim fand sie es aber rührend, dass er seine Gefühle so offen und ungefiltert zeigte.
Als sie ihn nun im Aufenthaltsraum der Redaktion zur Seite nahm, entschuldigte sie sich deshalb dafür, dass sie Leander nicht erwähnt hatte.
Das ist alles lange vorbei, sagte sie. *Freu dich lieber, dass wir nun eine direkte Leitung zur Kripo haben.*
Und jetzt hör bitte auf, Theater zu machen.
Du bist es, mit dem ich nach der Arbeit nach Hause gehe.
Vorerst.
Sie schmunzelte.
Und bevor er das falsch verstehen konnte, umarmte sie ihn.
Sie mussten sich wieder auf die Arbeit konzentrieren. Sich um Text und Bilder kümmern. Regina auf den aktuellen Stand bringen.
Gemeinsam beschlossen sie, sich um die Prostituierte zu kümmern, von der noch niemand wusste. Stolz erzählte Bronski, dass seine Schwester herausgefunden hatte, um wen es sich handelte. Wo diese Frau wohnte, und dass sie für einen Escortservice arbeitete.

Warum hilft sie uns, fragte Regina.
Weil sie hofft, dass du sie dafür bezahlst, sagte Svenja.
Regina lachte. Stellte ein kleines Honorar in Aussicht und zeigte sich beeindruckt darüber, dass es Anna innerhalb von zwei Stunden gelungen war, diese eine Schöne zu finden in einer Stadt mit über achttausend Prostituierten.
Oxana.
Im richtigen Leben hieß sie Nadia Puck.
Sehr gut, sagte Regina.
Ihr konzentriert euch nur noch auf die Rembrand-Story.
Ich will wissen, was er zu verbergen hatte.
Was die Prostituierte damit zu tun hat.
Findet es heraus, und lasst uns Auflage machen.
Svenja nickte zufrieden. Alles lief wie am Schnürchen.
Sie wollte keine Zeit mehr vergeuden und mit Judith und Bronski nach Zehlendorf fahren. Oxana einen Besuch abstatten. Herausfinden, was sie wusste.
Wie alles zusammenhing.
Ohne ein weiteres Wort über Leander zu verlieren, parkten sie in der Nähe des Zehlendorfer Friedhofs vor einem entzückend kleinen Häuschen in der Querstraße.
Svenja bereitete sich darauf vor, Oxana zu einem Interview zu überreden. Sie würde ihr behutsam beibringen, was mit Klaus Rembrand geschehen war. Sehr wahrscheinlich wusste sie noch nichts von seinem Tod. Mit Gespür wollte Svenja Rembrands Gespielin zum Reden bringen.
Guter Dinge betrat sie mit Judith und Bronski den liebevoll gepflegten Garten.
Nadia Puck stand auf dem Klingelschild.
Zur Verwunderung aller stand die Tür offen. Nur einen

Spaltbreit, so als hätte jemand gerade erst das Haus verlassen, um den Müll rauszubringen.
Bronski klingelte. Klopfte. Rief ihren Namen.
Frau Puck?
Sind Sie zu Hause?
Wir würden gerne mit Ihnen reden.
Keine Antwort.
Kurz warteten sie noch ab.
Dann hörten sie es.
Jemand weinte. Schluchzte. Wimmerte.
Ist alles in Ordnung?, rief Bronski.
Wir kommen jetzt rein.
Schnell ging er durch den Vorraum.
Dann durch die Küche. Svenja und Judith hinterher.
Überall herrschte Chaos. Tausend Sachen lagen herum, aufgerissene Schubladen am Boden, aufgeschlitzte Polstermöbel, umgestoßene Bücherregale, durchwühlte Kommoden und Kästen im Wohnzimmer.
Und auf dem Boden eine Frau.
Überall war Blut.
Ihr Hals war aufgeschnitten.
Fassungslos starrten sie sie an. Keiner rührte sich von der Stelle.
Ganz still war es.
Mit allem hatten sie gerechnet, aber nicht damit.
Dass es noch einmal passieren würde.
Zwei Tote an einem Tag.
Dasselbe Bild wie bei Rembrand.
Svenja hatte die Stimme des Rechtsmediziners noch im Ohr.
Halsweichteile und Halsgefäße durchtrennt.

Unterversorgung des Gehirns mit Sauerstoff.
Es musste ein schneller Tod gewesen sein.
Das Blut am Boden war bereits eingetrocknet. Die Frau schon lange gestorben.
Svenja begriff es als Erste.
Die Geräusche, die sie gehört hatten.
Das Schluchzen und Wimmern.
Es konnte nicht von der Toten gekommen sein.
Hier ist noch jemand, sagte Svenja.
Dann erst hörten sie Schritte.
Jemand rannte an ihnen vorbei.
Durch den Vorraum ins Freie.
Eine Frau.
An ihren Händen war Blut.

ZEHN

DAVID BRONSKI
NADIA PUCK

- Stehen bleiben.
- Verschwinden Sie.
- Um Himmels willen, jetzt hören Sie doch endlich auf mit dem Unsinn. Wie weit wollen Sie denn noch rennen?
- Bleiben Sie weg von mir.
- Kann ich nicht. Ich bekomme nämlich kaum noch Luft. Deshalb wird unser kleiner Ausflug jetzt hier enden.
- Lassen Sie mich.
- Nein, mir reicht es.
- Sie tun mir weh.
- Tut mir leid. Aber Sie müssen aufhören, sich zu wehren. Ich will doch nur mit Ihnen reden. Ihnen helfen, verstehen Sie?
- Lassen Sie mich los, verdammt noch mal.
- Ich werde Sie erst loslassen, wenn Sie mir versprechen, nicht mehr wegzulaufen. Sie gehen mit mir zurück ins Haus, und wir rufen gemeinsam die Polizei. Einverstanden?
- Nein. Ich habe nichts getan. Ich muss weg von hier. Schnell.

– Wir werden über alles in Ruhe reden. Beruhigen Sie sich erst mal. Wir spazieren zurück und klären das alles.
– Die werden wiederkommen.
– Wer wird wiederkommen?
– Sie war schon tot, als ich sie in den Arm genommen habe. Ich wollte ihr helfen. Aber es war zu spät. Ich konnte nichts mehr tun.
– Sie haben gesehen, wie sie gestorben ist?
– Ja.
– Umso wichtiger ist es, dass Sie eine Aussage machen. Ich werde Sie jetzt in Sicherheit bringen und dafür sorgen, dass man Ihnen hilft. Die Polizei ist bestimmt gleich vor Ort.
– Die können mir nicht helfen. Wenn Sie mich nicht gehen lassen, machen Sie alles nur noch schlimmer.
– Wenn Sie nichts getan haben, müssen Sie auch nichts befürchten.
– Sie verstehen das nicht.
– Was verstehe ich nicht?
– Die Männer, die das getan haben, wollten zu mir. Ich hätte sterben sollen, nicht Sarah.
– Sarah?
– Meine Freundin. Sie hat mich besucht. Wir haben gekocht. Ich habe im Garten hinter dem Haus Kräuter geschnitten, als es geklingelt hat. Ich dachte, es wäre der Postbote. Hab mir nichts dabei gedacht.
– *Sie* sind Nadia Puck?
– Ja.
– Was wollten die Männer von Ihnen? Was hätten sie für einen Grund, Sie zu töten? Worum geht es hier?

– Das geht Sie einen Scheißdreck an. Wenn Sie mich nicht sofort gehen lassen, schreie ich.
– Von mir aus, schreien Sie. Ich kann Sie trotzdem nicht gehen lassen.
– Was zur Hölle wollen Sie von mir? Wer sind Sie überhaupt?
– David Bronski. Wir kommen von der Zeitung. Meine Kolleginnen und ich wollten mit Ihnen über Klaus Rembrand reden.
– Kenne ich nicht.
– Einer Ihrer Freier.
– Keine Ahnung, wovon Sie reden.
– Wir wissen, dass Sie Klaus Rembrand regelmäßig getroffen haben. Auch dass Sie als Prostituierte arbeiten.
– Können Sie mich nicht einfach in Ruhe lassen?
– Klaus Rembrand hat mit uns über Sie gesprochen.
– Ich habe nichts Illegales gemacht. Klaus und ich sind lediglich Freunde. Wir verbringen ab und zu den Nachmittag miteinander. Falls er sagt, dass ich Geld dafür nehme, ist das gelogen.
– Machen Sie sich darüber keine Sorgen, von uns haben Sie nichts zu befürchten. Wir haben der Polizei bisher noch nichts von Ihnen erzählt. Niemand weiß also, dass Sie vor einer Woche in seinem Garten waren, als der Flüchtling aus dem Fahrwerkraum des Flugzeugs gefallen ist.
– Es geht keinen was an, was ich in meiner Freizeit mache oder womit ich mein Geld verdiene. Ob ich dort war oder nicht, spielt keine Rolle. Schon gar nicht für die Polizei.
– Da muss ich Ihnen leider widersprechen. Ihr Freier wurde nämlich umgebracht. Auf dieselbe Weise wie die Frau in

Ihrem Wohnzimmer. Man hat ihm die Kehle durchtrennt. Außerdem hat man ihn vorher gefoltert. Mit einem Bolzenschneider hat man ihm sieben Finger abgeschnitten.

- Ich glaube Ihnen kein Wort.
- Meine Kollegin war bei der Obduktion dabei. Der Mann in dem hübschen Hawaiihemd, den ich kürzlich noch fotografiert habe, ist jetzt ohne Zweifel ein Mordopfer. Und nach dem, was sich eben in Ihrem Haus abgespielt hat, nehme ich an, dass die Polizei Sie zum Kreis der Verdächtigen zählen wird.
- Das ist doch völliger Schwachsinn. Ich hätte Sarah nie im Leben etwas antun können. Und Klaus, dem geht es bestimmt gut. Sie müssen sich irren.
- Man hat ihn heute Mittag aus der Spree gezogen. Ist bereits online. Sie können gerne auf Ihrem Handy nachsehen.
- Ich muss sofort hier weg.
- Das kann ich leider nicht zulassen. Meine Kolleginnen haben sicher längst den Notruf gewählt, hier wird es bald vor Beamten nur so wimmeln. Sie werden sich Ihrem Schicksal stellen müssen.
- Sie kapieren es nicht, oder? Wenn Sie mich nicht loslassen und ich mich nicht sofort in Luft auflöse, werden die mich ebenfalls umbringen.
- Warum sollte jemand Sie töten wollen? Erklären Sie es mir. Wenn ich Ihnen helfen soll, muss ich wissen, was hier los ist.
- Ich konnte alles hören und sehen. Durch das gekippte Fenster. Ich stand draußen versteckt zwischen den Glyzinien.
- Und weiter?

– Sarah hat geschrien. Sie haben sie an den Haaren gezerrt. Sie gestoßen. Sie haben sie vor meinen Augen hingerichtet.
– Warum?
– Ich weiß es nicht. Ich weiß nur, dass Sarah mich gerettet hat.
– Wie?
– Sie haben nach mir gefragt, aber sie hat nichts gesagt. Sie haben sie angeschrien, wollten wissen, wo ich bin, doch Sarah hat es für sich behalten. Hat sie angelogen. Ihnen gesagt, dass ich erst am Abend wiederkommen würde. Obwohl sie bedroht wurde, hat sie ihnen verschwiegen, dass ich draußen im Garten war. Wahrscheinlich hat sie gespürt, dass wir beide sterben würden, wenn sie es ihnen sagt. Sie hat keinen Ton mehr von sich gegeben, als sie das Messer gesehen hat. Sie hat nur noch geweint.
– Und dann?
– Einer von den beiden hat sie festgehalten, der andere hat sich hinter sie gestellt und ihren Hals gepackt. Es war nur ein einziger Schnitt. Sarah ist sofort zu Boden gesackt. Ich wollte schreien. War aber still. Presste meine Hand auf den Mund. Wenn sie mich entdeckt hätten, wäre ich jetzt ebenfalls tot.
– Was wollten sie von Ihnen?
– Sie haben das Haus durchsucht. Eine halbe Stunde lang. Ich habe mich nicht vom Fleck gerührt.
– Sie hätten die Polizei rufen können.
– Ich hatte mein Handy nicht dabei.
– Sie hätten zu den Nachbarn laufen und Hilfe holen können.

– Ich konnte mich nicht bewegen, war wie gelähmt.
– Was haben die Männer in Ihrem Haus gesucht?
– Ich weiß es nicht.
– Das glaube ich Ihnen nicht.
– Ich habe versucht mitzubekommen, was sie miteinander geredet haben, aber ich habe kein Wort verstanden. Muss irgendeine afrikanische Sprache gewesen sein.
– Wollen Sie mir jetzt sagen, dass die beiden Männer schwarz waren?
– Hatte ich das nicht gesagt?
– Nein, hatten Sie nicht.
– Und? Sie waren schwarz, ja. Hilft uns das weiter?
– Der Tote in Rembrands Garten war ebenfalls schwarz.
– Und?
– Sie wissen genauso gut wie ich, dass das kein Zufall ist.
– Warum nicht? In Berlin gibt es viele Schwarze. Wir sind nicht in der österreichischen Provinz. Hautfarbe spielt hier keine Rolle.
– Meine Kollegin hat in Erfahrung gebracht, dass Rembrands Haus nach seinem Tod ebenfalls durchsucht wurde. Dort herrscht wohl das gleiche Chaos wie hier, die Spurensicherung wird einige Tage brauchen, um sich da durchzukämpfen.
– Das muss alles nichts bedeuten.
– Aber es könnte sein, dass es sich um dieselben Täter handelt. Zwei Afrikaner, die vielleicht etwas gesucht haben. Etwas, das der Mann, der vom Himmel fiel, eventuell bei sich gehabt hatte.
– Was soll er denn bei sich gehabt haben?
– Das möchte ich gerne von Ihnen wissen.

– Wieso von mir? Ich habe lediglich mit Klaus ein paar Biere getrunken und bin abgehauen, kurz nachdem es passiert ist.
– Vielleicht haben Sie ja etwas mitgenommen, als Sie gegangen sind?
– Nein, habe ich nicht.
– Ich versuche nur zu verstehen, warum das alles passiert.
– So viel Gewalt kann man nicht verstehen. Es ist sinnlos, was geschehen ist. Es gibt keinen Grund für all das.
– Menschen werden nicht einfach so umgebracht. Es ist also offensichtlich, dass Sie mir etwas verschweigen.
– Na gut, wenn Sie unbedingt meinen, Sie müssen hier Detektiv spielen, dann erklären Sie mir bitte mal, woher die Afrikaner gewusst haben sollen, wo sie suchen müssen. Angenommen, Sie haben recht und es hat wirklich alles mit dem blinden Passagier zu tun, woher sollen die Schweine gewusst haben, in welchem Garten er gelandet ist?
– Ganz einfach. Stand alles in der Zeitung.
– Und meine Adresse? Woher kannten sie die?
– Laut Gerichtsmediziner hat Klaus Rembrand die Folter ziemlich lange ertragen. Er muss Sie sehr gemocht haben. Wollte Sie so lange wie möglich schützen, aber beim siebten Finger ist er dann wohl doch schwach geworden.
– Aber er wusste nicht, wo ich wohne.
– Anscheinend doch. Sonst wäre Ihre Freundin jetzt nicht tot.
– Gottverdammte Scheiße. Bitte nicht.
– Was ist los?
– Fuck, fuck, fuck.
– Was denn?

– Da drüben.
– Was ist da drüben?
– Schau doch hin, du Idiot.

ELF

Nadia Puck rannte um ihr Leben.
Sie wusste, dass sie sterben würde, wenn sie stehen blieb. Und sie wusste, dass der Mann mit dem Fotoapparat um den Hals ihre einzige Chance war, zu überleben. Er würde sie in Sicherheit bringen und dafür sorgen, dass die zwei Männer, die hinter ihnen herrannten, für immer aus ihrem Leben verschwanden. Das wünschte sie sich, während sie kaum noch Luft bekam und sich beinahe übergeben musste vor Erschöpfung.
Bronski. Unter dem Zeitungsfoto von Klaus hatte sie seinen Namen gelesen.
Er war wegen einer Story hier. Seine Kollegin und er wollten die Wahrheit herausfinden.
Doch Nadia wollte es ihnen so schwer wie möglich machen. Noch wehrte sie sich dagegen zu sagen, was sie getan hatte. Noch verbarg sie es, glaubte an das Glück, das sie sich in den letzten Tagen ausgemalt hatte. Die Chance ihres Lebens sollte es sein, der Nachmittag in Klaus' Garten sollte alles verändern. Schon lange wollte Nadia neu anfangen, jetzt endlich war dieser Anfang in greifbare Nähe gerückt.

Sie hatte zugegriffen, als sich die Gelegenheit geboten hatte. Und sie hatte geschwiegen.
Nicht einmal Sarah hatte sie es erzählt. Aus Angst, dass ihre Freundin es nicht verstehen könnte, dass Sarah sie dafür verurteilen würde. Nadia wollte Zeit verstreichen lassen. Abwarten und dann den Schalter für immer umlegen.
Alles hatte so vielversprechend ausgesehen.
Vor zwei Tagen hatte sie noch mit Klaus telefoniert. Sie hatte ihm zu dem großartigen Artikel in der Zeitung gratuliert. Er sagte, dass er sich auf den nächsten Samstag mit ihr freue. Nichts deutete darauf hin, dass er sterben würde. Dass jemand auftauchen und danach suchen würde.
Wie dumm sie doch gewesen war.
Es ist unmöglich, dass sie auf mich kommen, hatte sie sich gesagt.
Niemand wird mich damit in Verbindung bringen.
Nadia dachte, dass sie den Jackpot geknackt hätte.
Doch sie hatte sich geirrt.
Alles war ihr entglitten. Man verfolgte sie. Sie war auf der Flucht und musste sich auf einen Fremden verlassen.
Bronski. Fotograf. Schnüffler.
Seine Vermutungen waren richtig gewesen. Der blinde Passagier hatte etwas aus Afrika mitgebracht.
Etwas, wofür Menschen starben.
Klaus. Sarah. Und wenn sie nicht noch schneller lief, auch sie selbst.
Schneller, schrie Bronski.
Er trieb sie an. Lief neben ihr her.
Und sie war froh darüber.
Wir schaffen das, rief er.

Nadia drehte sich kurz um, sah die beiden Männer immer näher kommen, es war wie in einem Film. Was sie bisher nur aus dem Fernsehen gekannt hatte, spielte sich jetzt in Wirklichkeit ab. Eine Verfolgungsjagd, aussichtslos, adrenalingepeitscht. Völliger Irrsinn, aber real. Es war nicht nur ein böser Traum, Nadias Hände waren voller Blut, ihre Freundin war tot auf dem Teppich gelegen, den sie noch vor Kurzem gemeinsam gekauft hatten.
Ihr ganzes Leben brach auseinander.
Zerfiel in Stücke.
Das Keuchen der Männer hinter ihnen war echt.
Ebenso wie die Pistole, die einer der beiden nun in der Hand hielt.
Er hat eine Waffe, schrie sie.
Lauf, schrie Bronski zurück.
Beiden war bewusst, dass ihre Verfolger keine Sekunde zögern würden, auf sie zu schießen. Die Menschen auf der Straße, die Autos, die an ihnen vorbeifuhren, würden sie nicht daran hindern können. Sie wollten Nadia. Und sie würden so lange hinter ihr herrennen, bis ihr die Luft ausging. Sie wusste, dass das nicht mehr lange dauern würde, ihre Lungen brannten bereits, sie hatte Seitenstechen, ihre Gedanken überschlugen sich.
Nach links abbiegen oder nach rechts?
Sie war hier zu Hause, kannte sich aus.
Da lang, rief sie.
Und schöpfte neuen Mut.
Die einzige Möglichkeit zu entkommen war das Zehlendorfer Gemeindewäldchen. Dieser Ort war ihr so vertraut wie kein anderer, stundenlang war sie hier schon herumgestreift,

auch abseits der Wege und Spielplätze. Im Dickicht fühlte sie sich wohl. Wenn sie hier spazieren ging, legte sie sich auf den Boden, hörte den Vögeln zu, beobachtete die Käfer und Ameisen, ein kleines Stück Natur vor ihrer Haustür war es. Ein Stück Freiheit.

Nadia nahm Bronskis Hand.

Sie zerrte an ihm.

Wir müssen auf die andere Seite.

Sie verließen die Straße und tauchten in den Wald ein.

Bleib hinter mir, rief sie. *Ich kenne den Weg.*

Und in diesem Moment fiel der Schuss.

Schallgedämpft. Es hörte sich so an, als hätte jemand eine Limonadenflasche geöffnet, die vorher geschüttelt worden war.

Bronski fluchte.

Die Kugel war direkt neben ihnen in einem Baum eingeschlagen.

Sie rannten um ihr Leben.

Plötzlich geschützt von Stämmen und Sträuchern.

Bronski hielt seine Kamera fest in der Hand. Fast schien es so, als würde er sich damit wehren wollen, als könnte er ihren Angreifern etwas damit entgegensetzen.

Was sie gestohlen hatte, setzte alle Regeln außer Kraft.

Es gab nichts mehr zu hoffen. Nur noch Schnelligkeit konnte sie retten. Sie sprangen über Wurzeln, schoben mit ihren Armen Äste zur Seite, verletzten sich an Dornen und Rinden. Haut schürfte auf.

Nadia spürte nichts davon, nur ein paar Kratzer waren es, keine Löcher, die Projektile in sie hineinrissen.

Nur Atemnot und Angst, keine tödlichen Wunden.

Wir werden sterben, keuchte Nadia.

Werden wir nicht, schrie Bronski.
Im Laufen drehte er sich um und streckte seinen Arm nach hinten. Die Kamera in der Hand. Autofokus. Er drückte ab. Eine Serienaufnahme. Zwanzig- oder dreißigmal klickte es. Während er davonlief, fotografierte er Sarahs Mörder.
Nicht stehen bleiben, brüllte Bronski.
Lauf, Nadia.
Und obwohl sie eigentlich nicht mehr konnte, vergrößerte sich der Abstand zu ihren Verfolgern. Irgendwann hörte sie die Schritte und das Keuchen hinter sich nicht mehr. Sie kannte sich hier aus, die anderen nicht. Trotzdem rannten sie weiter.
Mit letzter Kraft bogen sie auf die Potsdamer Straße, überquerten sie.
Von ihren Verfolgern war nichts mehr zu sehen.
Erschöpft und immer noch panisch winkten sie einem Taxi. Keine zwanzig Sekunden später saßen sie bereits auf der Rückbank eines Mercedes. Verborgen und außer sich.
Berlin Mitte, sagte Bronski.
Er fluchte.
Sie drehte sich nicht um, hoffte einfach, dass der Spuk vorübergehen würde, sie versuchte, so zu tun, als wäre alles vorbei. Träumte herbei, dass Bronski all ihre Probleme einfach mit einem Schlag lösen könnte. Sie wollte, dass er sie in Sicherheit brachte, wünschte sich, dass jede Erinnerung in ihrem Kopf im nächsten Moment gelöscht sein würde. Sie wollte vergessen, was passiert war.
Nur noch aus dem Fenster starren.
Die Stadt vorüberziehen sehen.
Wir fahren zu mir, sagte Bronski.

Nadia widersprach nicht.
Zwanzig Minuten später schlossen sie die Wohnungstür auf und ließen sich am Küchentisch nieder.
Erschöpft und wortlos.
Sie schaute Bronski lange einfach nur an.
Sie sah, wie er eine Flasche Rum aus dem Regal holte und zwei Gläser vollmachte. Sie hörte, wie er fluchte. Wie er versuchte, mit der Situation umzugehen. Wie er sie aufforderte zu reden. Freundlich, aber bestimmt.
Na, dann fang mal an zu erzählen, sagte er.
Nadia nickte und trank.
Danke, sagte sie.
Sie versprach, ihm alles zu sagen. Wollte sich aber erst noch kurz erholen, sich ein paar Minuten Zeit nehmen. Um zu begreifen, was mit Sarah passiert war. Die Bilder in ihrem Kopf sortieren, sie richtig einordnen. Es spüren bis auf die Knochen, in jedem Winkel ihres Körpers. Diese Traurigkeit.
Ohne Hemmungen begann sie zu weinen.
Es war ihr völlig egal, dass Bronski dabei anwesend war.
Sie saß in der Küche und trauerte.
Und Bronski wartete. Wollte verständlicherweise wissen, wofür er sein Leben riskiert hatte. Aber er ließ ihr Zeit. Schien zu begreifen, dass diese Wunde, die man in sie hineingerissen hatte, unerträglich groß war. Über eine Stunde lang saßen sie nur da.
Redeten nicht.
Tranken mehrere Gläser Rum.
Nadia weinte.
Dann klingelte Bronskis Telefon. Es war seine Kollegin. Svenja.

Er erzählte ihr, was passiert war. Sagte ihr, sie solle sich keine Sorgen machen. Anschließend nahm er seine Kamera zur Hand. Er schaute sich die Bilder an, die er im Gemeindewäldchen gemacht hatte. Er hielt Nadia das Display hin, damit sie die beiden Männer sehen konnte. Es war der Beweis dafür, dass sie wirklich da gewesen waren. Nadia konnte die Gesichter sehen, die Augen, diese Blicke.
Nimm das weg, bat sie ihn harsch.
Erneut packte sie Panik.
Du musst auf mich aufpassen, sagte sie.
Bronski nickte.
Und Nadia beruhigte sich wieder.
Er schaute sich eines der Fotos genauer an, verlor sich darin. Nadia malte sich aus, was er dachte. Sie konnte sich vorstellen, was mit dem Foto passieren würde. Die Polizei würde die Gesichter durch die Datenbank schicken und die Identität dieser Männer feststellen. Alles würde ans Licht kommen. Man würde innerhalb kürzester Zeit wissen, worum es bei der ganzen Sache ging.
Sie wischte sich die Tränen weg.
Es geht um viel Geld, sagte sie.
Schaut so aus, als hätte ich Glück gehabt.
Einmal im Leben war ich im richtigen Moment am richtigen Ort.
Nun lächelte sie.
Sie begann von dem Nachmittag in Rembrands Garten zu erzählen. Von Klaus. Beinahe liebevoll sprach sie über ihn. Sie hatte die Zeit mit ihm immer genossen, sie mochte sein Haus, seinen Garten.
Klaus war einer von den Guten, sagte sie.

Dann hörte sie plötzlich, wie sich ein Schlüssel im Schloss drehte.
Gerade als sie dabei war zu erzählen, wie dieser arme Kerl vom Himmel gefallen war, ging die Wohnungstür auf.
Judith und Svenja.
Tochter und Arbeitskollegin.
Bronski schien sich zu freuen. Doch Nadia merkte ihm an, dass er sich auch ärgerte. Der Moment der Wahrheit wurde hinausgezögert, die Ankunft der beiden unterbrach das Gespräch, das er unbedingt führen wollte. Was er wissen wollte, behielt Nadia noch ein paar Stunden für sich. Sie hielt es zurück. Verbarg es noch. Schwieg wieder.
Nadia schaute zu, wie sie sich begrüßten, hörte, wie Bronski die beiden auf den letzten Stand brachte und das, was er am Telefon schon angedeutet hatte, im Detail ausführte.
Wir hatten Glück, sagte er.
Svenja umarmte ihn.
Auch Judith.
Alle bemühten sich um Harmonie. Und auch um sie. Sie gaben ihr das Gefühl, willkommen zu sein. Allen war klar, dass sie nicht mehr nach Hause konnte. Irgendwo da draußen waren Männer, die Nadia töten wollten. Judith, Svenja und Bronski entschieden sich dafür, ihr zu helfen. Obwohl sie sich sogar strafbar machten damit. Sie verzichteten darauf, Alarm zu schlagen. Zu melden, dass Nadia Puck das fehlende Puzzleteil in der Geschichte war. Sie verschwiegen der Polizei, dass Rembrand Besuch von einer Prostituierten gehabt hatte. Dass sie herausgefunden hatten, wo sie wohnte. Und dass sie ihr jetzt Unterschlupf gewährten.
Es ging nur darum, dass Nadia über Nacht in Sicherheit war.

Am nächsten Tag erst wollten sie den nächsten Schritt machen. Dann, wenn sie alles wussten. Wenn Nadia sich vom ersten Schock erholt und ihre Geschichte zu Ende erzählt hatte.
So war der Plan.
Judith und Bronski blieben.
Svenja verabschiedete sich. Sie musste dringend in die Redaktion und über alles schreiben, was passiert war. Judith sollte die Fotos, die sie in Nadias Haus gemacht hatte, online in das System einspielen, Bronski würde die Fotos von den Tätern noch unter Verschluss halten.
Bleib sauber, hörte Nadia Svenja noch sagen.
Dann fiel die Tür zu.
Und auch Judith zog sich mit einem Lächeln zurück.
Es wurde wieder still in der Wohnung. Nadia war müde. Sie wollte schlafen. Nichts mehr sagen müssen an diesem Abend. Sie nahm die Decke und die Bettwäsche, die Bronski ihr gab, und legte sich auf das Sofa im Wohnzimmer.
Wir reden morgen, sagte er.
Und verschwand in seinem Schlafzimmer.
Nadia ließ die letzten Stunden Revue passieren.
Sie fühlte sich fremd.
Ihr war kalt.
Zwei oder drei Stunden lang lag sie mit offenen Augen da. Sie konnte nicht schlafen. Schaffte es nicht, die Gedanken, die in ihrem Kopf herumrasten, zu stoppen. Sie quälte sich, sah Sarah vor sich. Sie hasste sich.
Die Zeit verging einfach nicht.
Als sie es kaum noch aushielt, stand sie auf. Ohne viel darüber nachzudenken, schlich sie sich in Bronskis Schlafzimmer.
Und legte sich zu ihm.

ZWÖLF

DAVID BRONSKI
NADIA PUCK

– Spinnst du? Was machst du da?
– Danke sagen.
– Hör auf damit. Sofort.
– Aber warum denn? Ich möchte dir einfach etwas Gutes tun. So wie es aussieht, hast du mir das Leben gerettet. Ist nur fair, wenn ich mich ein wenig revanchiere.
– Ich will das nicht, Nadia.
– Alle Männer wollen das. Davon träumt ihr doch. Dass eine Frau mitten in der Nacht zu euch ins Bett steigt, euch einen bläst und zärtlich wachfickt. Das ist es, was ich dir geben kann, wenn du mir hilfst.
– Ich helfe dir auch so. Also hör jetzt endlich auf damit.
– Bitte schick mich nicht weg, Bronski. Ich kann jetzt auf keinen Fall allein sein. Ich drehe fast durch, verstehst du?
– Ich schicke dich nicht weg. Aber hör endlich auf mit deinen Spielchen, und sag mir, was los ist.
– Du hast Angst, dass deine Tochter uns sieht, oder? Du willst nicht, dass sie dich mit der Nutte im Bett erwischt, richtig?

– Entweder du machst jetzt endlich deinen Mund auf, oder wir beenden das hier auf der Stelle, und ich rufe die Polizei. Ich werde dir nicht helfen, wenn du nicht ehrlich bist. Also entscheide dich, Nadia. Entweder die Polizei oder die Wahrheit.
– Du bist süß, wenn du wütend bist. Man hört deinen Akzent. Du bist Österreicher, oder?
– Ja. Aus Innsbruck. Bin vor vierzehn Jahren nach Berlin gekommen. Aber das ist jetzt nicht das Thema.
– Berlin ist eine Drecksstadt. Ich werde von hier weggehen. Die Steine verkaufen und neu anfangen.
– Welche Steine?
– Rohdiamanten. Fünf Stück. Er hatte sie in seiner Hosentasche.
– Der Tote im Garten?
– Ja. Ich habe sie mir einfach genommen. Sie sind mir praktisch in die Hände gefallen. Zufall war es. Oder Schicksal, ich weiß es nicht. Fakt ist, dass ich die Diamanten gefunden habe.
– Was erzählst du mir da?
– Ich wollte wissen, ob er noch lebt. Ob er Papiere bei sich hat. Ich war in Panik. Betrunken. Ich weiß auch nicht, warum ich ihn überhaupt angefasst habe. Ich habe mir nichts dabei gedacht. Hatte doch keine Ahnung, was ich da finden würde. Was ich damit anrichten würde. Ich schwöre, ich wollte nicht, dass jemandem etwas passiert. Dass deshalb zwei Menschen sterben müssen.
– Das ist jetzt nicht wahr, oder?
– Doch, ist es.
– Scheiße.

– Die Steine sind vom Himmel gefallen.
– Du willst mir ernsthaft sagen, dass der afrikanische Flüchtling Diamanten bei sich hatte?
– Fünf.
– Wie groß?
– Unterschiedlich. Der kleinste so groß wie der Fingernagel meines Zeigefingers, der größte wie ein Wachtelei.
– Und woher willst du wissen, dass es Diamanten waren?
– Ein Kunde von mir hat diesen Laden.
– Welchen Laden?
– Er mag mich. Ich kann ihm vertrauen. Er würde alles für mich tun.
– Komm zum Punkt, Nadia.
– Mein Kunde kauft Gold und Schmuck an. Ein Experte. Ich wollte, dass er sich einen der Steine ansieht. Obwohl sie nicht geschliffen waren, obwohl sie auch Glas oder Bergkristall sein könnten, wollte ich daran glauben, dass sie wertvoll sind.
– Sind sie aber nicht, oder?
– Doch. Mein Kunde hat den Stein über eine Stunde lang mit allen möglichen Geräten untersucht. Er hat in Büchern nachgelesen, sich Bilder im Netz angesehen, und am Ende hat er mir dann dreihunderttausend Euro dafür angeboten.
– Kann nicht sein.
– Doch. Es sei ein Diamant, hat er gesagt. Er könne ihn für mich weiterverkaufen. Unter Wert zwar, aber auf sicherem Weg. Niemand würde etwas davon mitbekommen, das Geld gäbe es in bar. Kannst dir vorstellen, wie sich das angefühlt hat? Dreihunderttausend. Ich dachte, ich bin reich.

In den letzten Tagen habe ich nichts anderes getan, als mir auszumalen, was ich mit all dem Geld anstellen könnte. Niemand wusste, dass ich die Steine mitgenommen habe, nie im Leben hätte ich damit gerechnet, dass jemand zu mir nach Hause kommt, um sie zu suchen.

– Du hast das Geld schon bekommen?
– Nein. Als ich meinem Kunden erzählt habe, dass ich insgesamt fünf Steine habe, wollte er sie alle. Hat mir eineinhalb Millionen Euro dafür geboten, ohne dass er die anderen vier Steine überhaupt gesehen hat. Das hat mich neugierig gemacht. Also bin ich nach Hause und habe gegoogelt. In der Zeitung stand ja, dass der Tote aus Sierra Leone kam. Also habe ich alles gelesen, was ich zu Diamanten und Sierra Leone finden konnte. Alles über die Minen dort, die Arbeiter, die schürfen, und alles über den wahren Wert solcher Steine.
– Von wie viel sprechen wir?
– Ich kann es nur schätzen. Aber fünf Rohdiamanten in dieser Größe könnten bis zu fünfzig Millionen bringen. Vielleicht sogar mehr, je nachdem, wie viel Karat die Steine haben.
– Das klingt gar nicht gut, Nadia.
– Dafür haben sie Klaus umgebracht. Und auch Sarah.
– Wusste Rembrand von den Steinen? Hat er mitbekommen, dass du sie mitgenommen hast?
– Nein. Er sieht schlecht. Ich habe sie sofort in meiner Tasche verschwinden lassen. Nicht mit ihm darüber geredet. Klaus war völlig ahnungslos.
– Und was ist mit deinem Kunden, der dir die Steine abkaufen wollte?

– Er ruft mich mehrmals täglich an. Sagt, er braucht noch ein bisschen Zeit, um das Geld aufzutreiben. Er will mich bei der Stange halten, um diesen Deal unbedingt abzuschließen.
– Wo sind die Diamanten jetzt?
– Kann ich dir nicht sagen.
– Das soll ich dir glauben? Wie kann ich wissen, ob das nicht alles nur ein Märchen ist, das du mir da auftischst?
– Du weißt, dass das kein Märchen ist. Du hast die Leichen gesehen. Hast die Männer fotografiert, die uns verfolgt haben. Du hast mitbekommen, dass sie auf uns geschossen haben. Im Märchen passiert so etwas nicht.
– Ich brauche einen Beweis für die Geschichte.
– Die Steine sind meine Lebensversicherung. Ich werde niemandem sagen, wo sie sind. Ich werde dir aber ein Foto auf meinem Handy zeigen, damit du siehst, dass ich nicht gelogen habe. Das müsste als Beweis reichen.
– Früher oder später wirst du jemandem sagen müssen, wo die Steine sind. Ich kann dir sonst nicht helfen. Niemand kann das.
– Ich weiß. Ich habe Scheiße gebaut.
– Hast du. Aber Svenja kennt jemanden bei der Kripo, er kann uns vielleicht helfen. Wir werden einen Weg finden, heil aus der Sache rauszukommen.
– Die werden mich töten.
– Werden sie nicht. Ich werde meine Schwester anrufen, sie wird sich um dich kümmern. Anna kennt die richtigen Leute, sie wird dich verstecken, niemand wird dich finden.
– Vielleicht ist es ja besser, wenn auch ich sterbe.
– Unsinn.

– Es ist meine Schuld.
– Was ist deine Schuld?
– Sarah.
– Es bringt nichts, wenn du dir Vorwürfe machst.
– Sie haben sie nur umgebracht, um mir Angst einzujagen. Um mir zu zeigen, was mich erwartet. Sarah hatte nichts mit all dem zu tun. Sie war völlig unschuldig. Ich ganz allein bin dafür verantwortlich.
– Du hast sie nicht getötet, Nadia. Das waren die Männer, die die Steine suchen. So wie es aussieht, sind sie bereit, alles dafür zu tun, um sie in die Hände zu bekommen. Bleibt uns also nichts anderes übrig, als sofort von hier zu verschwinden. Also, komm jetzt.
– Warte noch.
– Wir sollten keine Zeit verlieren. Wenn sie es geschafft haben, herauszufinden, wer *du* bist, werden sie das auch bei mir schaffen. Könnte sein, dass es nicht mehr lange dauert, bis sie hier auftauchen.
– Nur einen Moment.
– Was willst du denn noch?
– Nimm mich in den Arm.
– Nein.
– Bitte. Nur kurz.
– Warum ich, verdammt noch mal?
– Weil ich sonst niemanden mehr habe.

DREIZEHN

Anna wusste, was zu tun war.

Sie hatte sofort verstanden, worum es ging, hatte nicht hinterfragt, ob es klug war oder nicht oder ob es besser gewesen wäre, sofort die Polizei anzurufen. Als ihr Bruder sie mitten in der Nacht anrief, hatte sie schnell beschlossen, seine Entscheidung mitzutragen und alles zu tun, um Nadia in Sicherheit zu bringen.

Noch während sie sich anzog, wusste sie, mit wem sie reden musste.

Sie schrieb eine Kurznachricht.

Brauche deine Hilfe.

Muss dich so schnell wie möglich sehen.

Wasim.

Bin noch länger wach, schrieb er zurück.

Komm in mein Büro.

Seit Jahren war Anna mit diesem Mann verbunden.

Sie hatten eine geschäftliche Beziehung, aber das allein war es nicht. Da waren gegenseitiger Respekt und Wertschätzung, aber auch Neugier und Zuneigung. Eine heimliche Schwärmerei vielleicht. Anna wusste, sie wären ein Paar geworden, hätte sie Wasim vor Robert kennengelernt. Wasim hätte ihr keine Wahl gelassen.

Er verehrte sie. Sorgte dafür, dass man regelmäßig Geschäfte mit ihr machte. Obwohl sie eine Frau war, duldete man sie in seiner Welt. Sie führte die Firma, auf die Wasims Clan sich verließ, Anna erledigte die Aufträge zur Zufriedenheit aller. Sie hatte ihre Mitarbeiter fest im Griff, und das verschaffte ihr Respekt. Bei ihren eigenen Leuten und auch bei ihren Auftraggebern.

Allen voran bei Wasim.

Er war manchmal etwas derb, fluchte gern, aber im Grunde war er ein feiner Kerl. Innerhalb des Clans war er für die Nachtclubs zuständig, er kümmerte sich darum, dass niemand anderer dort Geschäfte machte. Geschäfte, von denen Anna nichts wissen wollte. Geldwäsche, Drogen, das alles hatte nichts mit ihr zu tun. Sie war nur zuständig für die Türen, und dass sich die Clubbesucher ordentlich verhielten. Ihre Mitarbeiter entschieden, wer reindurfte und wer nicht. Anna sorgte dafür, dass es zu keinen Schlägereien oder Schießereien kam. Alles andere ging sie nichts an. Anna interessierte sich auch nicht dafür, in welche Geschäfte Wasims Clan verwickelt war, sie schnüffelte nicht herum, und sie schwieg. Ihre Leute machten einfach die Arbeit, für die sie bezahlt wurden. Loyal und verlässlich. Security, nicht mehr.

Wasim hatte es ihr zwar mehrmals angeboten, die gemeinsamen Geschäftsbeziehungen zu vertiefen, aber sie hatte immer wieder abgelehnt. Keine krummen Geschäfte. Das hatte sie ihrem besorgten Ehemann versprochen und sich daran gehalten. Anna hatte es auch nie zugelassen, dass aus

der Schwärmerei mehr wurde. Sie war darauf bedacht, Berufliches und Privates zu trennen. Immer.
Trotzdem bat sie Wasim jetzt um Hilfe.
Sie wusste, dass es richtig war.
Und sie hatte recht.
Ohne zu zögern, gab er ihr grünes Licht.
Was immer du von mir brauchst, ich kümmere mich darum.
Danke. Bis gleich, schrieb sie zurück.
Dann fuhr sie zu Bronski.
Es war drei Uhr morgens, als er die Tür aufmachte und ihr die Frau vorstellte, die sie für ihn verstecken sollte. Anna ließ sich alles noch einmal von vorne erzählen, sie wollte jedes Detail wissen. Immer wieder schüttelte sie den Kopf, weil sie es nicht glauben konnte, in welch unfassbare Geschichte sich Bronski da erneut verstrickt hatte.
Sie war heilfroh, dass ihrem Bruder nichts passiert war, deshalb verzichtete Anna darauf, ihm Vorwürfe zu machen. Sie war hier, um ihren Bruder zu unterstützen. Anna war die Soldatin, die einem Einsatzbefehl folgte. Wie Bronski war sie überzeugt davon, dass es am besten war, Nadia fürs Erste einfach verschwinden zu lassen.
Ich bringe sie zu den Libanesen, sagte sie.
Bronski war dankbar.
Hast etwas gut bei mir.
Und bitte pass ein paar Tage auf Judith auf.
Anna nickte nur. Fand gut, dass ihr Bruder und Svenja für ein paar Tage ins Hotel gingen. Sie sah, wie sehr er sich sorgte. Er hätte es nicht noch einmal ertragen, wenn man ihm Judith weggenommen hätte. Wenn einer seiner Lieben etwas zugestoßen wäre.

Anna wusste, dass Bronski auch das neue Glück mit Svenja nicht aufs Spiel setzen wollte. Seit so langer Zeit war er zum ersten Mal wieder glücklich.

Wir bekommen das schon hin, sagte sie.

Judith packte ein paar Sachen und kam mit ihr mit. Sie tat, was Anna und Bronski ihr sagten, sie hatte begriffen, dass sie alle in Gefahr waren. Die Geschichte völlig fremder Menschen war zu ihrer eigenen geworden, worüber sie nur berichten wollte, betraf sie nun selbst, bedrohte sie.

Lange umarmten sie sich.

Dann gingen sie die Treppen nach unten.

Stiegen ins Auto.

Und fuhren mit Nadia nach Neukölln. Dem Stadtteil in Berlin, der den Libanesen gehörte, den Clans.

Einer von ihnen war der von Wasim.

Man konnte sich auf ihn verlassen.

Er würde in seinem Büro sein und sie dort erwarten. Eine Shishabar in der Sonnenallee, hier verbrachte er die meiste Zeit des Tages, an einem Tisch in der Ecke wickelte er seine Geschäfte ab, die Bar war sein Wohnzimmer. Immer wieder hatte sich Anna hier mit ihm getroffen, sie hatten Dienstpläne besprochen und Gagen verhandelt oder einfach nur Tee miteinander getrunken.

Anna mochte den Geruch des kalten Rauchs, das arabische Gemurmel, sie genoss es, dass sie als Frau jederzeit Zutritt zu dieser Männerwelt hatte. Es war ein Privileg, und sie genoss es.

Guter Dinge klopfte sie an die Tür.

Wasim machte auf, hieß alle drei willkommen. Er war hellwach und bestens gelaunt, obwohl es mitten in der Nacht

war. Er ließ Getränke bringen und fragte Anna ohne Umschweife, was er für sie tun könne.
Es geht um Nadia, sagte sie.
Sie sei in Lebensgefahr und brauche Hilfe. Jemand sei hinter ihr her, sie brauche ein Versteck, niemand dürfe sie finden. Anna sagte ihm, dass Nadia ein paar Tage von der Bildfläche verschwinden müsse. Was sie selbst mit der ganzen Sache zu tun hatte, verschwieg sie ihm.
Wasim hörte zu. Lächelte.
Kein Problem, sagte er.
Er fragte nicht nach, respektierte Annas Entscheidung, ihn über die Hintergründe im Dunkeln zu lassen. Wasim tat Anna einfach den Gefallen, um den sie ihn gebeten hatte.
Wir trinken aus, dann bringen wir die schöne Frau in Sicherheit.
Es war genau so, wie Anna es sich vorgestellt hatte.
Wasim telefonierte mit einer seiner Cousinen und ließ Nadia in eine sichere Wohnung bringen. Ein paar Minuten von der Shishabar entfernt.
Freundlich wurde Nadia von Wasims Familie aufgenommen.
Ihr könnt euch auf uns verlassen, hatte er gesagt.
Ich bin immer für dich da, Anna.
Wasim meinte es so, wie er es sagte.
Deshalb bezog Nadia ein Gästezimmer im elften Stock eines Wohnblocks. Sie schien sich zwar nicht wohlzufühlen, aber sie wehrte sich nicht. Akzeptierte nach kurzem Hin und Her, dass sie weder telefonieren noch das Haus verlassen durfte. Anna hatte es möglich gemacht, dass sie unsichtbar wurde, und Nadia wollte für den Moment nichts daran ändern. Der Clan verschluckte sie. Verbarg sie. Wasims Leute würden

jetzt auf sie achtgeben, Nadia würde in Ruhe schlafen können. Und weinen. Nachdenken. Langsam verstehen, was passiert war.

Danke, sagte sie.

Sie fiel Anna und Judith um den Hals. Bat die beiden, wiederzukommen und die Polizei aus dem Spiel zu lassen. Zumindest ein paar Tage noch.

Anna und Judith fuhren nach Hause.

Taten so, als wäre nichts passiert.

Judith musste Anna versprechen, dass sie Robert gegenüber nichts von Wasim und dem Mordanschlag auf Bronski und Nadia erwähnen würde. Anna wollte ihren Ehemann nicht beunruhigen, der offizielle Grund, warum Judith ein paar Tage bei ihnen schlafen sollte, war der, dass sie Streit mit Bronski hatte.

Die Decke sei Judith auf den Kopf gefallen, sagten sie.

Robert zweifelte nicht daran.

Alle schien in bester Ordnung zu sein.

War es aber nicht.

VIERZEHN

REGINA MASEN
SVENJA SPIELMANN

– Ihr wohnt also im Hotel?
– Ja. Bronski meint, dass es zu Hause nicht mehr sicher ist.
– Da hat er wohl recht. Wenn ich mir die Fotos der beiden Leichen ansehe, mache ich mir ernsthaft Sorgen um euch.
– Uns passiert schon nichts.
– Großartige Bilder übrigens, die Judith da gemacht hat. Zuerst Rembrand an der Fundstelle, dann die Fotos im Haus von Nadia Puck. Perfekt. Scheint ein Naturtalent zu sein.
– Stimmt. Sie ist ziemlich gelassen. Schwer aus der Ruhe zu bringen.
– Gut für uns.
– Trotzdem müssen wir auf sie aufpassen. Das ist alles ziemlich viel auf einmal.
– Du selbst hast keine Probleme damit, Svenja? Leichen gab es bei dir bis vor Kurzem ja nur auf der Bühne. Muss auch für dich ganz schön heftig sein, oder?
– Ich komm schon klar.
– Sicher?
– Du wirst es nicht glauben, aber mein Onkel war Metzger.

Als Jugendliche habe ich im Sommer immer bei ihm in der Schlachterei gearbeitet. Ich bin einiges gewöhnt, glaub mir.

– Und Bronski? Wie geht es ihm?

– Kennst ihn ja. Er steckt voller Tatendrang, er will genau wie ich, dass die Sache so schnell wie möglich aufgeklärt wird. Vor allem aber möchte er sich keine Sorgen um Judith machen müssen.

– Die Täter haben Bronski bei der Verfolgungsjagd gesehen. Ich denke, es wird für diese Leute ein Leichtes sein, herauszufinden, wer der Mann mit der Kamera war. Außerdem steht sein Name unter den Fotos. Genauso wie deiner unter dem Text. Wenn die nur einen Funken Verstand haben, werden die sich bald auch für eure Finger interessieren.

– Willst du mir Angst einjagen?

– Nein, ich sorge mich nur.

– Musst du nicht. Die Bösen kommen hinter Gitter, du bekommst eine Hammerstory, und wir müssen nicht mehr im Hotel schlafen und uns Gedanken um unsere Finger machen.

– Dein Eifer in allen Ehren, aber du bist Journalistin. Mischt euch nicht in die Polizeiarbeit ein. Auch wenn ihr mir manchmal auf die Nerven geht, wär mir lieb, wenn ihr am Leben bleibt.

– So zurückhaltend kenne ich dich gar nicht. Eigentlich müsstest du Freudentänze aufführen, wenn du dir das exklusive Material ansiehst, das wir für dich zusammengetragen haben. Das Einzige, worüber du dir Gedanken machen musst, ist, ob und wann du was drucken willst.

Sag mir, wie viel Platz du mir für die Geschichte gibst, und ich setze mich an den Rechner. Von mir aus kannst du großzügig denken, Bildmaterial haben wir ja mehr als genug.

– Ich habe ein wenig Bauchweh bei der Sache. Wir verstecken eine Zeugin. Enthalten der Polizei Informationen vor. Wir behindern die Ermittlungen, das könnte nach hinten losgehen.
– Das wird es nicht.
– Und was macht dich da so sicher?
– Bei der Polizei wäre Nadia nicht sicher. Man würde sie vernehmen und dann nach Hause schicken. Im selben Moment, in dem sie das Präsidium verlassen würde, wäre sie wieder in Lebensgefahr.
– Warum, Svenja? Sag es mir. Aus welchem Grund passiert das alles? Warum wurde Rembrand ermordet? Warum diese junge Frau? Wie hängt das zusammen? Warum sollte jemand Nadia Puck töten wollen? Ich verstehe es nicht.
– Es gibt da etwas, das du noch nicht weißt.
– Und das wäre?
– Ich versuche es kurz und knackig auf den Punkt zu bringen. Und bitte vertrau mir einfach. Egal wie abgefahren es klingt, es scheint die Wahrheit zu sein.
– Du machst es aber verdammt spannend.
– Wenn du mich fragst, handelt sich hier um die Story des Jahres. Ich bin mir sicher, dass diese Geschichte Wellen schlagen wird. Wir müssen da unbedingt dranbleiben.
– Red nicht drum herum.
– Alles dreht sich um den Mann, der vom Himmel fiel. Amadu Konema aus Sierra Leone, sechsunddreißig Jahre

alt. Als blinder Passagier schmuggelt er sich in ein Passagierflugzeug und stürzt in Berlin ab. In seiner Hosentasche befinden sich fünf Steine.

- Steine?
- Rohdiamanten. Nadia Puck, die als Prostituierte arbeitet und zu Besuch bei ihrem Freier Klaus Rembrand ist, durchsucht die Leiche und nimmt die Steine an sich. In der Hoffnung, dass sie ein paar Euro dafür bekommt, lässt sie sie von einem Experten begutachten. Und siehe da, plötzlich geht es um richtig viel Geld. Nadia Puck jubelt, weil sie glaubt, dass sie den Jackpot geknackt hat. Doch dann sterben Menschen. Irgendjemand beansprucht die Steine für sich. Die Männer, die Bronski auf seiner Flucht fotografiert hat, sind bereit, alles zu tun, um die Diamanten in ihren Besitz zu bekommen. Nadia Puck kann entkommen. Die Diamanten hat sie versteckt. Keiner weiß, wo sie sind. Grob geschätzter Wert: fünfzig Millionen Euro.
- Wow.
- Dir gefällt die Geschichte?
- Können wir uns sicher sein, dass Frau Puck uns nicht anlügt?
- Dazu hätte sie keinen Grund. Außerdem hat sie die Steine fotografiert, bevor sie sie versteckt hat. Bronski und ich haben das Foto gesehen.
- Nicht schlecht. Bauchweh habe ich aber immer noch, die Sache vor der Polizei zu verheimlichen.
- Wir schweigen nur so lange, bis die Geschichte erschienen ist. Danach werden wir unser Wissen mit ihnen teilen.
- Gefällt mir, Svenja. Gute Arbeit.
- Damit die Story wirklich rund wird, müsstest du aber noch

eine kleine Investition tätigen. Bronski und ich bräuchten dringend dreitausend Euro aus der Spesenkasse. Vielleicht sogar vier, falls wir jemanden zum Reden bringen müssen.

– Das ist nicht dein Ernst, oder?

– Wir müssen nach Sierra Leone.

– Was müsst ihr?

– Wir fliegen da runter und finden raus, wo die Steine herkommen und was es mit ihnen auf sich hat. Wir müssen wissen, wer dieser Amadu Konema war. Und wer hinter ihm her war.

– Ernsthaft? Ihr wollt auf meine Kosten Urlaub machen?

– Wir reden hier über Peanuts, Regina. Mit dieser Geschichte fahren wir die Auflage nach oben, es rentiert sich, versprochen.

– Woher willst du wissen, ob ihr da unten überhaupt jemanden findet, der mit euch redet?

– Einen Kontakt haben wir schon. Ein Kollege, der für eine Tageszeitung in Freetown arbeitet. Er hat den Artikel über Amadu geschrieben, der dazu beigetragen hat, ihn zu identifizieren. Er hat uns seine Hilfe zugesagt. Alles Weitere ergibt sich dann schon.

– Das könnte gefährlich werden. Ich will nicht, dass euch etwas passiert. Sosehr ich diese Zeitung auch liebe, das ist es nicht wert.

– Wie lieb, dass du das sagst. Aber das nehme ich dir nicht ab. Du willst die Story, ich kenne dich doch. Also, lass die Kreditkarte rüberwachsen, und wünsch uns Glück.

– Wehe, ihr lasst euch umbringen.

– Wir bemühen uns.

FÜNFZEHN

Ich war noch nie in Afrika gewesen.
Auch Svenja nicht. Diese Reise war für uns beide von Anfang an ein Abenteuer. Eines, vor dem wir Respekt hatten. Wir fürchteten uns zwar nicht, aber wir wussten, dass wir uns in Gefahr brachten. Dass es vernünftiger wäre, in Berlin zu bleiben. Trotzdem besorgten wir uns Visa und machten uns auf den Weg.
Svenja und ich waren uns ähnlich, wir wollten beide unbedingt wissen, was hinter der ganzen Geschichte steckte.
Es war verrückt, was wir taten.
Doch wir konnten nicht anders.
Verabschiedeten uns. Fuhren zu Anna. Ich bat Judith, sich bedeckt zu halten, zu tun, was ihre Tante ihr sagen würde. Sie sollte in Kreuzberg bleiben, auf keinen Fall sollte sie in die Redaktion oder zu uns nach Hause fahren. Ich ließ sie spüren, dass ich Angst um sie hatte.
Ich ging davon aus, dass die Leute, die nach den Steinen suchten, mittlerweile wussten, wer ich war. Und dass sie herausgefunden hatten, dass ich mit meiner Tochter zusammenlebte.

Ich versuchte Judith klarzumachen, dass das alles kein Spiel war.
Warum bleibst du dann nicht hier bei mir, fragte sie mich.
Warum bringst du dich für ein paar Fotos in Gefahr?
Warum gelten für dich andere Regeln?
Ich hatte keine Antwort.
Wusste nicht, was ich sagen sollte.
Früher war die Arbeit alles gewesen, was ich hatte, doch das stimmte jetzt nicht mehr. Ich hätte bleiben, mit Judith Zeit verbringen und glücklich sein können.
Doch ich rannte einer Story hinterher, aufgewühlt und gierig. Ich wollte die Wahrheit herausfinden, der Erste sein, der darüber berichtete. Fotos machen. Das Adrenalin spüren, nach dem ich süchtig war.
Egal was Judith gesagt hätte, ich wäre gegangen. Obwohl ich eigentlich hätte bleiben müssen. Aufhören herumzuschnüffeln, Dinge zu tun, die haarsträubend und strafbar waren. Ich hätte zur Polizei gehen und ihnen alles sagen müssen, was ich wusste. Doch etwas hielt mich davon ab.
Um genau zu sein, war es Nadia Puck.
Diese verzweifelte junge Frau, die ich vierundzwanzig Stunden vorher noch im Arm gehalten hatte.
Bitte halt mich, hatte sie gesagt.
Sie hatte geschluchzt. Am ganzen Körper gezittert. Es schien, als würde sie sich auflösen vor Trauer. Nadia brauchte meine Hilfe, und ich gab sie ihr. Ich wollte unbedingt wissen, was dahintersteckte. Wer sie umbringen wollte. Und warum.
Deshalb verabschiedete ich mich und fuhr mit Svenja nach Tegel.
Berlin – Freetown.

Hauptstadt von Sierra Leone. Westküste Afrikas.
Eines der ärmsten Länder der Welt, elf Jahre lang geplagt vom Bürgerkrieg, geprägt von Gewalt und Unterdrückung, ein landschaftliches Paradies im Tiefschlaf. Endlose Strände und Hügel, unberührte Natur.
Verborgen und wunderschön, aber auch gefährlich.
Svenja und ich verschwanden für kurze Zeit im Nirgendwo.
Unsere Reise war eine Auszeit. Sie war ein Fremdkörper in unserer Geschichte. Berlin war plötzlich unendlich weit weg.
Als wir in Lungi ankamen, war es so, als würden wir eine andere Welt betreten. Alles erschien uns fremd, exotisch, beängstigend. Es war Nacht, als wir landeten, wir sahen das Land noch nicht, wir rochen es nur.
Wir lächelten uns verlegen an und wechselten bei einem Money Changer ein paar Euro gegen eine Unmenge von Scheinen. Der junge Mann, der das Geld aufgerollt in einer Plastiktüte bei sich trug, brachte uns zur Anlegestelle.
Der Flughafen lag zwar nur fünfzehn Kilometer Luftlinie von Freetown entfernt, aber auf dem Landweg hätten wir einen Umweg von hundertachtzig Kilometern machen müssen. Deshalb überquerten wir in der Dunkelheit mit der Fähre den Fluss. Die Überfahrt dauerte dreißig Minuten, wir rollten über die Wellen auf diese fremde Stadt zu. Ahnungslos und glücklich zugleich.
Svenja redete mit den Einheimischen, verhandelte mit dem Taxifahrer, als wir an Land gingen. Zwanzig Kilometer fuhren wir die Küste entlang Richtung Süden. Der Fahrer erzählte uns, dass Freetown von befreiten Sklaven gegründet worden sei. Von der schönsten Stadt der Welt sprach er. Von der Armut und dem Krieg sagte er nichts.

Wir fuhren an Tausenden Lichtern vorbei.
Hand in Hand saßen wir auf der Rückbank und staunten.
Ich will mit dir am Meer aufwachen, sagte Svenja.
Nur du und ich, Bronski.
Eine Nacht Schonfrist, die gönnten wir uns.
Das Treffen mit dem Redakteur der lokalen Zeitung würde erst am nächsten Vormittag stattfinden. Svenja hatte mit ihm telefoniert, ihn dazu gebracht, dass er uns abholen und zu Amadu Konemas Vater bringen würde. Ein erster Kontakt sollte es sein, ein Strohhalm, an dem wir uns festklammern würden. Vorher aber bezogen wir den Bungalow direkt am Strand, den Svenja im Internet gebucht hatte.
Wir konnten das Salz in der Nachtluft riechen.
River Number Two Beach.
Das Rauschen des Meeres.
Svenjas Haut, die sich an meine schmiegte.
Und die Müdigkeit, die irgendwann unsere Augen schloss.
Bis es hell wurde.
Ein herrlicher Morgen in einem fremden Land.
Wir standen mit der Sonne auf, mitten im Paradies. Wir spazierten den Strand entlang. Fast vergaßen wir, warum wir hier waren. Dass es da Menschen gab, die uns umbringen wollten. Für einen Moment waren da nur Svenja und ich. Und ein paar Fischer, die mit ihren Händen ein Netz aus dem Meer zogen. Friedlich war alles, unberührt. Meine Kamera war nicht wichtig in diesem Moment. Meine Arbeit. Amadu Konema. Alles war weit weg.
Wir könnten für immer hierbleiben, sagte ich.
Könnten wir nicht, sagte Svenja.
Mit ihrem Lachen holte sie mich in die Realität zurück. Sie

erklärte mir, dass ich es wahrscheinlich nicht einmal einen Monat an diesem herrlichen Ort aushalten würde. Egal wie schön es hier war, wie nahe Svenja und ich uns vielleicht kommen würden, irgendwann würde es uns beide langweilen. Zu ähnlich waren wir uns, wir wollten weiter im Dreck wühlen, hatten Freude daran, Dinge ans Licht zu zerren, die für viele besser im Dunkeln geblieben wären. Auch wenn dieser Strand noch so atemberaubend war, wir hätten es nicht fertiggebracht, für immer die Luft anzuhalten. Wahrscheinlich wären wir in diesem Glück ertrunken.

Deshalb rannten wir.

Lass uns um die Wette laufen, sagte Svenja.

Zurück zum Bungalow. Frühstück. Sex.

Und dann an die Arbeit.

Wir lachten.

Sprangen auf halbem Weg ins Wasser.

Küssten uns. Zogen uns um.

Aßen Avocados und Eier.

Und begrüßten Gabriel, einen freundlichen Mann um die fünfzig.

In perfektem Englisch berichtete er uns, dass er vor einer Woche diesen Artikel über den blinden Passagier geschrieben hatte. Er hatte das Porträt veröffentlicht, das die deutsche Polizei zur Verfügung gestellt hatte. Gabriel hatte dazu aufgerufen, sich zu melden, wenn man helfen könne, die Identität des Verstorbenen zu klären.

Er sagte, dass er eigentlich nicht damit gerechnet hätte, dass etwas dabei herauskommen würde, doch vier Tage nach Erscheinen des Artikels war der Vater des Verstorbenen aufgetaucht.

Foday Konema.
Ihn wollten wir treffen. Wir wollten seine Geschichte hören, und die seines Sohnes, wir wollten erfahren, wer der Tote in Rembrands Garten gewesen war.
Gabriel nahm uns in seinem Auto mit in die Stadt. Er gab für uns den Reiseführer, brachte uns das Fremde näher, nahm uns ein Stück weit die Angst und öffnete uns die Augen. Alles war laut und bunt, Sierra Leone zeigte sich in voller Pracht. Die wunderschöne Landschaft und das Treiben auf den Straßen überwältigten uns.
Überall staute es sich.
Tausende Menschen strömten an uns vorbei.
Ich fotografierte aus dem Fenster. Unzählige Motive drängten sich auf, es war ein Rausch aus Bildern. Eine Flut von Eindrücken. Gerüchen, Geräuschen, Stimmen. Geschäftiges Treiben auf einem der größten Straßenmärkte der Stadt. Ein Taubenschlag. Dove Cot.
Links und rechts der Straße saßen Frauen und Männer, die alles verkauften, was man sich vorstellen konnte. Obst, Gemüse, Fleisch, Eier, Gewürze, Brot, Kleidung. Durch das offene Fenster bot man uns Getränke an, sie lächelten und hießen uns trotz allem willkommen.
Noch nie zuvor hatte ich so etwas gesehen.
Wellblechhütten.
Unendlich viele.
Plötzlich drehte sich alles.
Das Elend breitete sich vor uns aus.
Susan's Bay. Einer von mehreren Slums in der Stadt. Hier wurden Träume begraben, hier spielten nackte Kinder neben hungrigen Schweinen im Müll.

Gabriel führte uns. Liebenswürdig und zuvorkommend durch enge Gassen, über Treppen und kleine Pfade. Mit offenen Mündern starrten wir, ich wollte kaum glauben, dass man so leben konnte. Überall waren Dreck und Verzweiflung, Bilder, die mich sprachlos machten, ein Kontrast zu dem paradiesischen Strand, an dem der Tag begonnen hatte. Ausweglosigkeit, wohin man sah.
Es war unerträglich.
Wir waren die Verrückten, die Unsummen dafür ausgaben, nur um für eine Geschichte zu recherchieren. Einen Dollar pro Tag verdiente man durchschnittlich in diesem Land. Viele Hunderte davon hatten wir ausgegeben, nur um ein paar Gespräche zu führen.
Plötzlich stimmte nichts mehr.
Ich fühlte mich schlecht.
Versteckte mich hinter meiner Kamera.
Schämte mich. Senkte meinen Blick.
Bis Foday Konema uns zu sich rief.
Er saß am Boden vor seiner Hütte und wusch sein Hemd.
Er erhob sich.
Reichte uns seine linke Hand.
Eine rechte hatte er nicht mehr.
Welcome, sagte er mit einem Lächeln im Gesicht.

SECHZEHN

FODAY KONEMA
SVENJA SPIELMANN

- Ich hoffe, Sie verstehen mein Englisch.
- Natürlich, kein Problem.
- Wir gehen hinunter zum Meer. Setzen uns ans Wasser. Dort kann man besser reden. Ebenso viel Müll wie hier, aber weniger Leute.
- Schön, dass Sie sich Zeit für uns nehmen.
- Zeit ist alles, was ich habe.
- Wir möchten Ihnen unser herzliches Beileid aussprechen.
- Danke. Es ist gut, dass Sie über meinen Sohn schreiben. Er war nämlich ein guter Junge. Dieses Leben hier hatte er nicht verdient.
- Alles, was Sie uns über Amadu sagen können, hilft mir, die Geschichte so zu schreiben, dass sie ihm gerecht wird. Erzählen Sie mir, wie er aufgewachsen ist, was er beruflich gemacht hat, wovon er geträumt hat.
- Sie haben ihn gesehen, oder?
- Was meinen Sie?
- Meinen Sohn. Als er in Deutschland angekommen ist. Sie waren in diesem Garten, oder?

– Ja, das waren wir.
– Amadu wird morgen in Berlin begraben, hat man mir gesagt. Ich kann es mir nicht leisten, die Leiche nach Sierra Leone fliegen zu lassen. Ich werde meinen Sohn also nie wiedersehen. Deshalb möchte ich gerne wissen, wie er ausgesehen hat. War er verletzt? Hatte er viele Wunden?
– Nein. Amadu ist friedlich im Gras gelegen. Wie durch ein Wunder war sein Körper äußerlich beinahe unversehrt. Es hat so ausgesehen, als würde er schlafen. Wenn Sie wollen, kann Ihnen mein Kollege ein Foto zeigen.
– Er hat ihn fotografiert?
– Nicht er, der Mann, dem der Garten gehörte.
– Warum?
– Vielleicht nur deshalb, damit wir Ihnen das Foto zeigen können und Sie Ihren Sohn noch einmal sehen. Schauen Sie.
– Ich danke Ihnen vielmals.
– Lassen Sie sich Zeit.
– So habe ich ihn in Erinnerung. Genau mit diesen Kleidern habe ich ihn zuletzt gesehen. Hier am Strand. Er hat sich von mir verabschiedet. Wir haben gemeinsam auf das Meer hinausgesehen und lange zusammen geschwiegen.
– Das tut mir alles sehr leid, Herr Konema.
– Er schaut zufrieden aus.
– Wir können Ihnen gerne einen Ausdruck von dem Foto machen lassen.
– Nein. Ich habe gesehen, was ich sehen wollte.
– Wussten Sie, dass er das Land verlassen wollte?
– Er hat davon gesprochen, aber ich habe es nicht ernst genommen. Wie so oft hat er vor sich hin geträumt. Keine

Sekunde lang habe ich gedacht, dass er so verrückt sein könnte.

- Was hat er Ihnen erzählt?
- Er wollte endlich glücklich sein. Neu anfangen in Europa. Das alles hier hinter sich lassen. Er wollte sich um alles kümmern in Deutschland und mich dann nachholen. Er wollte dafür sorgen, dass wir nicht mehr im Dreck leben müssen. Er hat es mir versprochen. Mein dummer Junge. Wenn ich gewusst hätte, was er vorhat, hätte ich ihn aufgehalten. Ich hätte versucht, es ihm auszureden.
- Sie wussten also nicht, dass er sich an Bord eines Flugzeugs schmuggeln wollte?
- Ich hatte keine Ahnung.
- Die Chance, dass er das überleben würde, war gering. Er muss sehr verzweifelt gewesen sein, dass er bereit war, so ein Risiko einzugehen. Was denken Sie, warum er sein Leben aufs Spiel gesetzt hat?
- Weil er genug von diesem Leben hier hatte. Weil er an einen besseren Ort wollte. Weil er vielleicht gewusst hat, dass es ihm dort, wo er jetzt ist, endlich gut geht.
- Können Sie mir etwas über die Diamanten sagen, die er bei sich hatte.
- Diamanten?
- Er hatte fünf Steine bei sich. Anscheinend sind sie sehr wertvoll.
- Was reden Sie da?
- Rohdiamanten.
- Das kann nicht sein.
- Wegen dieser Steine wurden zwei Menschen umgebracht. Und wir fragen uns, warum er sie bei sich hatte.

– Was erzählen Sie mir da?
– Wir fragen uns: Woher kamen die Steine? Wieso hatte Amadu sie in seiner Hosentasche? Und wer ist bereit, dafür zu töten?
– Ich weiß nichts darüber.
– Denken Sie bitte nach.
– Amadu hatte mit Diamanten nichts zu tun. Keiner von uns. Diese verdammten Steine haben alles kaputt gemacht in unserem Land. Die Gier der Reichen. Und die RUF.
– Die Rebellenarmee, richtig? Sie haben mit den Diamanten ihren Krieg finanziert. Haben dic Steine in Liberia gegen Waffen getauscht. Und von dort wurden die Diamanten dann in die ganze Welt verkauft.
– Nur weil Sie ein bisschen im Internet gelesen haben, glauben Sie, dass Sie unsere Geschichte kennen?
– Nein. Ich versuche nur, Sie zu verstehen.
– Es ist ganz einfach.
– Erklären Sie es mir.
– Blumen wachsen auch im Dreck.
– Ich verstehe nicht.
– Aber nichts wächst aus Diamanten. Nur Unheil. Nichts Schönes. Niemandem haben diese Steine Glück gebracht. Immer hat alles mit dem Tod geendet. Die Rebellen wollten die Minen unter ihre Kontrolle bringen, sie waren bereit, Zivilisten dafür zu opfern. Nur Gewalt ist aus diesen Steinen erwachsen. Hass und Leid.
– Haben Sie in den Minen gearbeitet?
– Ja. In Kono. An der Grenze zu Liberia. War eine gute Arbeit, ich war fleißig. Stand im Schlamm mit Spitzhacke und Schaufel. Ich habe jeden Tag nach Diamanten ge-

sucht. Habe aus Geröll die winzig kleinen Steine herausgewaschen. Habe gutes Geld verdient. Es hat gereicht für meine Familie. Meine Frau, meine zwei Mädchen. Und Amadu.

– Wo ist Ihre Frau?
– Tot.
– Und Ihre beiden anderen Kinder?
– Auch tot.
– Wollen Sie darüber reden, wie sie gestorben sind?
– Natürlich. Deshalb sind Sie schließlich hier, oder? Damit ich Ihnen erzähle, wie meine Familie abgeschlachtet wurde. Um zu hören, wie die Rebellen in unser Dorf gekommen sind und unsere Häuser angezündet haben. Sie haben unsere Frauen getötet, unsere Kinder. Sie haben uns die Arme genommen, die Hände.
– Das ist schrecklich. Es tut mir sehr leid.
– Ist lange her. 1994. Während ich zusah, wie sie meiner Frau in den Kopf geschossen haben, haben sie mich gefragt, ob ich lange Ärmel haben will oder kurze. Sie haben gelacht dabei. Und den ganzen Arm einfach abgehackt. Mir und Tausenden anderen.
– Was war mit Amadu?
– Ihn haben sie am Leben gelassen. Sie haben ihn auf einen Pick-up geladen und mitgenommen. Ich habe ihn lange nicht wiedergesehen.
– Die Rebellen haben ihn entführt?
– Amadu war friedfertig. Er ging auf eine katholische Schule. Was sie aus ihm gemacht haben, hat nichts mit dem zu tun, wer er war. Amadu hat das alles nicht gewollt.
– Was hat er nicht gewollt?

– Das Morden. Vergewaltigen. Hände und Ohren abhacken. Babys aus Leibern schwangerer Frauen schneiden. Dörfer anzünden. Plündern. Menschenfleisch essen.
– Amadu war ein Kindersoldat?
– Er wurde dazu gemacht. Sie haben ihm beigebracht zu schießen. Haben ihm ein Gewehr in die Hand gedrückt und ihm gesagt, er soll die Frauen ermorden. Und die Männer und die Kinder. Sie haben ihm sein Mitleid genommen. Haben ihm Drogen gegeben. Heroin, Kokain, Alkohol.
– Das klingt furchtbar.
– Fragen Sie mich, wie alt er war.
– Wie alt war Ihr Sohn, als man ihm das angetan hat?
– Acht.
– Wie lange war er bei den Rebellen?
– Vier Jahre. Vielleicht fünf. Ich dachte lange, er wäre tot. Im Kampf gegen die Truppen der Regierung gestorben. Von Söldnern umgebracht. Aber mein Junge hat überlebt. Ein Priester hat sich um ihn gekümmert. Er hat die Kinder von den Rebellen weggeholt. Ihm ist es zu verdanken, dass viele von ihnen überlebt haben.
– Das alles ist schwer vorstellbar für mich.
– Ich weiß. Auch ich versuche es seit zwanzig Jahren zu begreifen. Ich möchte verstehen, wie man einem Kind so etwas antun kann. Wie es möglich ist, damit weiterzuleben. Was ich hätte tun können, um ihm zu helfen. Ich frage mich, ob er noch leben würde, wenn ich mich besser um ihn gekümmert hätte.
– Darf ich Sie fragen, wovon Sie leben?
– Ich helfe den Fischern. Auch wenn ich nur einen Arm

habe, bin ich sehr geschickt. Dafür geben sie mir Essen und einen Platz zum Schlafen.

– Und Amadu?
– Jemand, der getötet hat, anstatt in die Schule zu gehen, hat nicht wirklich eine Chance.
– Die Kindersoldaten wurden nach dem Krieg begnadigt, oder?
– Ja. Aber am Ende hat es keinen Unterschied gemacht. Amadu hat jahrelang in einer dunklen Ecke gesessen und vor sich hin gestarrt. Alles, woran er sich erinnerte, war zu schwer, als dass er es hätte tragen können. Zehn Jahre lang saß er in seinem Gefängnis. Egal was ich gesagt oder getan habe, ich konnte ihm nicht helfen.
– Er war also arbeitslos?
– Nein. Er ist Keke gefahren.
– Keke?
– Ein Dreiradtaxi. Man braucht weniger Platz auf der Straße, steht nicht im Stau. Amadu war ein guter Fahrer. Und er war verlässlich. Anders als seine Freunde.
– Können Sie mir sagen, wo wir diese Freunde finden?
– Egal was man Ihnen erzählen wird, Amadu kommt nicht zurück.
– Es muss einen Grund für seine Flucht geben. Irgendetwas muss passiert sein, sonst wäre er doch niemals dieses Risiko eingegangen. Er hätte einen der Steine verkaufen können. Er hätte sich ein Ticket besorgt und wäre als normaler Passagier nach Europa geflogen.
– Lassen Sie es gut sein.
– Wollen Sie nicht wissen, wer Ihren Sohn in den Tod getrieben hat? Wer diese Männer sind, die in Deutschland

nach den Steinen suchen und sogar bereit sind, dafür zu töten.

- Nein.
- Wir können helfen, diese Leute zur Rechenschaft zu ziehen.
- Nur zu. Aber für mich ist der Krieg endgültig vorbei. Ich bin müde.
- Sagen Sie uns, wo wir Amadus Freunde finden können. Eine junge Frau in Deutschland wird sterben, wenn wir nichts unternehmen.
- Ich möchte mich jetzt hinlegen.
- Bitte, Foday.
- Ich kann Ihnen die Adresse von Tejan aufschreiben. Amadu hat zuletzt bei ihm gewohnt. Wenn Ihnen jemand weiterhelfen kann, dann er.
- Ich danke Ihnen vielmals.
- Aber jetzt muss ich meine Ruhe haben.
- Wir sind Ihnen wirklich sehr dankbar dafür, dass Sie mit uns gesprochen haben.
- Sie werden nichts Schlechtes über meinen Jungen schreiben, oder?
- Das werde ich nicht, nein.
- Versprechen Sie es mir.
- Versprochen.

SIEBZEHN

Svenja hätte ihn am liebsten in den Arm genommen.
Sie wollte Foday Konema nicht gehen lassen, doch er hatte nichts mehr zu sagen. War müde. Alle, die er geliebt hatte, waren tot. Da war niemand mehr, für den es sich gelohnt hätte, weiterzumachen. Er wollte sich hinlegen und sterben. Svenja sah es in seinen Augen. Er hatte keine Kraft mehr, nach Antworten zu suchen, in seinem Wellblechverschlag würde sein Leben in den nächsten Wochen oder Monaten zu Ende gehen.
Svenja und Bronski schauten ihm nach.
Es war unfassbar, was der alte Mann erzählt hatte. Gerne hätte Svenja ihm noch einmal gesagt, wie sehr sie es bedauerte, was ihm zugestoßen war. Aber was hätte es geholfen? Er hatte alles verloren, da waren nur noch die Narben, die Narben, die der Bürgerkrieg in ihm hinterlassen hatte.
Svenja hatte sich dazu gezwungen, ihren Job zu machen, es sich nicht zu nahe gehen zu lassen. Zuerst der unverstellte Blick auf die Armut in den Slums und dann die Geschichte eines Jungen, der zuerst zum Opfer wurde und dann zum Täter.
Entführt und entmenschlicht.

Unvorstellbar grausam.
Amadus Leben.
Svenja war kurz davor gewesen, das Gespräch abzubrechen, ihre Fragen für sich zu behalten und Foday Konema nicht weiter zu quälen. In jedem Satz, den er gesagt hatte, lag so viel Leid. Es war in seinen leeren Augen, überall in seinem Gesicht, seinem gebückten Gang, dem Blick nach unten.
Bronski hielt es mit der Kamera fest.
Schon während des Interviews hatte er Foday mit der Kamera porträtiert. Nur das leises Klicken war zu hören gewesen, ein Geräusch, das unter den vielen anderen des Slums beinahe untergegangen war.
Foday zwischen Müll und Einsamkeit.
Ein Mann, der vor ihren Augen für immer verschwand.
Was er durch seine Linse gesehen hatte, brannte sich in Svenjas Kopf ein. Diese Bilder der Armut und der Verzweiflung. Sie wünschte sich in diesem Moment, dass sie sich für immer daran erinnern würde. Sie wollte die Demut, die sie in diesem Moment empfand, mit nach Hause nehmen, nie wieder vergessen, dass es ein Geschenk war, in Sicherheit und Frieden zu leben.
Nicht hier im Dreck.
Durch den Gabriel ihnen wieder den Weg retour zeigte.
Er bot ihnen an, sie zu der Adresse zu bringen, die Foday ihnen mit zitternder Hand aufgeschrieben hatte. Gabriel hatte die ganze Zeit aufmerksam zugehört. Nur hatte er im Gegensatz zu Svenja die Geschichte schon gekannt. Diese und Hunderte andere. Svenja hatte begriffen, dass Fodays und Amadus Schicksal in diesem Land niemanden beeindruckte, viel zu viele hatten dasselbe erlebt.

Gabriel brachte es ungerührt auf den Punkt.
So etwas wie Hoffnung gibt es hier nicht.
Die Menschen haben sich mit ihrem Schicksal abgefunden.
Dann fuhren sie, ohne noch etwas zu sagen, durch die Stadt. Das bunte Treiben am Markt sah Svenja nun nur noch in Schwarz-Weiß. Hinter jedem Lachen vermutete sie Verzweiflung und Trauer, aber sie wusste, dass sie selbst es war, die sie empfand. Nur schwer fand Svenja in ihre professionelle Rolle zurück. Ihr kam plötzlich alles sinnlos vor.
Lass uns etwas trinken gehen, sagte sie.
Und Bronski nickte nur.
In der Nähe von Tejans Wohnung ließen sie sich absetzen. Sie verabschiedeten sich, bedankten sich herzlich bei Gabriel und überredeten ihn, das Geld anzunehmen, das sie ihm geben wollten. Svenja wollte ihn nicht demütigen, nicht herablassend wirken, es war ihr einfach ein Anliegen, sich bei ihm für seine Hilfsbereitschaft zu bedanken.
Wir hätten Foday auch Geld geben sollen, sagte Bronski.
Habe ich, sagte Svenja.
Er lächelte sie an.
Dann tranken sie Bier in einem Straßencafé.
Und dann noch eines.
Das alles ist schwer zu ertragen, sagte Svenja.
Bronski nahm ihre Hand und drückte sie. Weil dem nichts hinzuzufügen war. Nichts hätte es besser gemacht. Die Ausweglosigkeit, mit der sich Menschen in diesem Land abfinden mussten, die fehlende Perspektive, die Vergangenheit, die man nicht einfach auslöschen konnte.
Svenja bestellte ein drittes Bier.
Langsam fasste sie sich wieder.

Ich muss wissen, was hier los ist, sagte sie.
Komm, lass uns mit diesem Tejan reden.
Jetzt sofort.
Sie nahm noch einen langen Schluck, dann stand sie auf und zog Bronski hinter sich her. Svenja wollte wissen, warum sie an diesem gottverdammten Ort gelandet war. Ungeduldig, fast schon manisch lief sie neben Bronski über die Straße in eine Seitengasse, durch einen Innenhof, zu einer heruntergekommenen Wohnung im Souterrain.
Die Tür war nur angelehnt.
Sie klopften.
Riefen Tejans Namen.
Doch niemand antwortete.
Lass uns reingehen, sagte Svenja.
Bronski wollte sie zurückhalten, doch der Alkohol hatte sie mutig gemacht, sie erinnerte sich wieder daran, dass sie hier waren, um ein Verbrechen aufzuklären.
Mach dir nicht ins Hemd, sagte sie.
Komm schon, Bronski.
Sie grinste. Es fühlte sich gut an, die Dinge wieder selbst in die Hand zu nehmen. Vorsichtig und beinahe lautlos schlichen sie sich in Tejans Unterkunft und schauten sich um. Svenja fühlte sich an den Slum erinnert, aus dem sie gerade gekommen waren.
Tejan hatte zwar ein ordentliches Dach über dem Kopf, aber alles andere glich dem Albtraum, in dem Foday lebte. Ein dunkles Loch, versiffte Matratzen am Boden, überall lagen Müll, leere Flaschen und Essensreste herum, die Fenster waren blind, es stank erbärmlich.
Lass uns morgen früh wiederkommen, sagte Bronski.

Wir bleiben, sagte Svenja und schaute sich um.
Es schien niemand hier zu sein. Die Frau, die am Boden auf einer Matratze lag, sahen sie zuerst nicht. Sie war unter einer Decke versteckt, rührte sich nicht. Svenja wäre beinahe über sie gestolpert, die Fremde wirkte verängstigt, nervös wischte sie sich ihre Locken aus der Stirn. Zuerst in der Landessprache und dann auf Englisch fragte sie, was Svenja und Bronski von ihr wollten. Warum sie einfach so in ihre Wohnung gekommen waren. Sie wollte die Polizei rufen, doch Svenja beruhigte sie.
Entschuldigen Sie bitte. Wir wollen Ihnen nichts tun.
Wir möchten nur mit Tejan sprechen. Über Amadu.
Wir möchten wissen, was passiert ist.
Svenja versuchte es mit einem Lächeln.
Tejan ist tot, antwortete die Frau.
Beiläufig und nüchtern.
Die Frau hieß Mariam.
Sie stand auf und kochte Wasser.
Goss Tee auf.
Leerte ihn in dreckige Tassen.
Ist besser als Kaffee, sagte sie.
Gesünder. Sogar Amadu und Tejan habe ich davon überzeugt.
Trotzdem sind sie jetzt beide nicht mehr am Leben.
Sie lachte. Aber es war klar, dass sie eigentlich weinen wollte. Mariam wirkte verzweifelt, aber auch dankbar dafür, dass sie endlich mit jemandem über all das sprechen konnte, was passiert war. Sie musste nicht lange dazu überredet werden, die Wahrheit zu sagen, ohne Umschweife legte sie auf den Tisch, was sie bedrückte. Erzählte, was vor zwei Wochen passiert war.

Ein weiteres Schicksal war es, das Svenja mit Wucht berührte. Vertraut kam ihr alles vor. Was zu Hause passiert war, war auch hier geschehen. Es waren dieselben Themen, die handelnden Personen hatten eine ähnliche Geschichte.
Nur noch viel düsterer war hier alles.

ACHTZEHN

MARIAM BAEH
SVENJA SPIELMANN

– Was macht Ihr Freund da mit der Kamera?
– Darf er ein paar Fotos machen, während wir reden?
– Nur, wenn er dafür bezahlt.
– Wir werden Sie gerne unterstützen. Dass Sie mit uns reden, hilft uns wirklich sehr weiter.
– Wie viel?
– Wir können hundert Euro anbieten.
– Lassen Sie mich rechnen.
– Wir können auch zweihundert daraus machen.
– Zweihundert Euro für ein paar Fotos und dafür, dass ich Ihnen sage, was mit Tejan passiert ist?
– Ja.
– Das kann nicht Ihr Ernst sein, oder?
– Ist es zu wenig?
– Für so viel Geld müsste ich mit sehr vielen Männern Sex haben. Für einmal bekommt man hier zwischen fünfzig Cent und drei Euro. Zweihundert sind also mehr als ausreichend.
– Sie arbeiten als Prostituierte?

– Wenn Sie wissen, was wir Frauen hier sonst machen sollen, um zu überleben, dann sagen Sie es mir.
– So habe ich das nicht gemeint. Es ist nur so, dass wir in Berlin gerade mit einer Prostituierten über Amadu gesprochen haben.
– Was hat Amadu mit einer Prostituierten in Deutschland zu tun?
– Sie heißt Nadia. Sie lag zusammen mit einem Mann in der Sonne, als ihnen Amadu direkt vor die Füße fiel.
– Das ist nicht gerecht. Dass er sterben musste. Wenn es einer verdient hatte, in der anderen Welt neu anzufangen, dann Amadu.
– In der anderen Welt?
– Deutschland. Dorthin wollte er schon immer. All die Jahre hat er davon geträumt. Während die anderen sich mit Drogen zugeballert haben, hat er sich die schönen Dinge einfach in seinem Kopf ausgemalt. Nur mit den Gedanken, verstehen Sie?
– Drogen sind hier ein großes Thema?
– Amadu hatte damit aufgehört. Er ist einer der wenigen, die es geschafft haben. Amadu war etwas Besonderes. Anders als die anderen.
– Tejan und Amadu waren gute Freunde, richtig?
– Falsch. Das war keine Freundschaft.
– Was dann?
– Vielleicht hat Amadu ja geglaubt, dass Tejan es gut mit ihm meinte, aber die Wirklichkeit sah anders aus. Tejan hat Amadu nur das Geld aus der Tasche gezogen. Für eine von diesen Matratzen da hinten hat er ihm seinen halben Verdienst abgenommen. Aber der gute Kerl hat das ein-

fach hingenommen, hat sich auch nicht von mir sagen lassen, dass Tejan ihn über den Tisch zog. Aus irgendeinem Grund glaubte Amadu immer an das Gute im Menschen. So oft hat er Tejan aus dem Dreck geholt, immer wieder hat er ihm geholfen. Und das, obwohl dieser Mistkerl ihn nur ausgenutzt hat. Nur das Heroin war für Tejan wichtig. Für einen Schuss hätte er sogar seine Mutter zum Anschaffen auf die Straße geschickt.

– Tejan war während des Bürgerkriegs ebenfalls bei den Rebellen gewesen?

– Ja. Die haben schreckliche Dinge gemacht damals. Tejan hat manchmal davon erzählt, wenn er dicht war. Kann man sich gar nicht vorstellen, wozu die fähig waren. Aber als all das passiert ist, war ich noch gar nicht auf der Welt.

– Darf ich Sie fragen, wie alt Sie sind?

– Achtzehn.

– Sie und Amadu standen sich nahe?

– Ja. Aber nicht so, wie Sie denken. Für Amadu war ich immer so etwas wie seine kleine Schwester. Er hat auf mich aufgepasst. Wird schwer ohne ihn. Bin allein jetzt. Da ist niemand mehr sonst.

– Hat er mit Ihnen darüber geredet, warum er weg ist und was vor seiner Flucht passiert ist?

– Hat er. Aber leider nicht nur mit mir. Wenn er seine Klappe gehalten hätte, wäre er jetzt vielleicht noch am Leben.

– Erklären Sie es uns?

– Zuerst das Geld.

– Natürlich. Hier bitte. Also, was ist passiert?

– Amadu hat auf dem Rücksitz seines Keke etwas gefunden. Einen Aktenkoffer. Muss wohl irgendeinem Geschäftsmann gehört haben, den er gefahren hat. War wohl ein hohes Tier bei den Minen. Amadu wollte den Koffer zurückgeben, doch er wusste nicht, wem. Hatte es zu spät bemerkt, der Kunde war bereits ausgestiegen und verschwunden.

– Ich denke, ich weiß, was in dem Koffer war.

– Amadu ist damit zu mir gekommen. Wir haben uns gar nicht viel dabei gedacht, wir wollten ihn nur öffnen, um eine Visitenkarte zu finden, wir wollten den Besitzer anrufen und Finderlohn kassieren. Keine Sekunde haben wir damit gerechnet, dass irgendetwas Wertvolles in dem Koffer sein könnte.

– Ich nehme an, der Koffer war abgeschlossen.

– Wir haben ihn aufgebrochen.

– Und Sie haben fünf Rohdiamanten gefunden, richtig?

– Falsch. Es waren sechs. Und von Anfang an war klar, dass die Amadus Untergang sein würden. Es stand in Leuchtbuchstaben auf seiner Stirn geschrieben.

– Er hat tatsächlich sechs Rohdiamanten auf dem Rücksitz seines Keke gefunden?

– Ich weiß, das klingt verrückt, aber so war es. Im Gegensatz zu Amadu habe ich aber nicht an ein Wunder geglaubt.

– War Ihnen klar, dass die Steine wertvoll waren?

– Man muss nicht in die Schule gegangen sein, um zu wissen, dass so ein verdammter Diamant einiges kostet. Die meisten, die noch zwei Hände haben in diesem Land, graben danach in der Erde. Wir wussten also Bescheid, ja.

– Sie sagen, es waren sechs, aber in Deutschland angekommen sind nur fünf.

– Das stimmt schon. Mit fünf Steinen in der Tasche ist

Amadu über den Flughafenzaun geklettert. Den sechsten hatte sich Tejan genommen und damit sein Todesurteil unterschrieben.

– Amadu hat Tejan eingeweiht?

– Leider. Ich hatte Amadu angefleht, dass er den Koffer und die Steine zur Polizei bringen soll, aber er hat gesagt, dass er eine Nacht darüber schlafen will. Ich habe es in seinen Augen gesehen, irgendetwas in ihm hatte Angst, aber etwas anderes wollte diese Steine unbedingt zu Geld machen und verschwinden.

– Er hat Tejan also davon erzählt?

– Ja. Tejan hat ihm weisgemacht, dass er die Steine für ihn verkaufen kann. Er hat so lange auf Amadu eingeredet, bis er irgendwann weich wurde.

– An wen wollte Tejan verkaufen?

– An Van Walden. Einen Söldner. Ein Schwein, das vor nichts zurückschreckt. Während des Krieges hat er für die Regierung gegen die Rebellen gekämpft. Ein grausamer Mann. Sich auf ihn einzulassen war das Dümmste, was Amadu hat machen können.

– Sie haben Van Walden kennengelernt?

– Nein. Er weiß nichts von mir. Und es ist auch besser, dass es so bleibt. Also wenn Sie unbedingt über mich schreiben müssen, machen Sie es bitte so, dass ich am Leben bleibe. Wenn er wüsste, was Sie jetzt wissen, würde Van Walden nicht zögern und auch mich umbringen.

– Auch?

– Am Tag, nachdem Tejan sich mit diesem Dreckskerl getroffen hatte, ist er gestorben.

– Wie?

– Sehen Sie die Löcher da in der Wand?
– Ja.
– Das sind die Kugeln, die Tejan verfehlt haben. Die anderen haben ihn getroffen. Amadu hat ihn hier tot in der Küche gefunden, Tejan hat in einer Blutlache gelegen. War eine ziemliche Sauerei, ich habe lange gebraucht, bis ich das alles wieder halbwegs sauber bekommen habe.
– Das klingt ja furchtbar.
– Tejan wäre früher oder später sowieso gestorben.
– Und woher wollen Sie wissen, dass es Van Walden war?
– Wer denn sonst? Er ist der Einzige, der einen Grund hatte, Tejan zu töten. Van Walden wollte alle Steine für sich allein. Er wollte nicht nur den einen Stein, den Tejan ihm zur Prüfung gegeben hatte, sondern alle. Alles, was er Tejan bei dem Treffen versprochen hatte, war gelogen.
– Was hat er ihm denn versprochen?
– Dass er innerhalb weniger Tage einen Käufer für die Diamanten finden werde und dafür sorgen würde, dass Amadu und Tejan reich werden.
– War Amadu bei dem Treffen dabei?
– Nein. Amadu wollte nicht. Eigentlich wollte er die Aktion kurz davor abbrechen. Er hat plötzlich Angst bekommen, Tejan aber hat ihn dazu gebracht, ihm einen Stein mitzugeben. Die andern hat Amadu klugerweise in Sicherheit gebracht. Van Walden hat hier also alles umsonst durchsucht.
– Nachdem Amadu Tejan gefunden hatte, ist er abgehauen?
– Ja. Er wusste, dass er sterben würde, wenn er bleibt. Van Walden hätte dann Amadus Vater umgebracht, dann mich und alle anderen, die ihm wichtig waren. Deshalb hat sich

Amadu entschieden, so schnell wie möglich zu verschwinden.

- Wissen Sie, wo wir diesen Van Walden finden können?
- Nein. Aber er hat keinen Grund, sich zu verstecken. Er hat nichts zu befürchten. Wenn Sie mich fragen, wäre es also besser, wenn Sie die Finger von dieser Sache lassen. Gehen Sie nach Hause, und kommen Sie diesem Mann nicht in die Quere.
- Die Polizei kann dafür sorgen, dass er ins Gefängnis kommt.
- Für eine Journalistin sind Sie ziemlich naiv. In Deutschland mag das so sein, aber nicht hier. Mit dem nötigen Kleingeld können Sie sich hier alles kaufen. Frauen, Mörder, sogar die Polizei.
- Machen Sie sich keine Sorgen um uns. Wir bräuchten nur einen Hinweis darauf, wo wir Van Walden finden können.
- Ich weiß nicht, wo sich dieses Schwein herumtreibt. Aber man sagt, dass er Afrika verlassen hat. Ein Bekannter, der am Flughafen arbeitet, hat ihn in der Abflughalle gesehen. Sie können also davon ausgehen, dass er dort ist, wo die Steine sind. Egal wie viele Menschen dafür sterben müssen, er wird erst aufhören zu töten, wenn er hat, was er will.
- Wissen Sie, wem er die Steine verkaufen wollte?
- Nein.
- Und was ist mit dem Geschäftsmann, der den Koffer im Keke vergessen hat? Er muss doch Alarm geschlagen haben. Gab es keinen Aufruhr bei den Keke-Fahrern? Hat man nicht versucht, Amadu zu finden?
- Nein.

– Aber wenn jemand sechs große Diamanten verliert, dann muss er doch alles tun, was in seiner Macht steht, um sie wiederzubekommen.
– Davon weiß ich nichts.
– Das ist seltsam.
– Sie glauben mir nicht? Sie wollen mir unterstellen, dass ich lüge?
– Nein, das will ich natürlich nicht.
– Was wollen Sie denn dann?
– Wissen Sie, wo der Koffer ist. Ob Sie Geschäftsunterlagen gefunden haben? Eine Visitenkarte? Was haben Sie mit dem Koffer gemacht?
– Amadu hat ihn verbrannt. Er hat die Spuren verwischt. Hat einfach die Beine in die Hand genommen und ist über das Rollfeld gelaufen.
– Das tut mir alles sehr leid, Mariam.
– Mir auch. Aber ich habe keine Zeit für Trauer. Ich muss mich jetzt anziehen und schminken. Wieder raus auf die Straße. Die zweihundert Euro reichen nämlich leider nicht für ein ganzes Leben.
– Ich bin Ihnen sehr dankbar, dass Sie mit mir geredet haben. Sie können sich darauf verlassen, dass wir Sie nicht in Gefahr bringen werden.
– Am Ende ist es wahrscheinlich egal. Es würde keinen großen Unterschied machen, ob ich tot bin oder lebe.
– Sie wissen, dass das nicht wahr ist.
– Niemand wird mich vermissen. Die Wahrheit ist, dass ich mich schon lange damit abgefunden habe. Sie können also beruhigt sein und nach Hause gehen. Sie werden nichts mehr von dem mitbekommen, was mit mir passiert. Sie

werden irgendwo in Berlin in einem schönen Restaurant sitzen und Rotwein trinken.

– Ich weiß nicht, was ich jetzt sagen soll.
– Sie müssen nichts mehr sagen. Gehen Sie einfach.

NEUNZEHN

Judith saß in Berlin und wartete.
Sie war ungeduldig und brannte vor Neugier. Sie hasste es, außen vor gelassen zu werden. Mehrmals hatte sie versucht, ihren Vater telefonisch zu erreichen, doch ihre Anrufe gingen ins Leere. Es blieb ihr nichts anderes übrig, als weiter in Annas Wohnung sitzen zu bleiben und zu warten.
Unerträglich fand sie es.
Ihr könnt mich doch nicht einfach einsperren, sagte sie.
Wir passen nur auf dich auf, sagte Anna.
Judith war klar, dass sie plötzlich in den Fokus dieser Leute geraten könnte, trotzdem ertrug sie es kaum, tatenlos herumzusitzen. Sie wollte helfen, dabei sein, wenn in der Redaktion die nächsten Schritte geplant wurden, sie wollte auf dem Laufenden bleiben. Nicht ahnungslos darauf warten, bis jemand sich erbarmte, ihr zu sagen, was los war.
Judith war wütend. Nicht zuletzt auch deshalb, weil sie sich Sorgen um Bronski machte. Weil sie so lange auf den erlösenden Anruf warten musste. In einer ruhigen Minute, wie er sagte, rief er sie an. Judith konnte das Meer rauschen hören. Er saß irgendwo in weiter Ferne am Strand und er-

zählte ihr alles, was in den letzten eineinhalb Tagen in Afrika passiert war.
Amadu. Foday. Mariam. Tejan. Van Walden.
Bronski gab sich Mühe, er entschuldigte sich, dass er sie nicht gleich zurückgerufen hatte. Er teilte all die fürchterlichen Eindrücke mit ihr.
Judith spürte, dass er ein guter Vater sein wollte. Und auch ein guter Lehrer. Er sprach über die Fotos, die er gemacht hatte. Anscheinend fiel ihm das leichter, als über ihre Beziehung und seine Gefühle zu reden.
Bronski redete über die Momente, in denen ihm die Worte gefehlt hatten, er beschrieb die Bilder, die er gemacht hatte, schickte ihr ein paar Aufnahmen noch während ihres Telefonats per Mail. Er gab ihr das Gefühl, dabei gewesen zu sein, selbst mit Foday und Mariam gesprochen zu haben, ebenfalls durch die Slums spaziert und in der Küche gesessen zu haben, in der Tejan erschossen worden war.
Judith sah die Einschusslöcher in der Wand.
Mariam, wie sie sich Lippenstift auftrug.
Foday, wie er mit gesenktem Kopf und ohne rechten Arm über Müllberge lief.
Judith hörte die Geschichten, die hinter den Bildern standen, tauchte ebenfalls in die Schicksale dieser Menschen ein, war berührt, obwohl alles so weit entfernt geschah.
Das ist das Gute an diesem Beruf, sagte Bronski.
Wir bringen die Menschen dazu, hinzuschauen.
Das Leben kann verdammt grausam sein.
Judith wusste das. Mit ihren zweiundzwanzig Jahren hatte sie bereits herausgefunden, wozu Menschen fähig waren. Sie kannte das Gefühl, verloren zu sein. Keine Perspektive

mehr zu haben. Auch wenn ihr Blick auf das Schöne in der Welt nicht verstellt war, rechnete sie doch jederzeit mit dem Schlimmsten. Ohne dass sie es wollte, malte sie schwarz. Sie hatte Angst, dass Svenja und Bronski etwas passieren könnte bis zu ihrem Abflug am nächsten Morgen. Sie bat ihn, auf sich aufzupassen. Gesund wieder nach Hause zu kommen.
Wehe, du lässt dich da unten erschießen.
Bin gerade erst dabei, mich an dich zu gewöhnen.
Judith sorgte sich.
Außerdem fiel ihr Nadia Puck wieder ein.
Ich habe kein gutes Gefühl, sagte sie.
Bist du dir sicher, dass sie bei den Libanesen in Sicherheit ist?
Bronski versuchte, sie zu beruhigen. Er sagte, dass Wasim zwar ein Gangster sei, aber dass man sich auf ihn verlassen könne.
Ihr wird nichts passieren.
Niemand wird sie dort finden.
Doch Judith war sich da nicht so sicher.
Woher willst du das wissen?
Plötzlich hatte sie Angst um Nadia. Sie musste etwas tun. Außerdem hatte sie Nadia versprochen, sie zu besuchen. Die traurige Geschichte der Prostituierten aus Sierra Leone hatte ihr Mitgefühl geweckt.
Ich werde jetzt nach ihr sehen, sagte sie.
Das wirst du nicht, entgegnete Bronski scharf.
Judith gab ihm keine Gelegenheit, noch mehr zu sagen, sie legte einfach auf. Beendete das Gespräch und entschied, ihre Isolation zu beenden. Niemand würde sie daran hindern, ihrer Intuition zu folgen. Bronski war weit weg, er würde erst am nächsten Tag wieder in Berlin sein. Anna war für eine

Observation in Frankfurt, sie konnte also ungehindert nach dem Rechten sehen.
Eilig machte sie sich auf den Weg.
Mit dem Fahrrad fuhr sie nach Neukölln.
Zu der Wohnung von Wasims Cousine.
Unterwegs besorgte sie Süßigkeiten. Dann klingelte sie einfach an der Tür. Bat darum, hereingelassen zu werden. Sie log. Sagte, dass Wasim Bescheid wüsste. Dass er mit ihrer Tante vereinbart hätte, dass Judith ab und zu vorbeikomme, um nach Nadia zu sehen.
Ich gehöre zu den Guten, sagte Judith und lächelte.
Dann gab sie der Cousine den Karton mit dem Baklava.
Und besiegelte Nadias Schicksal.

ZWANZIG

JUDITH BRONSKI
NADIA PUCK

– Alles in Ordnung, Nadia?
– Nichts ist in Ordnung.
– Ich habe dir etwas Süßes mitgebracht. Baklava.
– Willst du mich umbringen? Wie viel soll ich denn noch von diesem Zeug in mich hineinstopfen? Ich habe das Gefühl, ich werde stündlich dicker. Wenn ich nicht bald rauskomme, drehe ich durch.
– So schlimm?
– Denkst du, dass es lustig ist, hier herumzusitzen? Darauf zu warten, dass irgendetwas passiert?
– Du musst bestimmt nicht mehr lange hierbleiben. Alles wird gut, du wirst sehen.
– Wer sagt das? Deine Tante? Bronski? Haben sie etwas herausgefunden? Hat man die Männer erwischt?
– Nein.
– Wie kommst du dann dazu, mir zu sagen, dass alles gut wird? Ich bin doch nicht eine deiner kleinen Freundinnen, die man mit ein paar sinnlosen Floskeln ruhigstellen kann.
– So war das auch nicht gemeint.

– Das alles hier ist beschissen genug, ich brauche niemanden, der mir sagt, dass ich mir keine Sorgen machen soll.
– Ich wollte dich nur ein bisschen aufmuntern.
– Ist dir anscheinend nicht gelungen.
– Bist du immer so?
– Was meinst du?
– So unsympathisch. Und undankbar. Ich bin gekommen, weil ich mir Sorgen um dich mache. Ich kann auch gerne wieder gehen.
– Nein. Bitte bleib. Tut mir leid. Ist nicht gerade leicht im Moment für mich. Den ganzen Tag denke ich darüber nach, was für einen riesengroßen Fehler ich begangen habe. Keine Ahnung, wie ich so dumm sein konnte. Ich habe ernsthaft geglaubt, dass ich damit durchkomme. Habe nur noch das Geld gesehen. Und dafür hasse ich mich. Dass ich es nicht wiedergutmachen kann. Nur wegen mir sind sie tot. Klaus und Sarah. Ich habe sie umgebracht.
– Das hast du nicht.
– Ich wollte das nicht, das musst du mir glauben.
– Natürlich wolltest du das nicht. Dass diese Leute zwei Menschen getötet haben, lag nicht in deiner Verantwortung. Du konntest nicht wissen, dass das passieren wird. Also hör auf, dir Vorwürfe zu machen. Wahrscheinlich hätte ich genau dasselbe getan. Ich hätte die Steine ebenfalls mitgenommen.
– Hättest du nicht.
– Gelegenheit macht Diebe, sagt man, oder? Außerdem wusstest du anfangs nicht, worum es sich bei den Steinen handelt. Es hätte ja auch sein können, dass sie wertlos sind.

– Du bist nett. Danke.
– Wofür?
– Dass du versuchst, es für mich schönzureden. Ich weiß das zu schätzen, aber am Ende ist es sinnlos. Es macht die Sache nicht besser. Ich komme immer wieder zum selben Schluss. Wenn ich die Diamanten in seiner Hosentasche gelassen hätte, wäre Sarah noch am Leben. Die Polizei hätte die Steine gefunden, und meine Freundin würde jetzt noch atmen.
– Du mochtest sie sehr?
– Ich habe sie geliebt. Wir wollten zusammen weggehen aus Berlin. Neu anfangen irgendwo.
– Ihr wart ein Paar?
– Ja.
– Dann tut es mir noch mehr leid für dich.
– Sarah war das Beste, das mir jemals passiert ist. Sie hat mich gemocht, wie ich war. Ich musste mich nicht verstellen.
– Sie hat gewusst, dass du als Prostituierte arbeitest?
– Nein. Aber ich wollte damit aufhören. Hab schon vor einiger Zeit bei der Agentur gekündigt. Ich habe nur noch Klaus betreut. Ihn und zwei weitere Stammkunden. Mit dem Geld bezahle ich die Miete für das Haus und die Schule.
– Welche Schule?
– Ich möchte Schauspielerin werden. Das war schon immer mein Traum. Seit ich denken kann, will ich das. Seit ich Schimanski gesehen habe.
– Schimanski?
– Götz George in der Rolle eines Duisburger Polizisten. Die-

ser Tatort-Kommissar. Als junges Mädchen habe ich mich in ihn verliebt. Ich habe ihn bewundert, Poster in meinem Zimmer aufgehängt, mir jeden Film angesehen, den George gedreht hat. Wegen ihm habe ich mich vor zwei Jahren an einer Schauspielschule eingeschrieben und bin nach Zehlendorf gezogen.

– Das ist mutig.
– Er liegt dort auf dem Friedhof begraben, mindestens einmal in der Woche besuche ich ihn. Klingt schräg, aber er erinnert mich immer daran, dass ich meinen Traum nicht aufgeben darf. Ich stehe an seinem Grab, und er sagt mir, dass ich das mit den Männern lassen soll. Er meint, dass ich es als Schauspielerin schaffen kann.
– Wirst du bestimmt. Vielleicht hast du ja Glück.
– Ach was. Im Grunde bin ich eine Träumerin. Glück ist für mich nicht vorgesehen. Menschen um mich herum sterben.
– Du musst nach vorne sehen. Dir überlegen, wie es jetzt weitergehen soll. Ob du mit der Polizei reden willst. Und was du mit den Diamanten machen wirst. Ob es nicht doch besser wäre, jemandem zu sagen, wo sie sind. Wenn in der Zeitung steht, dass die Behörden die Steine sichergestellt haben, dann werden Sarahs Mörder dich in Ruhe lassen. Niemand hat dann noch einen Grund, dir etwas anzutun. Meiner Meinung nach wäre das die einfachste Lösung.
– Deshalb bist du also hier?
– Was meinst du?
– Du willst, dass ich dir sage, wo ich die Diamanten gebunkert habe. Nur darum dreht es sich, oder? Und ich Idiotin habe doch tatsächlich gedacht, dass es dir um mich geht.

– Natürlich tut es das. Es geht mir um dich. Aber im Gegensatz zu dir bin ich realistisch. Du kannst dich nicht ewig hier verstecken. Irgendwann wird die Bombe platzen, früher oder später wird Svenja auch über dich schreiben, du wirst der bunte Hund sein, nach dem sich alle umdrehen werden. Also entweder du kümmerst dich rechtzeitig um dein Problem, oder du lässt die anderen über dein Leben entscheiden. Du hast die Wahl, Nadia.
– Sie werden mich so oder so umbringen.
– Sag so was nicht. Bronski und Svenja werden dafür sorgen, dass dir nichts passiert. Sie sind diesen Leuten bereits auf der Spur.
– Das ist lächerlich, Judith. Was denkst du denn, was die beiden ausrichten können? Das sind Journalisten und keine Superhelden. Dass ihr euch so um mich bemüht, ist rührend, aber am Ende geht es ihnen doch auch nur um die Story. So wie es aussieht, seid ihr sogar bereit, deswegen auf Gesetze zu pfeifen. Es geht nur darum, Hintergrundinformationen aus der Nutte herauszukitzeln. Was hat sie für Vorlieben? Beziehungsstatus? In welchem Verhältnis stand sie zu der Toten? Sie haben dich vorgeschickt, um mich mürbezumachen, oder? Sie haben die Praktikantin auf mich angesetzt, weil es dann weniger offensichtlich ist, dass es in Wirklichkeit nur um die eine reißerische Story geht. Nur deshalb versteckt ihr mich hier. Ist doch so, oder?
– Du bist ungerecht.
– Bin ich das?
– Ja.
– Ach, komm schon. Du bist nicht hier, weil du eine Freun-

din suchst. Ihr wollt mir nicht helfen, weil ihr so gütige, gläubige Menschen seid. Ihr habt mich hierhergebracht, weil ihr genauso hinter den Steinen her seid wie diese Schweine, die Sarah umgebracht haben.

- Blödsinn.
- Ihr benutzt mich.
- Jetzt komm mal wieder runter, Nadia. Wir riskieren gerade einiges für dich. Unser ganzes Leben ist wegen dieser Geschichte durcheinandergeraten. Wir müssen uns genauso verstecken wie du, wohnen im Hotel, kriechen bei Verwandten unter. Wir können nicht zurück in unsere Wohnungen, müssen Angst davor haben, dass diese Typen irgendwann auftauchen und uns ans Leder gehen. Und das alles nur, weil du so dämlich warst und eine Leiche bestohlen hast. Du solltest jetzt also wirklich besser still sein. Und dankbar. Sei doch froh, dass Anna dich hier in Sicherheit gebracht hat.
- Ich ertrage das hier nicht länger.
- Dann geh doch. Wenn dir das lieber ist, dann verschwinde. Du bist ein freier Mensch, musst die Hilfe nicht annehmen, die man dir unfassbarerweise angeboten hat. Du kannst machen, was du willst, Nadia. Ich jedenfalls bin jetzt weg. War ein Fehler zu kommen.
- Nein.
- Was willst du denn noch?
- Bitte bleib.
- Warum sollte ich? Ich habe keine Lust mehr, mich noch länger blöd anmachen zu lassen. Ich verstehe ja, dass es dir nicht gut geht, aber ich muss mir das nicht länger anhören.

– Das wollte ich nicht, bitte verzeih. Ich bin nur so wütend. Würde am liebsten alles kaputt schlagen. Am Ende ist es so, wie meine Mutter immer gesagt hat.
– Was meinst du?
– Sie sagte, dass es besser gewesen wäre, wenn sie mich nie geboren hätte. Vielleicht hat sie ja recht.
– Du musst das nicht tun. Über dein Privatleben sprechen, meine ich. Ich bleibe auch so.
– Interessiert es dich?
– Natürlich.
– Ist schnell erzählt. Bekommst die Kurzfassung. Eltern beide Alkoholiker, Vater arbeitslos, Leberzirrhose, Mutter Krebs. Ich bin allein, seit ich zwölf war. Kinderheime, ein paar Diebstähle, erste Vorstrafe, Drogen, dann ein Zuhälter in Hannover, der mir vorgespielt hat, dass er mich liebt. Für kurze Zeit war ich glücklich. Dann hat er mich auf den Strich geschickt.
– Klingt schrecklich.
– Aus mir wird nie etwas werden, hat meine Mutter gesagt. Und so wie es aussieht, hatte sie recht.
– Du hast die Möglichkeit, die Dinge zu ändern. Im Gegensatz zu anderen lebst du in einem Land, in dem das möglich ist. Svenja und Bronski sind gerade in Afrika und recherchieren. Sie haben den Vater des Mannes getroffen, der dir vor die Füße gefallen ist. Er wurde im Bürgerkrieg verstümmelt, wohnt in einem Slum und besitzt gar nichts. Genauso wie die beste Freundin seines Sohnes. Sie macht dasselbe wie du, bekommt aber nur fünfzig Cent pro Freier.
– Ach, hör doch auf. Diese Geschichten rühren doch niemanden, wir haben hier unsere eigenen Probleme. Aber

Mädchen aus gutem Hause wie du werden das nie verstehen.

– Täusch dich da mal nicht.

– Ich sag dir was, Judith. Erst wenn du einmal dort warst, wo ich seit Jahren bin, kannst du mitreden. Bis dahin versuch bitte nicht, so zu tun, als wüsstest du, was es heißt, so ein Leben zu führen.

– Wie du meinst, Nadia. Aber sag mir eins. Hast du wirklich daran geglaubt, dass Geld es besser machen würde?

– Nein. Aber erträglicher.

– Und was willst du jetzt tun?

– Überleben.

EINUNDZWANZIG

Die Angst um Judith trieb mich beinahe in den Wahnsinn. Dass sie ihren Willen durchsetzen wollte, gefiel mir, dass sie es aber genau in diesem Moment tun musste, ärgerte mich. Ich hatte sie gebeten, sich still zu verhalten, doch sie hörte nicht. Keine Möglichkeit zu haben, sie jetzt zu beschützen, machte mich verrückt.

Ich saß also in Afrika am Strand und zählte die Minuten bis zu unserem Abflug. Nach all den Jahren war ich wieder ein Vater, der sich sorgte.

Svenja konnte mich nur bedingt beruhigen. Während sie ihren Artikel in den Computer tippte, lächelte sie mich immer wieder an und versicherte mir, dass Judith schon auf sich aufpassen würde. Meine Tochter hätte bereits ganz andere Sachen überlebt, ein Besuch bei Nadia Puck würde nicht sofort ihr Ende bedeuten. Außerdem wisse doch niemand davon, dass wir sie bei Wasims Familie versteckten. Svenja tätschelte mich wie einen debilen Greis, sie fand es rührend, dass ich mich so hineinsteigerte.

Falls ich noch Kinder haben will, dann von dir, sagte sie.

Ich grinste. War aber kurz vor dem Durchdrehen.

Nicht nur Svenja musste mich ertragen, auch Anna bekam es ab. Ich hatte sie am Telefon angefleht, nach Judith zu sehen, aber sie winkte ab.
Ich kann beruflich aus Frankfurt nicht weg, sagte sie.
Anstatt den letzten Abend mit Svenja am Strand zu genießen, steigerte ich mich immer weiter in die Sache hinein. Ich stellte mir vor, wie Van Walden oder die Männer, die für ihn arbeiteten, Judith von Annas Wohnung aus verfolgen würden. Ich malte mir aus, wie Judith und Nadia entführt wurden, wie man sie bedrohte, sie folterte. Ich hatte zu viel Schreckliches gesehen in meinem Leben, deshalb fiel es mir wesentlich leichter, an das Grauen zu denken als an das Schöne. Anstatt optimistisch zu sein, stellte ich mir Judiths Ende vor.
Aus meiner Angst wurde allmählich eine reale Bedrohung. Trotz Svenjas gutem Zureden kam ich nicht heraus aus meiner Grübelspirale. Ich quälte mich. Unzählige Male wählte ich Judiths Nummer, ich sprach auf ihre Mobilbox, wollte unbedingt wissen, ob alles in Ordnung war.
Bitte ruf mich zurück.
Es ist nicht fair, was du da machst.
Gib mir wenigstens ein Lebenszeichen.
Und das tat sie dann auch. So wie ich mich einige Stunden vorher bei ihr entschuldigt hatte, nahm sie mir gleich zu Beginn den Wind aus den Segeln.
Es ist alles in Ordnung, sagte sie.
Ich habe ihr nur ein bisschen Gesellschaft geleistet.
Aber Nadia wird das nicht mehr lange durchhalten.
Sie ist ziemlich fertig.
Erleichtert, dass es Judith gut ging, hörte ich ihr zu. In gro-

ben Zügen gab sie das Gespräch wieder, das sie mit Nadia Puck geführt hatte. Mir fiel ein Stein vom Herzen, doch ich zeigte es nicht. Tat so, als wäre alles in Ordnung. Lenkte ein, behandelte Judith wie eine Erwachsene und nicht wie mein Kind. Ich sagte mir, dass sie auf sich selbst aufpassen könnte. Es fiel mir schwer, aber es gelang. Ich hielt mich zurück und vertraute auf das Schicksal.
Judith würde nichts passieren, bis wir wieder zurück in Deutschland waren. Alles war gut.
Nichts wünschte ich mir mehr.
Morgen sind wir schon wieder da, sagte ich.
Genießt den letzten Abend, sagte Judith.
Dann legte sie auf.
Svenja lächelte mich an.
Wir verbrachten die letzten Stunden in Sierra Leone ohne viele Worte. Sprachen nicht mehr über Foday und Mariam. Schauten auf das dunkle Meer. Hielten uns an den Händen.
Schliefen ein.
Wachten auf.
Und flogen zurück.
Freetown – Berlin. Wir landeten, als es dämmerte. Innerhalb nur eines Tages hatten wir den Kontinent gewechselt, wir waren davongerannt, hatten Mariam und Foday zurückgelassen. Die Gewissheit, ihnen nicht helfen zu können, hatte uns begleitet.
Nichts, was wir getan hätten, hätte es besser gemacht.
Die Zeiger auf der Uhr drehten sich weiter.
Jetzt ging es nur noch darum, so schnell wie möglich Van Walden zu finden. Den Mann, der angeblich hinter den Morden steckte, den Söldner, der bereits einen Diamanten hatte

und die anderen fünf unbedingt in seinen Besitz bringen wollte.
Mariam hatte uns überzeugt.
Van Walden war unser Mann.
Nach unserem Besuch in Tejans Wohnung hatten wir uns noch in Freetown umgehört. Gabriel war uns freundlicherweise erneut behilflich gewesen und hatte uns mit allen Eckdaten versorgt. Van Walden hauste seit Jahren in einem schäbigen Hotel am Stadtrand, wo wir ihm vor unserer Abreise noch einen Besuch abstatten wollten. Doch der Rezeptionist bestätigte uns, was wir ahnten: dass Van Walden tatsächlich zu einer Geschäftsreise aufgebrochen war. Wohin, wusste er nicht. Nur, dass Van Walden gesagt hätte, dass er sich persönlich um ein Problem im Ausland kümmern müsse. Es ginge wohl um eine größere Summe Geld, hatte der Rezeptionist gemeint, weil der Langzeitgast angekündigt hatte, bei seiner Rückkehr endlich die ausstehenden Hotelrechnungen zu bezahlen.
Er ist hier in Berlin, sagte Svenja.
Sie war sich sicher. Die Gier trieb ihn an. Er war in der Nähe.
Irgendwo da draußen spaziert er herum und plant unseren Untergang.
Die Drecksarbeit lässt er von den beiden Schwarzen erledigen.
Ich nickte nur. Der Gedanke, dass da jemand war, der bereit war, uns zu töten, gefiel mir nicht. In den Augen dieser Leute waren wir potenzielle Mitwisser, wir hatten Kontakt mit Nadia Puck, ich hatte ihr sogar geholfen zu fliehen. Ich stand also in der ersten Reihe, man würde mir sofort das Licht auslöschen, sobald sich die Gelegenheit dazu bot.
Doch ich verdrängte es.
War genauso stur wie Judith.

Ich wollte raus aus diesem Hotel, in dem Svenja und ich uns versteckten, ich wollte zurück in meine vertraute Umgebung, in meine Dunkelkammer, mein Bett, meine Küche. Mit Gewalt wollte ich so tun, als wäre alles in Ordnung.
Ich ignorierte die Gefahr.
Tat so, als gäbe es sie nicht.
Es kostete mich viel Mühe, Svenja zu überreden, mich gehen zu lassen. Mitten in der Nacht aus dem Hotelzimmer, weil ich ihr sagte, dass ich noch einmal in meine Wohnung musste. Ein Teil meiner Ausrüstung war noch dort, Objektive, Speicherkarten. Ich wollte nur kurz rein und schnell wieder raus. Die Wahrscheinlichkeit, dass genau in diesen zehn Minuten jemand in meiner Wohnung auftauchen würde, war gering. Wenn sie alles auf den Kopf hätten stellen wollen, dann hätten sie es bestimmt schon getan. Die Wohnung kurz zu betreten schien mir ungefährlich, ich hatte ein gutes Gefühl. Völlig blauäugig machte ich mich auf den Weg. Als ich die Wohnungstür aufsperrte, war ich mir sicher, dass ich verschont bleiben würde. Ich betrat die Wohnung. Lauschte, ob ich ein Geräusch ausmachen konnte, schaute mich um, konnte aber nichts Verdächtiges erkennen. Keine Einbruchsspuren, keine Unordnung, niemand war hier gewesen, nachdem wir die Wohnung mit Nadia Puck im Gefolge verlassen hatten. Keiner versteckte sich im Badezimmer, riss die Tür auf und griff mich an.
Ich hatte Glück.
Fragte mich sogar, ob wir vielleicht zu übervorsichtig gewesen waren und unsere Angst unbegründet war. Trotzdem beeilte ich mich und packte schnell die Ausrüstung und ein paar Klamotten ein. Nach wenigen Minuten verließ ich die

Wohnung wieder und fuhr mit dem Lift nach unten. Ich lief zu meinem Wagen, weil ich Svenja versprochen hatte, mich zu beeilen. Ich wollte so schnell wie möglich zu ihr zurück, die gute Neuigkeit mit ihr teilen.
Doch dann stolperte ich.
Und stürzte.
Mein Knie schlug gegen den Asphalt.
Der Fotorucksack fiel mir aus der Hand, und ich bückte mich.
Ich schaute mich vorsichtig um. Wollte sehen, ob jemand mein Missgeschick beobachtet hatte, aus irgendeinem Grund wäre es mir peinlich gewesen.
Unauffällig scannte ich die Gegend.
Und da sah ich sie.
Die zwei Männer, die mich und Nadia verfolgt hatten. Sie saßen auf der gegenüberliegenden Straßenseite in einem parkenden Auto. Im Schein einer Straßenlaterne konnte ich ihre Gesichter wiedererkennen. Ich hatte sie lange genug studiert auf dem Foto, das ich auf der Flucht von ihnen geschossen hatte. Ein Irrtum war ausgeschlossen.
Ich zuckte zusammen.
Biss mir auf die Unterlippe.
Da waren sie also. Hatten auf mich gewartet, anstatt in meine Wohnung einzubrechen. Sie waren nicht das Risiko eingegangen, von irgendwelchen Nachbarn erwischt zu werden, hatten sich lieber in Geduld geübt.
Und am Ende hatten sie Erfolg damit gehabt.
Ich hatte mich auf den Präsentierteller gelegt.
Sie würden aus dem Auto aussteigen, näher kommen, ihre Waffen zücken. Jeden Moment würde mich eine Kugel treffen.

Panik packte mich.
Nur wenige Sekunden blieben mir noch.
Plötzlich war alles vorbei.
Es tut mir leid, flüsterte ich.
Bitte verzeih mir, Judith.

ZWEIUNDZWANZIG

DAVID BRONSKI
JUDITH BRONSKI

– Ich werde sterben.
– Was redest du denn da?
– Die werden mich umbringen. Jetzt, Judith. Ich bin ein gottverdammter Idiot. Habe es nicht kommen sehen.
– Ganz langsam, Bronski. Alles der Reihe nach.
– Sie haben mich gesehen. Es wird keine Minute dauern, dann geht hier das Licht aus. Die sind hier, weil sie diese verdammten Steine wollen. Diese Leute werden nicht zögern, mir etwas anzutun. Du hast ja gesehen, was sie mit Rembrand und dem armen Mädchen gemacht haben.
– Was willst du mir eigentlich sagen, Bronski?
– Ich will, dass du weißt, dass ich dich liebe.
– Findest du, dass das jetzt der richtige Zeitpunkt dafür ist? Du solltest lieber schauen, dass du da wegkommst. Für dieses Vater-Tochter-Ding haben wir später noch Zeit.
– Da bin ich mir nicht mehr so sicher.
– Sie werden dich nicht töten. Zumindest nicht gleich.
– Was meinst du damit?
– Sie wollen zuerst mit dir reden. Sie werden dich so lange

am Leben lassen, bis du ihnen gesagt hast, was sie wissen wollen. Also reiß dich zusammen, Bronski, und überleg dir, was du jetzt tun kannst.

– Nichts kann ich tun.

– Doch. Fang an zu schreien. Brüll dir die Seele aus dem Leib.

– Nein. Dann wissen sie, dass ich sie gesehen habe. Wenn ich jetzt die Aufmerksamkeit auf mich ziehe, müssen sie sofort handeln. Wenn ich schreie, bin ich tot. Wenn ich still bin, habe ich zumindest eine Chance.

– Stimmt. Sie wollen wissen, wo Nadia ist, du sollst ihnen dabei helfen, sie zu finden. Also werden sie es langsam angehen. Vor allem auch deshalb, weil wir mitten in der Stadt sind. Sie werden es vermeiden, hier großen Wirbel zu machen.

– Könnte sein, ja.

– Dann bleibt dir nur eines übrig. Steig jetzt in deinen Wagen.

– Und dann?

– Fährst du los.

– Wohin?

– Egal, fahr einfach. Schau dich nicht um. Tu so, als wäre alles in Ordnung, sorg einfach nur dafür, dass diese Typen an dir dranbleiben.

– Sie werden mich nicht einfach fahren lassen.

– Doch, werden sie. Beweg dich, Bronski. Einsteigen. Starten. Losfahren. Nicht zu schnell. Alles ganz entspannt, sie werden glauben, dass sie die Situation unter Kontrolle haben. Du bist das Opfer. Sie beobachten dich, wollen wissen, wo du hinfährst, mit wem du dich triffst. Sie wollen

Informationen sammeln, um diese Schatzsuche so schnell wie möglich beenden zu können.

- Soll ich jetzt einfach stundenlang durch die Stadt fahren, oder was?
- Nein. Du musst die beiden loswerden. Am besten für immer. Deshalb solltest du dir überlegen, ob du kurz über deinen Schatten springen kannst.
- Was soll das schon wieder heißen?
- Leander Vogt.
- Nein.
- Du hast nicht so wahnsinnig viele Alternativen. Da du kein bewaffneter Superheld bist, ist er wahrscheinlich der Einzige, der dir in dieser Situation helfen kann.
- Ich mag ihn nicht.
- Ist mir klar. Du bist eifersüchtig. Trotzdem ist es die beste Option.
- Er ist selbstverliebt und arrogant.
- Bist du auch.
- Er stellt meiner Freundin nach.
- *Nachstellen* ist vielleicht ein bisschen übertrieben, oder?
- Irgendetwas stimmt mit dem nicht. Ist so ein Bauchgefühl.
- Dein Bauchgefühl kannst du vergessen. Siehst ja, wo es dich hingebracht hat. Also hör auf, dich zu wehren, und ruf ihn an.
- Und was soll ich ihm sagen?
- Du bittest ihn um Hilfe.
- Sicher nicht.
- Dann dreh den Spieß einfach um.
- Wie?
- Du versprichst ihm die Verhaftung des Jahres. Verkauf es

ihm einfach als Geschenk, dann wird er in deiner Schuld stehen, und nicht du in seiner. Darum geht es dir doch, oder?

– Geschenk? Verhaftung? Muss ich das verstehen?
– Jetzt stellst du dich dümmer, als du bist, Bronski.
– Ich weiß. Kann mir aber im Moment nicht wirklich vorstellen, dass das funktionieren soll.
– Es wird funktionieren. Wenn Leander Vogt nur ein bisschen vom Ehrgeiz getrieben ist, dann wird er Himmel und Hölle in Bewegung setzen, um dir zu helfen. Also hör endlich auf, Zeit zu vergeuden, und sag ihm, dass du weißt, wer die junge Frau in Zehlendorf umgebracht hat. Erzähl ihm, wer diese Männer sind, die dir folgen.
– Tut mir leid, dass ich dich in die Sache mit reingezogen habe. Ich wollte dich nicht in Gefahr bringen.
– Dir muss gar nichts leidtun. Ich will das alles so. Es ist ganz allein meine Entscheidung, wie ich mein Leben lebe. Ich dachte eigentlich, dass wir uns da einig sind.
– Sind wir.
– Na, dann pack jetzt endlich dein Telefon aus und ruf ihn an.
– Sie schöpfen vielleicht Verdacht, wenn ich telefoniere.
– Unsinn. Mach den Lautsprecher an und fahr einfach weiter geradeaus. Die werden nichts davon mitbekommen, vertrau mir.
– Alles wird gut, oder?
– Ja, das wird es, Papa.

DREIUNDZWANZIG

Ich führte dieses Gespräch in Gedanken.

Ich hatte Todesangst, fürchtete um mein Leben, reimte mir zusammen, was ich gerne gehört hätte. Ich wollte nicht allein sein in diesem Moment, flehte insgeheim um Hilfe, ich malte mir einen Dialog aus, der mir den Arsch retten sollte.

Meine Tochter sagte mir, was zu tun war. Muss man sich mal vorstellen. In diesen fünfzig Sekunden, die ich brauchte, um meinen Wagen zu erreichen und den Motor zu starten, hörte ich sie reden. Im Schnelldurchlauf besprachen wir, was zu tun war.

Während die Blicke der beiden Männer an mir klebten, brachte mich Judith dazu anzugreifen, anstatt ohnmächtig dabei zuzusehen, wie mein Leben zu Ende ging.

Ihre Stimme war laut in meinem Kopf.

Du wirst diesen Schweinen jetzt in den Arsch treten, Bronski. Ich habe keine Lust, mir einen neuen Mitbewohner zu suchen.

Ich sah Judith vor mir. Sie grinste mich an.

So gerne wäre ich in diesem Moment bei ihr gewesen. Ich wollte sie in den Arm nehmen, ihr sagen, dass ich nicht vorhatte, mich foltern zu lassen oder zu sterben. Ich war

bereit, alles zu tun, um die beiden Männer hinter mir loszuwerden.
Die Mörder von Klaus Rembrand und Sarah Wegscheid.
Ich fragte mich, wie lange sie schon vor dem Haus kampiert hatten. Es könnten Stunden, aber auch Tage gewesen sein. Sie hatten also tatsächlich herausgefunden, wo ich wohnte. Wäre ich nicht gleich wieder nach unten gekommen, hätten sie mir wahrscheinlich wenig später einen Besuch abgestattet. Ich hätte nicht weglaufen können, hätte in meiner Wohnung in der Falle gesessen, so aber hatte ich eine Chance.
Ich fuhr einfach durch die Stadt. Ohne Eile.
In ihren Augen muss alles in bester Ordnung gewesen sein. Sie hatten den Fotografen gefunden, der im Zehlendorfer Wäldchen vor ihnen davongelaufen war. Sie waren in Alarmbereitschaft, gingen davon aus, dass ich sie früher oder später zu Nadia Puck führen würde. Vorerst sollte ich mich aber in Sicherheit wiegen. Unauffällig fuhren sie hinter mir her. Mit Abstand durch das nächtliche Berlin.
Es war ein einfacher Plan, den ich umsetzte. Solange ich auf der Straße blieb, war ich in Sicherheit. Dort, wo viele Menschen waren, konnte mir nichts passieren. Die Lösung für mein Problem war also, in Bewegung zu bleiben. Ich durfte nicht allzu weit aus der Stadt hinausfahren, und vor allem musste ich sie im Glauben lassen, dass sie die Jäger waren und nicht die Gejagten.
Vierzig Minuten lang lockte ich sie so durch die Stadt.
Nur einmal blieb ich kurz stehen. Ich parkte in zweiter Spur und machte die Warnblinkanlage an, um in einem Späti etwas zu trinken zu holen. Ich hatte sie an einer Kreuzung

verloren, hatte aber kurz danach gestoppt. Was ich mir ausgedacht hatte, konnte nämlich nur funktionieren, wenn sie ganz in meiner Nähe blieben.

Alle zehn Sekunden warf ich einen Blick in den Rückspiegel. Vermeintlich ahnungslos fuhr ich Richtung Pankow. Ohne dass es meine Verfolger mitbekamen, rief ich die Polizei.

Leander Vogt.

Ich stellte ihn auf Lautsprecher. Unfassbarerweise bat ich den Mann um Hilfe, dem ich vor zwei Tagen noch die Augen hatte auskratzen wollen.

Bronski hier, sagte ich.

Wenn du aufhörst, meine Frau zu küssen, habe ich da was für dich.

Ich serviere dir zwei Mörder, nach denen du suchst.

In aller Ruhe beschrieb ich ihm die Situation, in der ich mich befand. Ich versicherte ihm, dass es sich tatsächlich um die beiden Männer handelte, die die Frau in Zehlendorf umgebracht hatten. Sarah Wegscheid. Vogt ermittelte längst in der Sache. Geduldig beantwortete ich seine Fragen, sagte ihm, dass Svenja und ich durch Zufall herausgefunden hatten, wer die Täter waren, und dass es jetzt darum ging, die beiden so schnell wie möglich festzusetzen. Und ich versprach ihm, dass er garantiert die DNA der beiden an den Tatorten finden würde. In Pucks, aber auch in Rembrands Haus. Dann gab ich ihm Autotyp und Kennzeichen meiner Verfolger durch, prophezeite ihm noch einmal einen sensationellen Ermittlungserfolg und beschwor ihn, sofort ein Einsatzkommando loszuschicken.

Klingt vielversprechend, sagte er.

Svenja scheint einen guten Job zu machen.

Hat sie immer schon.
Vogt lachte.
Weil ich überleben wollte, lachte ich mit.
Vogt spielte jetzt offiziell in meiner Mannschaft. Ich redete mir ein, dass er kein übler Kerl war. Dass er nichts gemacht hatte, was nicht auch ich getan hätte. Tatsache war, dass ich Glück gehabt hatte. Wenn Svenja vor zwei Jahren schon bereit für eine Beziehung gewesen wäre, wäre sie in diesem Moment vielleicht in seinem Bett gelegen, und nicht in meinem. Sie hätte ihn angerufen und nicht mich.
Ich hatte das Gespräch mit Vogt gerade beendet, als es klingelte.
Svenja klang ungeduldig.
Besorgt.
Komm sofort wieder in dieses beschissene Hotelzimmer.
Und sag mir, dass es dir gut geht.
Ich habe alles unter Kontrolle, log ich.
Ich erzählte ihr, wer hinter mir herfuhr und mit wem ich vor ein paar Sekunden noch telefoniert hatte. Ihr Ex-Freund sollte dafür sorgen, dass mir nichts passierte. Ich versprach ihr, dass ich auf mich aufpassen würde, und bat sie, ihren Ärger darüber, dass ich darauf bestanden hatte, zu meiner Wohnung zu fahren, hinunterzuschlucken. Ich beschrieb ihr den Hinterhalt, den ich mit Vogt geplant hatte. Beruhigte sie.
Du bleibst einfach in der Leitung, sagte ich.
Dann bist du bei mir.
Wir reden.
Svenja tobte innerlich, das konnte ich spüren, aber sie fand es gut, dass ich Vogt um Hilfe gebeten hatte, und schluckte ihren Ärger hinunter.

Du kannst dich auf ihn verlassen, Bronski.
Ich nickte nur. Rollte mit den Augen. Sagte ihr, dass sie mich so schnell nicht loswerden würde.
Wir bringen das jetzt hinter uns, dann heiraten wir.
Wir lachten beide.
Und ich fuhr weiter durch die Stadt.
Lenkte den Wagen dorthin, wo Vogt mich hinbestellt hatte. Hielt an einer Tankstelle. Stieg aus dem Wagen. Stand da und wartete. Angespannt, bis der Tank voll war. Bis zum Schluss spielte ich weiter meine Rolle. Auf keinen Fall durften sie misstrauisch werden, sie sollten mich weiter beobachten und in ihrem Auto sitzen bleiben, das sie etwas abseits neben einem Lkw geparkt hatten. Sie rechneten nicht damit, dass eine Minute später überall das Blaulicht angehen würde.
Alles ging ganz schnell.
Sondereinsatzkommando.
Vier Einsatzwagen. Waffen im Anschlag.
Meine Verfolger hatten keine Zeit, sich zur Wehr zu setzen, sie wurden völlig überrascht. Vogt hatte innerhalb kürzester Zeit den perfekten Einsatz geplant. Er hatte seine Leute mobilisiert und in Position gebracht.
Sie beendeten das Drama.
Elegant und ohne Blutvergießen.
Es fiel kein einziger Schuss.
Beinahe lautlos ging alles über die Bühne. Die Verdächtigen wurden gezwungen, aus dem Wagen zu steigen, die Arme zu heben und sich auf den Boden zu legen. Ihnen wurden Handschellen angelegt. Verblüfft und wütend schauten sie in meine Richtung.
Es war eine Genugtuung.

Ich zeigte ihnen meinen Mittelfinger.

Und grinste sie an.

Es ist vorbei, sagte ich zu Svenja.

Wenn ich zu Hause bin, bekommst du einen genauen Bericht.

Jetzt muss ich mich um die Fotos kümmern.

Svenja atmete erleichtert aus.

Bring mir ein paar Zitate für meinen Text mit, sagte sie.

Dann legte sie auf.

Es fühlte sich verdammt gut an, wieder die Kontrolle zu haben, nicht mehr derjenige zu sein, der etwas zu befürchten hatte. Es war berauschend. Ich hatte einen kleinen Sieg errungen und warf mich mit Leidenschaft ins Geschehen. Voller Adrenalin drückte ich auf den Auslöser und schoss spektakuläre Fotos von der Verhaftung.

Am Boden liegende Mörder.

Polizisten mit Helmen und Sicherheitswesten.

Blaulicht und Waffen mitten in Berlin.

Es war eine Freude. Ich dokumentierte den vermeintlich perfekten Schachzug der Berliner Polizei. Innerhalb weniger Tage konnte durch eine hervorragende Ermittlungsarbeit ein Mord aufgeklärt werden, Svenja bastelte bereits an einer Schlagzeile. Ohne es groß miteinander abzusprechen, gaben wir Vogt alle Trümpfe in die Hand. Als Dankeschön ließ er sich sogar von mir porträtieren und diktierte mir seine Stellungnahme für Svenja in mein Handy.

Es war ein Glücksfall für beide Seiten.

Und ein Balanceakt.

Mit einem Schlag war offensichtlich geworden, dass wir Informationen vor der Polizei zurückgehalten hatten. Vogt wusste jetzt, dass wir tiefer in die Geschichte verstrickt waren, als ich zugab. Ein Grenzgang war es. Aber es war nicht zu vermeiden gewesen.

Fieberhaft überlegte ich.

Was ich ihm sagen sollte und was nicht.

Wir beide sollten da noch ein paar Dinge klären, sagte er.

Zögerlich beschloss ich, ihm die Wahrheit zu sagen.

Und an den richtigen Stellen zu schweigen.

VIERUNDZWANZIG

DAVID BRONSKI
LEANDER VOGT

– Ist ziemlich gut gelaufen, würde ich sagen.
– Ja, das ist es. Aber über einige Dinge solltest du trotzdem noch mit mir reden. Soll ja kein böses Blut geben zwischen uns, oder?
– Ach, komm schon. Das mit Svenja und dir ist lange her. Es gibt keinen Grund, sich deswegen in die Haare zu bekommen.
– Netter Versuch. Aber um Svenja geht es hier nicht. Ich spreche von den bösen Jungs, die wir eben abtransportiert haben. Ich würde sehr gerne von dir wissen, wie das alles zusammenhängt und wie ihr beide in die ganze Sache verwickelt seid. Wäre von Vorteil, wenn ich eingeweiht bin, wer weiß, wie sich die Sache entwickelt. Ist bestimmt nicht schlecht für dich, einen Freund bei der Polizei zu haben.
– Stimmt.
– Also raus mit der Sprache. Was ist hier wirklich los?
– Svenja und ich waren in Sierra Leone. Wir haben herausgefunden, was diese Leute wollen. Worum es hier eigentlich geht.

– Na, da bin ich ja mal gespannt.
– Alles dreht sich um den Toten in Rembrands Garten.
– Der Mann, der vom Himmel fiel?
– Amadu Konema. Morgen haben wir eine große Geschichte über ihn im Blatt. War ein armer Teufel, Kindersoldat während des Bürgerkriegs dort. In den letzten zehn Jahren ist er Taxi gefahren, Amadu hatte kein Glück in seinem Leben. Bis er eine Woche vor seinem Tod sechs Diamanten auf der Straße fand. Äußerst kostbar. Angeblich mindestens fünfzig Millionen wert.
– Lass mich raten. Konema hatte die Steine bei sich, als er hier in Berlin gelandet ist.
– Genau so ist es.
– Und Rembrand hat sie an sich genommen.
– Nein. Das war Nadia Puck. Die Freundin der ermordeten jungen Frau in Zehlendorf. Wie du wahrscheinlich schon weißt, arbeitet sie als Prostituierte. Sie war bei ihm damals. Hat die Steine in der Hosentasche des Toten gefunden und mitgenommen.
– Du verarschst mich, oder?
– Nein. Die beiden, die du eben verhaftet hast, sind hinter den Steinen her. So, wie es aussieht, arbeiten sie für einen gewissen Van Walden, einen holländischen Söldner, der über Leichen geht.
– Söldner? Gibt es so etwas überhaupt noch?
– Wirst du, wie gesagt, alles im Detail in unserer schönen Zeitung nachlesen können.
– Verrückte Geschichte.
– Kannst dich gerne erkenntlich zeigen. So wie es aussieht, haben wir dir eine Menge Arbeit abgenommen.

– Das habt ihr. Wobei zwei wichtige Fragen noch offen sind.
– Schon klar. Aber Tatsache ist, dass du der Bulle bist und nicht ich. Ein bisschen was musst du selbst auch noch herausfinden.
– Wo sind die Diamanten?
– Das weiß ich leider nicht.
– Und wo ist Nadia Puck? Wir haben sie gesucht, aber nicht gefunden. Bisher war sie eine Tatverdächtige, aber wenn das alles stimmt, was du sagst, scheint sie eine wichtige Zeugin zu sein. Wir sollten so schnell wie möglich mit ihr sprechen. Also, wo ist sie?
– Keine Ahnung.
– Euch ist klar, dass ihr euch strafbar macht, wenn ihr mir Informationen vorenthaltet? Du bringst Svenja in eine sehr unangenehme Situation.
– Ich weiß wirklich nicht, was du meinst. Warum sollten wir etwas vor dir verbergen wollen? Es gibt keinen Grund dafür.
– Ist nicht schön, für dumm verkauft zu werden.
– Ach, komm schon. Vielleicht will Nadia Puck nicht gefunden werden. Sie hat allen Grund, sich zu verstecken. Sie musste zusehen, wie ihrer Freundin die Kehle durchgeschnitten wurde.
– Sie hat den Mord beobachtet?
– Könnte sein.
– Wie kannst du das wissen, wenn du keine Ahnung hast, wo sie sich aufhält?
– Ich habe meine Quellen. Wichtig für dich ist nur, dass die beiden Mörder durch ihre Aussage lebenslang ins Gefängnis gehen werden.

– Wichtig für mich ist, dass sich Nadia Puck dringend bei mir meldet. Wenn sie sich weiter vor uns versteckt, macht sie sich genauso strafbar wie diejenigen, die ihr dabei helfen. Außerdem wäre es klug, wenn sie zurückgibt, was sie gefunden hat. Sollten diese Diamanten wirklich existieren, müssen wir sie so schnell wie möglich sicherstellen, sonst werden vermutlich noch mehr Menschen sterben.
– Niemand wird mehr sterben.
– Wäre schön, wenn du recht behältst, aber meine Erfahrung sagt mir, dass es anders kommen wird. Dieser Van Walden wird sich nicht darüber freuen, dass wir seine beiden Mitarbeiter aus dem Verkehr gezogen haben. So wie es aussieht, hat er kein Problem damit, Blut zu vergießen. Folglich steigt der Druck auf die Zeugin. Von den zahlreichen Verrückten, die hinter ihr her sein werden, weil sie die Geschichte bald in der Zeitung lesen, will ich gar nicht reden. Es wäre also wirklich klug, wenn du dich mir anvertraust.
– Das habe ich doch gerade gemacht. Hat gutgetan.
– Sag mir, wo sie ist, Bronski. Wenn du es nicht tust, wirst du es später bereuen, das verspreche ich dir.
– Wie gesagt, ich habe keine Ahnung.
– Ich bin der Einzige, der für ihre Sicherheit garantieren kann. Und auch der Einzige, der dafür sorgen kann, dass man dir und Svenja keinen Strick daraus dreht, weil ihr euch in diese Sache eingemischt habt.
– Ist nett von dir, dass du dir Sorgen um uns machst, aber wir haben wirklich nichts mit der Sache zu tun.
– Wenn du jetzt nicht einlenkst, werde ich dich dafür drankriegen.

– Nur mich? Oder auch Svenja?
– Übertreib es nicht, Bronski. Ich bin hier, um zu helfen. Sag mir, wo sie ist, und alles ist gut.
– Nein.
– Dann kann ich nichts mehr für dich tun.
– Ich verstehe, ehrlich gesagt, deine Aufregung nicht. Die beiden bösen Jungs sind in Gewahrsam, ihr werdet ihre DNA am Tatort finden und könnt sie problemlos festnageln. Nadia Puck wird bestimmt eine Aussage machen, sobald sie sich sicher fühlt. Du kannst die beiden wegen Mordes anklagen und dich feiern lassen. Ist doch wirklich kein Grund zu jammern, oder?
– Ist nicht besonders klug, dass du dich mit mir anlegst, Bronski.
– Ich lege mich mit niemandem an. Ich bin nur der Fotograf, der wieder einmal zur richtigen Zeit am richtigen Ort war. Schaut so aus, als hätte ich im Moment wirklich eine Glückssträhne. Meine Chefredakteurin wird begeistert sein, die Bilder von der hübschen Verhaftung eben werden ihr sicher Freudentränen in die Augen treiben. Je eher sie die Fotos also zu Gesicht bekommt, desto besser. Soll heißen, dass ich mich jetzt leider auf den Weg machen muss. So gerne ich noch weiter mit dir plaudern würde, aber die Zeit drängt.
– Das ist dein letztes Wort?
– Nein.
– Was dann?
– Danke, dass du mir den Arsch gerettet hast.
– Wird nicht wieder vorkommen, versprochen.

FÜNFUNDZWANZIG

Leander Vogt quälte sich im Präsidium.

Stundenlang verhörte er die beiden Männer, die auf David Bronskis Tipp hin verhaftet worden waren. Nachdem DNA-Proben und Fingerabdrücke genommen worden waren, hatte Leander mit seinen Versuchen begonnen, die Wahrheit aus ihnen herauszuholen. Wovon er dachte, dass es ein Spaziergang werden würde, entpuppte sich aber als Albtraum.

Die Verdächtigen hatten trotz mehrfacher Nachfrage auf einen Rechtsbeistand verzichtet, sie stellten sich dumm, antworteten nicht, taten so, als würden sie nicht verstehen, warum man sie an der Tankstelle gezwungen hatte, aus ihrem Wagen zu steigen und sich mit erhobenen Händen zu ergeben. Beinahe wirkten sie wie völlig Ahnungslose, die absolut nichts mit dem zu tun hatten, was ihnen vorgeworfen wurde. Sie hoben nur die Schultern, verzogen kurz die Mundwinkel.

Es war eine Tortur. Eine Demütigung.

Egal wie sehr sich Leander bemühte, egal welche Fragen er ihnen stellte, wie sehr er ihnen mit Haftstrafen drohte, sie schwiegen. Starrten ihn einfach nur an.

Der eine genauso wie der andere.

Ungefähr gleich alt waren die beiden, groß, muskulös. Vogt hatte den Gedanken, dass sie Maschinen glichen. Es war so, als liefe in ihren Köpfen ein anderes Betriebssystem, als könnten sie ihn und seine bohrenden Fragen gar nicht wahrnehmen. Sie zeigten keine Regung, wirkten weder ängstlich noch schienen sie sich allzu große Sorgen darüber zu machen, was mit ihnen passieren würde.
Leander war ratlos. Einzig und allein die Tatsache, dass die Fingerabdrücke der beiden in Nadia Pucks Haus gefunden worden waren, machte ihm Hoffnung. Sie hatten etwas mit dem Mord zu tun, und die DNA-Analyse der Spuren, die an der Leiche gefunden worden waren, würde sie noch mehr belasten. So viel war sicher.
Zumindest was die beiden betraf.
Sie waren schuldig.
Leander verließ sich auf sein Gefühl und hoffte, dass es später von Fakten gestützt werden würde.
Er hatte zwei Mörder am Haken.
Eigentlich hätte das seine Stimmung heben sollen, aber das tat es nicht. Leander war müde. Fühlte sich leer. Der schnelle Ermittlungserfolg ehrte ihn zwar, machte ihn aber nicht wirklich glücklich. Nach außen hin war er die Gelassenheit in Person, er strahlte, spielte den Optimisten, tat so, als würde er mit allen Unwägbarkeiten des Lebens umgehen können, die Wirklichkeit aber sah anders aus.
Alles entglitt ihm.
Nichts hatte er im Griff.
Leander hatte Probleme. Geldsorgen. Er konnte den Schein seines perfekten Lebens kaum noch aufrechterhalten. Er war ein guter Polizist, seine Aufklärungsquote war enorm. Seine

persönliche Bilanz nach Dienstschluss jedoch war besorgniserregend.
Unsinnigerweise hatte er irgendwann begonnen, sich für den deutschen Aktienmarkt zu interessieren, er hatte sich von der Aussicht auf schnelle Gewinne verführen lassen. Er hatte spekuliert, auf die falschen Leute gehört, seine gesamten Ersparnisse bei Hochrisikogeschäften verloren. Leander hatte sich verschuldet, sich Geld von Leuten geliehen, denen man besser aus dem Weg ging. Er hätte es wissen müssen. Mit einem Lächeln im Gesicht war er geradewegs in den Untergang geritten. Bei der Arbeit wusste niemand davon.
Keiner hatte mitbekommen, wie er strauchelte. Wie sein Interesse zur Sucht wurde. Wie jeder Funken Vernunft aus ihm wich. Wie Leander zockte. Und verlor.
Er hatte seine Eigentumswohnung verkauft, seinen Sportwagen. Er wohnte jetzt in einem Loch zur Miete und fuhr mit dem Fahrrad zur Arbeit. Er hatte kaum Freunde, keine Kinder, kein Zuhause mehr, in dem er sich wohlfühlte. Keine Ehe, keine Affäre. Leander war allein. Jedes Mal waren ihm seine Frauen an einem bestimmten Punkt der Beziehung davongelaufen.
Auch Svenja. Obwohl er sich um sie mehr bemüht hatte als um alle anderen. Wahrscheinlich hatte sie gespürt, dass er sie mit in den Abgrund reißen würde. Die Trauer um ihren verstorbenen Mann war nicht der einzige Grund gewesen, warum sie sich irgendwann von ihm fernhielt. Er hatte die Zeichen lesen können. Sie war wieder aus seinem Leben verschwunden, ohne dass er etwas entgegenzusetzen gehabt hätte. Der Kontakt war einfach abgebrochen.
Und er litt darunter.

Dass sie wieder aufgetaucht war, freute ihn. Mehr noch, er empfand es als Geschenk, als zweite Chance. Svenja war so etwas wie ein Hoffnungsschimmer.
Und so wie es aussah, brachte sie ihm bereits Glück.
Sie hatte ihm nicht nur einen spektakulär schnellen Ermittlungserfolg beschert, sie ermöglichte ihm auch die Aussicht auf das Ende all seiner Probleme.
Was er von Bronski erfahren hatte, elektrisierte ihn. Die Tatsache, dass es da eine junge Frau gab, die sich mit Diamanten irgendwo in Berlin versteckte.
Nadia Puck.
Prostituierte. Bereits aktenkundig.
Leander hatte in einer Verhörpause sofort die Datenbank durchsucht und ihre Akte gelesen. Sie hatte einem Freier in einem Berliner Hotel die Nase gebrochen und ihm mit einem Tritt zwischen die Beine eine Hodenquetschung zugefügt. Drogen waren im Spiel gewesen. Der Freier hatte die Polizei gerufen, die Security des Hotels hatte Puck festgehalten. Sie war völlig durchgedreht, hatte die Beamten beleidigt und versucht, weiter auf den Verletzten einzuschlagen. Es stand Aussage gegen Aussage. Puck erzählte von einer versuchten Vergewaltigung, der Freier, dass sie ihn hatte bestehlen wollen. Dass er ohnehin für den Sex bezahlt hätte, sagte er. Warum hätte er sie vergewaltigen sollen?
Puck wurde wegen Körperverletzung verurteilt.
Leander suchte also keine Unschuldige.
Zumindest redete er sich das ein.
Puck war eine Diebin.
Und sie war flüchtig.
Würde keine leichte Aufgabe werden, sie zu finden, doch Le-

ander hatte schon anderes geschafft. Er machte es sich zum obersten Ziel. Von Bronski hinters Licht geführt zu werden war keine Option. Um keinen Preis wollte er der ahnungslose Bulle sein, nein, er war es, der hier Regie führte.

Er musste.

Etwas in ihm trieb ihn wieder an.

Er wollte Svenja zurück.

Und er wollte dieses verdammte Geld. Diese Diamanten.

Er druckte das Foto von Nadia Puck aus.

Steckte es in seine Tasche.

Unterließ es, eine offizielle Fahndung nach ihr einzuleiten.

Leander brauchte mehr Zeit.

Und die nahm er sich.

SECHSUNDZWANZIG

DAVID BRONSKI
SVENJA SPIELMANN

– Wer war das?
– Leander.
– Warum ruft er dich an? Was will er von dir?
– Mich retten.
– Vor mir?
– Sieht ganz so aus, Bronski.
– Ich habe dir ja gesagt, mit diesem Kerl stimmt etwas nicht. Du solltest dich von ihm fernhalten.
– Das ist doch Quatsch. Und das weißt du auch. Leander hat dir den Arsch gerettet. Wer weiß, was passiert wäre, wenn er dir nicht geholfen hätte.
– Ich habe das im Gefühl, Svenja. Er spielt falsch.
– Tut mir leid, mein Lieber, aber darauf habe ich jetzt wirklich keine Lust. Du benimmst dich wie ein kleiner Junge, der Angst hat, dass man ihm sein Spielzeug wegnimmt.
– Muss ich Angst haben?
– Du nervst, weißt du das? Deine Eifersucht ist wirklich das Letzte, das mich im Moment interessiert.
– Hast du gerade mit ihm über Nadia Puck geredet?

– Geht's noch? Wofür hältst du mich eigentlich?
– Ich muss wissen, was er von dir wollte. Irgendetwas hat er nämlich vor. Wir sollten vorsichtig sein, Svenja.
– Du machst es mir nicht leicht. Und dabei war ich gerade noch so stolz auf dich, dass du ihn angerufen hast. Ich dachte wirklich, du schaffst es, dich wie ein Erwachsener zu benehmen.
– Bitte sag mir, worüber du mit ihm geredet hast.
– Überwachst du mich jetzt? Stellst du dir so eine gesunde Beziehung vor?
– Natürlich nicht. Aber ich frage mich, was so wichtig war, dass du das Hotelzimmer verlassen musst, um mit ihm zu sprechen. Gibt es da etwas, das ich nicht hören sollte? Kannst es mir ruhig sagen, wenn da noch etwas zwischen euch ist.
– Jetzt reicht's aber, Bronski. Du spinnst.
– Dann sag es mir endlich. Bitte, Svenja.
– Von mir aus, verdammt. Es ging tatsächlich um Nadia. Er wollte wissen, wo sie ist.
– Wusste ich's doch. Du hast ihm also gesagt, dass wir sie versteckt haben?
– Nein, das habe ich nicht. Er wusste es bereits. Und er hat mir klargemacht, dass es besser wäre, wenn wir mit dem Versteckspiel aufhören.
– Du lässt dir von ihm sagen, was du tun und lassen sollst?
– Ich finde, dass er recht hat. Wir riskieren unsere Jobs. Für das, was wir getan haben, könnten wir ziemliche Probleme bekommen.
– Hat er dich unter Druck gesetzt?
– Er meint es nur gut, Bronski. Er macht einfach seinen Job.

Und netterweise nimmt er uns dabei auch noch in Schutz. Anstatt uns offiziell vorzuladen und zu verhören, lässt er uns machen und sieht davon ab, uns ans Bein zu pinkeln. Jemand anderes würde nicht so viel Geduld für uns aufbringen, das garantiere ich dir.

– Du bist also tatsächlich weich geworden?

– Nein, bin ich nicht. Sagte ich doch. Ich frage mich nur, ob es wirklich klug ist, was wir hier machen. Was versprechen wir uns eigentlich davon, sie zu verstecken? Ist es das wirklich wert? Wollen wir alles, was uns wichtig ist, aufs Spiel setzen? Nur für eine Story?

– Du weißt, dass wir das nicht nur wegen der Story machen. Ursprünglich ging es uns darum, dass Nadia Puck überlebt, oder nicht? Sie hat uns leidgetan, wir wollten uns um sie kümmern. Wir hielten es beide für das Beste, dass sie im Verborgenen bleibt, bis diese Leute im Gefängnis sitzen.

– Klar. Und weil einer der bösen Jungs da draußen noch frei rumläuft, sollten wir nicht von unserem Plan abweichen. Das willst du mir sagen, oder?

– Genau. Darf ich dich außerdem daran erinnern, dass wir uns immer noch in einem Hotelzimmer verstecken, anstatt zu Hause auf der Couch zu liegen? Es ist noch nicht vorbei, Svenja. Solange Van Walden da draußen noch unterwegs ist, sollte besser alles so bleiben, wie es ist.

– Wir wissen beide, dass es lächerlich ist, was wir machen. Es ist ein Kinderspiel, uns hier zu finden. Wenn uns jemand wirklich etwas antun will, dann gelingt ihm das auch. Deshalb sollten wir jetzt mit diesem Wahnsinn aufhören. Noch ist niemandem von uns etwas passiert.

– Du musst keine Angst haben.
– Doch, muss ich. Da draußen rennt ein Söldner herum und lässt Menschen umbringen. Wie kommst du also dazu, mir zu sagen, dass wir in Sicherheit sind? Dass ich keine Angst haben muss? Mir keine Sorgen machen soll? Solange Leander dieses Schwein nicht verhaftet hat, wird es nicht vorbei sein. Bis zu dem Moment, in dem die Handschellen klicken, sind wir in Gefahr. Ich verstehe nicht, dass du das nicht einsehen willst.
– Bitte beruhige dich, Svenja.
– Wir müssen dafür sorgen, dass Van Walden verschwindet. Wenn Nadia zur Polizei geht und aussagt, wird er wieder nach Hause fliegen. Leander wird die Diamanten sicherstellen, und Van Walden wird keine Möglichkeit mehr haben, an die Steine heranzukommen. Deshalb wird er abziehen.
– Das hat dir Vogt also eingeredet?
– Es reicht, Bronski. Gar nichts hat er mir eingeredet. Ich bin durchaus in der Lage, mir selbst eine Meinung zu bilden.
– Okay.
– Was soll denn das jetzt wieder heißen?
– Ist in Ordnung. Dann machen wir es so, wie du möchtest. Rufen wir ihn an. Sagen wir ihm, wo er Nadia Puck finden kann.
– Ernsthaft?
– Ich möchte nicht, dass du Angst hast. Auch nicht, dass dir etwas passiert. Ich könnte mir das nicht verzeihen.
– Scheiße, Bronski.
– Was denn?

– Ich weiß nicht mehr, was ich will. Nimm mich mal in den Arm, bitte. Ist vielleicht das Einzige, das hilft.
– Gut so?
– Ja. Du hältst mich jetzt einfach fest, bis alles vorbei ist. Wenn Regina anruft und uns in die Redaktion zitiert, behaupten wir, dass wir krank sind. Wir verkriechen uns hier und tun so, als hätte das alles nichts mehr mit uns zu tun.
– Regina wird bestimmt nichts dagegen haben, wenn wir kurz eine Pause einlegen. Die Story geht online durch die Decke, wir sind allen anderen Medien meilenweit voraus. Die Chefin liebt uns.
– Schaut so aus, als wären wir ein ziemlich gutes Team.
– Sind wir. Obwohl du so ein eifersüchtiger Arsch bist.
– Tut mir leid, Svenja.
– Vielleicht sollten wir uns das Ganze doch noch mal überlegen.
– Inwiefern?
– Kann sein, dass ich ein wenig übertrieben habe. Leander hat es tatsächlich geschafft, mir ein ungutes Gefühl einzujagen. Gefällt mir gar nicht.
– Mir auch nicht.
– Vielleicht warten wir noch ein paar Tage, bevor wir ihn ins Boot holen.
– Ich will dich wirklich zu nichts überreden. Wie gesagt, wir können Nadia Puck sofort der Polizei ausliefern.
– Wir bringen das alleine zu Ende. Van Walden wird es sein, der untergeht, nicht wir.
– Plötzlich wieder so angriffslustig?
– Ja. Wir werden uns jetzt um dieses Schwein kümmern.

SIEBENUNDZWANZIG

Anna bekam von all dem nichts mit.

Dass Svenja und Bronski darüber reden könnten, Nadia auszuliefern, wäre ihr niemals in den Sinn gekommen. Für Anna war es sonnenklar, dass sie sich für die beste Variante entschieden hatten. Nadia aussagen zu lassen war für sie keine Option. Die Medien hätten über ihr Auftauchen berichtet, und die Mörder von Sarah Wegscheid hätten vor dem Präsidium auf Nadia gewartet.

Van Walden.

Bronski hatte ihr alles über ihn erzählt. Mit seiner Vorgeschichte hätte er vor nichts zurückgeschreckt. Es ging um enorm viel Geld, dafür wären nicht nur Söldner bereit gewesen zu töten.

Nach dem Verhör hätte man Nadia auf freien Fuß gesetzt, und es wäre ein Leichtes gewesen, sie noch auf dem Parkplatz vor dem Polizeipräsidium zu überwältigen und zu entführen. Anna war überzeugt davon, dass es klüger war, abzuwarten, Nadia bei Wasims Familie in Sicherheit zu wissen. Niemand wäre jemals auf die Idee gekommen, sie in Neukölln bei irgendwelchen Clanmitgliedern zu suchen.

Nadia war in Sicherheit.
Alles lief nach Plan. Anna glaubte daran.
Doch sie irrte sich.
Als sie den Anruf bekam, war sie zu Hause und machte Frühstück für ihre Kinder.
Wasim.
Es war einer der Anrufe, die sie annehmen musste.
Arbeit stand auf dem Display.
Sie bat Robert, kurz zu übernehmen, ging ins Schlafzimmer und führte dieses Gespräch, das alles verändern würde.
Ich habe eben die Zeitung gelesen, sagte Wasim.
War nicht schwer, eins und eins zusammenzuzählen.
Wir müssen dringend miteinander reden, Anna.
Sie wusste sofort, was er wollte.
Wasim hatte Blut geleckt.
Wir sollten uns über den Preis der Unterbringung unterhalten.
Unser Gast scheint sehr vermögend zu sein.
Hast du gut gemacht, Anna.
War eine verfickt geniale Idee.
Frau Puck zu mir zu bringen.
Wasim lachte.
Anna stimmte in sein Lachen ein.
Sie widersprach ihm nicht. Versuchte ihn nicht zu bremsen. Im Gegenteil, sie vermittelte ihm, dass seine Gedanken absolut nachvollziehbar waren, dass sie zu hundert Prozent auf seiner Seite stand. Sie gab ihm das Gefühl, dass es immer ihr Plan gewesen war, ihn irgendwann einzuweihen und ihn zu bitten, ihr beim Verkauf der Steine zu helfen. Anna erklärte ihm, dass sie dabei war, herauszufinden, was alle unbedingt wissen wollten. Wo hatte Nadia die Steine versteckt? Was

hatte sie damit gemacht? Anna gab vor, einen Plan zu verfolgen. Sie spielte ihm etwas vor. Sie log, um Zeit zu gewinnen.
Es wird nicht mehr lange dauern, Wasim.
Bald habe ich sie so weit.
Sie wird reden.
Anna flüsterte.
Sie machte sich zu der Verbündeten, der er vertrauen konnte.
Du kommst sofort in mein Büro, sagte er.
Bin in zwei Stunden bei dir, sagte sie.
Muss noch die Kinder für die Schule fertig machen.
Dann legte Anna auf. Zog sich an und verließ sofort das Haus. Anstatt mit Robert und den Kindern zu frühstücken, raste sie durch die Stadt. Eben war alles noch in bester Ordnung gewesen, jetzt schien alles aus dem Ruder zu laufen. Sie musste sich um Nadia kümmern. Wenn sie nichts unternahm, würde Wasim es tun.
Es lag jetzt an ihr, die richtige Entscheidung zu treffen und den Schaden in alle Richtungen zu begrenzen. Anna war abhängig von Wasim. Die Mitarbeiter, die sie beschäftigte, setzte sie hauptsächlich ein, um die Aufträge zu erfüllen, die sie von ihm erhielt. Ein Großteil ihres Einkommens kam von ihm, sie konnte es sich nicht leisten, sich mit Wasim anzulegen. Er schätzte sie zwar, ließ ihr immer wieder bestimmte Dinge durchgehen, aber eine Weigerung, ihm in dieser Sache zu helfen, hätte er nicht hingenommen.
Anna war klar, dass sie so schnell wie möglich bei ihm sein sollte. Alles, was er in der Zeitung gelesen hatte, wollte er noch einmal im Detail von ihr persönlich hören. Er musste sich einen Überblick verschaffen, sichergehen, dass sie ihm liefern würde, was er wollte.

Wasim war Geschäftsmann. Er wollte den aus dem Nichts aufgetauchten Schatz für sich allein, in seinen Augen hatte er vielleicht sogar ein Anrecht darauf, er hatte der Prostituierten, die die Steine an sich genommen hatte und beinahe ermordet worden war, Unterschlupf gewährt. Er beschützte sie, und dafür wollte er bezahlt werden.
Wasim hatte nach der Lektüre von Svenjas Artikel begriffen, dass er durch Zufall in eine absolut geniale Position geraten war und mit ein wenig Geschick den Jackpot knacken konnte.
Und Anna würde ihm dabei helfen.
Doch sie widersetzte sich.
Ihr war bewusst, dass sie eigentlich keine Wahl hatte, trotzdem entschied sie sich gegen die Vernunft. Sosehr sie auch in Wasims Schuld stand und von seiner Gunst abhängig war, es gefiel ihr nicht, dass er sie herumkommandierte und vor seine Kutsche spannen wollte. Sie war nur verwickelt in diese Sache, weil Bronski sie um Hilfe gebeten hatte. Anna hatte nie daran gedacht, irgendwie Profit daraus zu schlagen, deshalb wollte sie jetzt auch verhindern, dass ein anderer es tat. Niemand sollte noch mehr Staub aufwirbeln und alles noch komplizierter machen. Bronski und Svenja hätten sie in der Luft zerrissen und es ihr nie verziehen, wenn sie ihr Vertrauen missbraucht hätte. Zu Wasim ins Büro zu fahren war also keine Option.
Anna improvisierte.
Sie nutzte die Zeit, in der Wasim noch daran glaubte, dass sie gleich bei ihm auftauchen würde. Er rechnete nicht damit, dass sie Nadia aus der Wohnung seiner Cousine wegbringen würde. Wasim ging davon aus, dass Nadia dort hundertpro-

zentig unter seiner Kontrolle war. Alle waren froh darüber gewesen, dass er Nadia bei sich aufgenommen hatte. Dass Anna sie ohne sein Wissen an einen anderen Ort bringen würde, musste für ihn undenkbar sein.
Anna tat es trotzdem.
Dreißig Minuten, nachdem sie sich von Wasim am Telefon verabschiedet hatte, holte sie Nadia aus der Wohnung im elften Stock. Sie gab vor, dass Wasim sie geschickt hatte. Ihre forsche Art ließ seine Cousine nicht daran zweifeln, dass Anna die Wahrheit sagte. Sie kam nicht auf die Idee, Wasim anzurufen oder nachzufragen. Warum auch? Wasim und Anna machten Geschäfte miteinander. Sie kannten und sie schätzten sich. Anna gehörte auf gewisse Art und Weise zur Familie. Deshalb lief alles wie am Schnürchen.
Anna verließ mit Nadia die Wohnung.
Keine sieben Minuten dauerte die ganze Aktion. Nadia war, ohne zu protestieren, mit Anna mitgegangen.
Wird Zeit, dass ich hier wegkomme, sagte sie.
Habe die Schnauze voll vom Orient.
Sie grinste. Schien kein Problem damit zu haben, dass alles schnell gehen musste. Hinterfragte es nicht. Wunderte sich nicht, dass Anna auf dem Parkplatz eines Einkaufszentrums stehen blieb und im Internet nach einem neuen Unterschlupf suchte.
Airbnb. Eine Wohnung mitten in Berlin. Ab sofort.
Anna klickte sich durch verschiedene Angebote. In ganz Europa hatten sie auf diese Weise schon Urlaub gemacht, unzählige positive Bewertungen hatte sie in den letzten Jahren bekommen, deshalb lief auch alles reibungslos ab. Bei drei Vermietern fragte sie an, einer antwortete innerhalb von fünf

Minuten, er akzeptierte die Buchungsanfrage, schickte Anna den Code für den Schlüsselsafe und wünschte eine schöne Zeit. Die Miete für die sieben Tage wurde von ihrem Konto abgebucht.

Nach nur zwanzig Minuten auf dem Parkplatz waren sie bereits auf dem Weg zu dem neuen Unterschlupf.

Bernauer Straße. Am Mauerpark.

Nadia war dankbar.

Ich weiß das zu schätzen, sagte sie.

Warum auch immer du das machst. Danke, Anna.

Vor einem unscheinbaren Haus blieben sie stehen. Acht Stockwerke. Im fünften stiegen sie aus dem Aufzug, öffneten die Wohnungstür und schauten sich um. Alles war wie auf den Fotos, vier Zimmer, geschmacklos eingerichtet, aber sauber.

Warum so groß, fragte Nadia.

Damit ihr euch nicht auf die Füße steigt, antwortete Anna.

Nadia schaute sie fragend an.

Anna ging ins Badezimmer und telefonierte.

Entgegen Nadias Annahme, dass sie alleine in der Wohnung bleiben würde, gab Anna einem ihrer Mitarbeiter den Auftrag, auf sie aufzupassen. Sabor. Kurze Zeit später kam er und nahm Annas Anweisungen entgegen.

Niemand geht hier rein oder raus.

In den nächsten achtundvierzig Stunden bleibt sie, wo sie ist.

Nadia protestierte lautstark. So hatte sie sich das nicht vorgestellt. Doch Anna zeigte sich unbeeindruckt von Nadias Schimpftiraden. Nadia hatte um Hilfe gebeten und hatte sie bekommen.

Du hast es so gewollt, sagte Anna.

Sabor wird dafür sorgen, dass dir nichts passiert.

Dann verabschiedete sie sich. Flüsterte Sabor noch etwas zu und warf die Tür ins Schloss.
Anna ärgerte sich, dass sie nicht von Anfang an auf die Idee mit der gemieteten Wohnung gekommen war, sie hätte sich den Stress mit Wasim sparen können, wäre nie in die unangenehme Situation gekommen, ihn hintergehen zu müssen.
Langsam dämmerte ihr, was sie getan hatte.
Vor dem Besuch bei Wasim graute ihr.
Wie würde er wohl reagieren? Anna hatte ihm quasi vor seinen Augen den Lammbraten vom Grill geholt, sie hatte ihm die Chance genommen, an das ganz große Geld zu kommen. Es bestand die Möglichkeit, dass er die Geschäftsbeziehungen zu ihr abbrechen würde. Wasim konnte sehr emotional werden, irrational handeln. Anna glaubte nicht daran, dass ihr Charme diesmal ausreichen würde, um ihn davon abzuhalten, drastische Maßnahmen zu ergreifen. Seine Bewunderung für sie reichte wahrscheinlich nicht aus, um das Schlimmste zu verhindern.
Fluchend stolperte sie durch das Treppenhaus.
Als sie wieder in ihrem Wagen saß, schrie sie laut.
Was machst du hier eigentlich, verdammt noch mal?
Scheiße, Scheiße, Scheiße.
Mit der Faust schlug sie auf das Armaturenbrett.
Nur aus Loyalität zu ihrem Bruder hatte sie alles aufs Spiel gesetzt. Wegen einer Fremden hatte sie ihr funktionierendes Leben ins Wanken gebracht. Nur weil Bronski sich wieder einmal eingebildet hatte, sich in das Leben anderer Leute einzumischen und den Helden zu spielen. Sie hasste ihn in diesem Moment. Auch wenn sie wusste, dass er nicht wirklich schuld war an diesem Durcheinander.

Fuck you, Bronski.
Anna wählte seine Nummer.
Sie musste Dampf ablassen, ihre Wut mit ihm teilen. Sie wollte ihm erzählen, was passiert war.
Wasim. Nadia. Die Wohnung.
Doch Bronski hob nicht ab, er reagierte nicht, ignorierte sie.
Haben Sie einen Moment Geduld, hieß es.
Ihr Gesprächspartner spricht gerade.
Anna wusste, dass er auf seinem Display sehen konnte, wer ihn so verzweifelt versuchte zu erreichen. Er konnte sich denken, dass es wichtig war. Doch Bronski ließ sie im Stich.
So fühlte es sich jedenfalls an.
Anna konnte nicht ahnen, was ihr Bruder gerade machte.
Dass er dabei war, sich mit dem Teufel einzulassen.
Sie war zu sehr mit sich selbst beschäftigt.
Ohne es zu wissen, hatte sie alles noch schlimmer gemacht.
Sie war unvorsichtig gewesen, hatte überstürzt reagiert, zu wenig darauf geachtet, was um sie herum geschah. Genau wie ihr Bruder steuerte sie auf einen Abgrund zu.
Mit Vollgas.

ACHTUNDZWANZIG

PETER VAN WALDEN
DAVID BRONSKI

– Van Walden hier. Dein neuer holländischer Freund. Ich freue mich sehr, endlich persönlich mit dir plaudern zu dürfen. Ich bin ganz aufgeregt. Muss mich anstrengen, mein Deutsch ist ein wenig eingerostet in den letzten Jahren. Bin aber zuversichtlich, dass wir zwei das hinbekommen und uns blendend verstehen werden.
– Woher hast du diese Nummer?
– War nicht besonders schwer, sie herauszufinden. Ein Anruf bei deiner Zeitung hat genügt, die legen auf Datenschutz nicht besonders viel Wert, wie es ausschaut.
– Was willst du von mir?
– Das weißt du sicher, David. Ich darf dich doch David nennen, oder?
– Darfst du nicht.
– Dann Bronski. Klingt verwegener. Scheinst mir ohnehin ein kleiner Westernheld zu sein. Bist ziemlich furchtlos. Eine Eigenschaft, die mir sehr gefällt. Kann aber auch nach hinten losgehen, wenn man nicht aufpasst. Wenn man sich in Dinge einmischt, die einen nichts angehen,

kann man ganz schnell in Bedrängnis geraten. Im einen Moment ist man noch der coole Cowboy, im nächsten liegt man wimmernd im Dreck und wünscht sich, dass man besser die Finger vom Kuchen des Fremden gelassen hätte.

– Wovon redest du da, verdammt noch mal?

– Ich will dir sagen, dass du am Ende kein Glück haben wirst, wenn du nicht die Notbremse ziehst. Du wirst es nicht überleben, wenn du mir jetzt nicht genau zuhörst.

– Willst du mir drohen?

– Noch nicht. Momentan möchte ich versuchen, ein lösungsorientiertes Gespräch mit dir zu führen.

– Worüber denn?

– Über meine beiden Mitarbeiter zum Beispiel. War nicht schön, was du mit ihnen gemacht hast. Ich habe alles aus nächster Nähe mitansehen müssen. Hat mich nicht amüsiert, wie du verstehen wirst. Das waren meine verlässlichsten Männer. Insofern Respekt. Hätte ich dir nicht zugetraut.

– Du rufst mich an, um mir Komplimente zu machen?

– Ich rufe dich an, weil ich dir sagen möchte, dass es mich eine Menge Geld gekostet hat, die beiden von Sierra Leone nach Berlin einzufliegen. Von dem Vorschuss, den die Jungs bekommen haben, ganz zu schweigen.

– Die beiden haben zwei Menschen umgebracht.

– Und?

– Wahrscheinlich hätten sie auch mich getötet.

– Bestimmt hätten sie das. Einer mehr oder weniger wäre den beiden definitiv egal gewesen. Im Laufe ihres traurigen Lebens haben sie so oft getötet, dass sie schon lange aufgehört haben zu zählen.

– Was willst du?
– Ich möchte sichergehen, dass du begreifst, wie wichtig das alles für mich ist. Du musst wissen, dass ich alles tun werde, um mein Ziel zu erreichen. Ohne die Steine werde ich Berlin nicht verlassen.
– Da gibt es aber leider ein Problem.
– Welches?
– Soweit ich das verstanden habe, sind das nicht deine Steine. Du solltest also deine Sachen packen und einfach verschwinden. Wer weiß, vielleicht landest du sonst ebenfalls auf dem Rücksitz eines Berliner Streifenwagens. Wäre mir eine Freude, auch von dir Fotos zu machen.
– Du bist ein mutiger Mann, Bronski. Zeigst keine Angst, ziehst deinen Schwanz nicht ein, wir beide würden uns bestimmt gut verstehen. Unter anderen Umständen könnten wir vielleicht sogar Freunde werden.
– Ich werde jetzt auflegen. Ich habe keine Lust, mir diesen Schwachsinn noch länger anzuhören.
– Du solltest nichts überstürzen. Könnte nämlich sein, dass sich die ganze Sache für dich lohnen wird. Da ich im Grunde meines Herzens ein friedfertiger Mensch bin, lasse ich dir die Wahl. Noch bist du es, der entscheiden kann, wie die Geschichte ausgehen wird. Entweder du wirst reich, oder du wirst sterben. A oder B, Bronski? Du wirst mein Geschäftspartner, oder ich lasse dich entfernen. So einfach ist das.
– A klingt definitiv verlockender als B.
– Scheinst ja doch ein vernünftiger Mann zu sein.
– Was müsste ich denn tun, um reich zu werden? Dir die Diamanten besorgen?

– Richtig. Ich mache sie anschließend zu Geld. Und wir teilen.
– So wie du mit Tejan und Amadu teilen wolltest?
– Tejan war ein Idiot. Er hat es nicht anders verdient.
– Und Amadu?
– War ein armer Teufel. Für Leute wie ihn gibt es kein Happy End, aber das müsstest du doch eigentlich wissen. Wie ich mir habe sagen lassen, hast du dein ganzes Leben lang schon im Dreck gewühlt. Du weißt, dass solche Menschen keine Chance haben. Dass er sterben würde, war nur eine Frage der Zeit.
– Und Tejan? Du hast ihn in seiner Küche erschossen.
– Sagt wer?
– Ich war dort. Habe die Einschusslöcher in der Wand gesehen.
– Tatsächlich? So ernst nehmt ihr Deutschen eure Arbeit? Man schickt dich bis nach Afrika, nur um ein paar Fotos zu machen?
– Und um einen Mörder zu finden.
– Du solltest aufhören, Polizei zu spielen, und ernsthaft über mein Angebot nachdenken. Ich habe in Holland einen Käufer für die Diamanten gefunden. Wenn du das Mädchen dazu bringst, uns zu sagen, wo sie die Steine gebunkert hat, werde ich dich beteiligen. Du hast mein Wort, Bronski.
– Wenn das alles nicht so tragisch wäre, würde ich jetzt lachen. Der Mann, der mich umbringen lassen wollte, will nun, dass ich ihm vertraue. Für mich sieht es so aus, als wärst du ein ziemlicher Psychopath.
– Dieses Angebot mache ich dir nur ein einziges Mal. Und

zwar jetzt. Solltest du dich also gegen einen friedlichen Weg entscheiden, wird es blutig werden. Auch darauf gebe ich dir mein Wort.

- Was willst du denn machen?
- Das weißt du doch längst. Davor fürchtest du dich doch, oder?
- Keine Ahnung, wovon du redest.
- Zuallererst rede ich von deiner Tochter Judith. Hübsches Mädchen. Wäre wirklich schade, wenn ihr etwas zustoßen würde. Nach allem, was sie mit ihrem vermeintlichen Vater bereits durchmachen musste, würde ich eigentlich gerne darauf verzichten, ihr etwas anzutun. Es wäre doch furchtbar, wenn das Schicksal ein weiteres Mal auf sie einschlagen würde.
- Wenn du ihr zu nahe kommst, bist du tot.
- Ach, Bronski. Deine Kleine wäre schon längst tot, wenn ich das gewollt hätte. Ich war euch allen bereits so nah, dass ich euch atmen hören konnte. Dich, Judith, deine Schwester und natürlich auch deine überaus begehrenswerte Freundin. Wie ich aus eigener Erfahrung weiß, ist es nicht leicht, eine Partnerin zu finden, die zu einem passt. Wäre hart für dich, wenn du ihre Leiche von der Straße kratzen müsstest. Wie meine Recherchen ergeben haben, ist dir ja schon mal eine Frau auf tragische Art und Weise abhandengekommen.
- Hör sofort auf damit.
- Wie gesagt, es liegt an dir. Ich von meiner Seite bin bereit, deine ganze Familie auszuradieren. Ist nicht die Variante, die ich bevorzuge, aber ich kann damit leben.
- Leck mich, Van Walden.

– Das ist dein letztes Wort? Du lässt sie also alle sterben?
– Niemand wird sterben.
– Doch, Bronski. Ich werde eine nach der anderen töten. Und am Ende wirst du dir eingestehen müssen, dass du sie alle auf dem Gewissen hast.
– Schwachsinn. Niemandem wird etwas passieren, dafür werde ich sorgen.
– Na, dann viel Glück dabei. Wird keine leichte Aufgabe werden. Und weißt du auch, warum? Weil niemand überall gleichzeitig sein kann. Alle drei kannst du nicht retten.
– Fick dich.
– Du könntest sie natürlich warnen und in Sicherheit bringen. Die Frage ist nur, mit wem fängst du an? Wer ist dir am wichtigsten? Wen, glaubst du, habe ich mir als Erstes ausgesucht? Wem bin ich bereits die ganze Zeit auf den Fersen? Wer von denen, die du liebst, wird gleich sterben?
– Du krankes Arschloch.
– Ich verstehe, dass du wütend bist. Das wird aber leider nichts an dem ändern, was gleich passieren wird.
– Bitte lass es bleiben.
– Du bittest mich?
– Ja, verdammt. Ich bitte dich.
– Muss dir sehr schwerfallen.
– Was auch immer du vorhast, es muss nicht so enden.
– Doch, das muss es.
– Komm schon, wir können über alles reden.
– Du hattest deine Chance, Bronski.

NEUNUNDZWANZIG

Ich hielt das Telefon in der Hand und starrte ins Leere.

Van Walden hatte aufgelegt. Ich konnte nichts tun, mich nicht bewegen. Anstatt die Kamera in die Hand zu nehmen und Bilder zu machen, stand ich einfach nur da und versuchte zu verstehen, was gerade passiert war. Van Waldens Worte hallten in mir nach, seine freundliche Stimme, der charmante holländische Akzent. Und die eiskalte Botschaft.

Ich war wie gelähmt.

Nahm kaum noch wahr, was um mich herum geschah.

Die Kinder auf dem Balkon über mir schrien um Hilfe.

Man hatte mich zu einem Wohnungsbrand in Schöneberg gerufen.

Im dritten Stock eines Wohnhauses loderten die Flammen, ein Junge und ein Mädchen hatten sich auf den Balkon geflüchtet. Keine zehn Jahre waren sie alt, sie hatten Todesangst, streckten ihre Arme aus, hinter ihnen sah man Feuer und schwarzen Rauch. Der einzige Weg, der ihnen noch offen stand, war der nach unten.

Während ich mit Van Walden telefoniert hatte, versuchten Passanten zu helfen, die Kinder zu beruhigen, doch ohne Er-

folg. Die Feuerwehr war noch nicht da, keine Hilfe war in Sicht, alle wussten, dass die Kinder gleich verbrennen würden, wenn nicht ein Wunder passieren würde.
Ein Wunder, das ich fotografieren sollte.
Eines, das tatsächlich vor meinen Augen geschah, nachdem Van Walden mir in freundschaftlichem Ton gesagt hatte, dass er alle umbringen würde, die ich liebte. Judith. Svenja. Anna.
Als die Kinder gerade über das Geländer kletterten, überlegte ich mir tatsächlich, wer von den dreien mir am wichtigsten war, wen ich zuerst in Sicherheit bringen sollte. Van Walden hatte mich dazu gebracht, drei Leben gegeneinander aufzuwiegen. Ich fragte mich, auf wen ich am ehesten verzichten konnte.
Es war unmenschlich, doch ich tat es.
Während ich beobachtete, wie die beiden Kinder sich zu retten versuchten, beschloss ich, zuerst Judith zu retten.
Meine Tochter.
Dann die Frau, in die ich mich verliebt hatte.
Und dann Anna. Meine Schwester am Schluss.
Ich hasste mich dafür, aber in diesem Moment hätte ich sie geopfert.
Ich wusste, dass Van Walden recht hatte, ich konnte nicht an drei Orten gleichzeitig sein. Ob ich wollte oder nicht, ich musste mich entscheiden.
Noch bevor die Kinder unten angekommen waren.
Ich widerte mich an. Doch so war es. Ich hatte eine Reihenfolge festgelegt. Mir den schlimmsten Fall vorgestellt, mir aber gleichzeitig mit Gewalt ein gutes Ende herbeigesehnt. Ich wünschte es mir. Wollte alles dafür tun, dass niemandem

etwas passierte. Ich redete mir ein, dass Van Waldens Drohungen sich in Luft auflösen würden, während ich vor mir sah, wie die Kinder einfach nach unten fielen. Ich hoffte, dass Van Walden scheitern würde, während die Kinder den Flammen entkamen.

Zuerst das Mädchen, dann der Junge.

Er hatte sie dazu gebracht, sich von dem Geländer abzustoßen, sich fallen zu lassen. Sie vertraute darauf, dass die Menschen unten auf der Straße dafür sorgen würden, dass ihr Körper nicht auf dem Asphalt zerschellte.

Unfassbar.

Was sich vor meinen Augen abspielte. Und woran ich dachte. Die Passanten hatten einen Kreis gebildet. Streckten ihre Arme nach oben, waren bereit, Leben zu retten. Sie wollten das Unmögliche möglich machen. Und sie schafften es. Fingen die beiden Kinder einfach auf. Ohne Sprungtuch. Ohne Netz.

Applaus brandete auf.

Ich rührte mich nicht.

Mit wenigen Sätzen hatte Van Walden alles ins Wanken gebracht, was mir etwas bedeutete. Ich hätte fotografieren müssen, hatte es aber nicht getan. Es nicht können. Ich funktionierte nicht mehr. Was ich normalerweise begeistert und begierig dokumentiert hätte, hatte mich nicht erreicht. Ich stand nur wenige Meter von den geretteten Kindern entfernt, aber es war so, als wäre ich an einem völlig anderen Ort. Diese Bilder, für die ich normalerweise das Unmögliche möglich gemacht hätte. Sie waren nicht wichtig.

Die Rettung dieser Kinder ging mich nichts an.

Ich war mit meiner eigenen Rettung beschäftigt.

Mit der von Judith.
Ich war mir sicher, dass sie es war, die er mir zuerst nehmen wollte. Sie war das Kostbarste, das ich hatte, ihr Verschwinden hätte die größte Wunde in mir geschlagen.
Deshalb wählte ich zuerst ihre Nummer.
Die Sirenen der näher kommenden Feuerwehr und die jubelnden Menschen hatten mich aus meinen Gedanken gerissen. Sie umarmten die Kinder und lachten vor Freude.
Immer noch bewegte ich mich nicht.
Ich hörte das Freizeichen und betete dafür, dass Judith abhob, dass Van Walden nicht in ihrer Nähe war, ich wünschte mir in diesem Moment nichts mehr in meinem Leben, als sie zu hören.
Ihre Stimme.
Wie wunderschön sie war.
Mir geht es gut.
Machst dir schon wieder unnötig Sorgen.
Musst du nicht.
Doch, ich musste.
Und Judith verstand auch, warum. Sie hörte sich an, was ich versuchte, ihr mit eindringlichen Worten klarzumachen. Ich brachte sie dazu, sofort in das nächste Taxi zu steigen und in die Redaktion zu fahren.
Das hier ist keine Übung, sagte ich.
Wir treffen uns dort in einer knappen Stunde.
Ich muss mich noch um Svenja und Anna kümmern.
Dann legte ich auf.
Und hoffte, dass ich sie bald in den Arm nehmen konnte. Judith würde in der Redaktion in Sicherheit sein. Man musste durch die Empfangsschleuse, das Gebäude war be-

wacht von Securitypersonal, der Aufzug funktionierte nur mit der Keycard, einen sichereren Ort als die Redaktionsräume gab es im Moment nicht.
Regina sollte auf sie aufpassen. Ich rief sie an. Erstattete ihr einen kurzen Bericht und bat sie, Judith in Empfang zu nehmen, sie nicht aus den Augen zu lassen, bis ich da wäre.
Regina war hilfsbereit, aber auch wütend.
Das mit deiner Tochter ist die eine Sache.
Dass du deine Arbeit nicht machst, ist die andere.
Ich hatte ihr gesagt, dass sie keine Fotos von den geretteten Kindern bekommen würde. Dass ich in Panik geraten sei und deshalb kein einziges Foto hatte schießen können.
Scheiß drauf, sagte ich.
Ich fürchtete um das Leben meiner Lieben, und Regina jammerte wegen ein paar Bilder herum.
Ich legte auf.
Svenja. Ich musste sie erreichen. Auch sie sollte in die Redaktion fahren. Im Hotel war sie nicht sicher, dort gab es zu viele Möglichkeiten, an sie heranzukommen. Svenja musste alles liegen und stehen lassen und von dort verschwinden. Doch sie hob nicht ab. Meldete sich nicht zurück. Da war kein Wort, keine Nachricht, kein Lebenszeichen.
Mit Vollgas fuhr ich zurück zum Hotel. Parkte.
Lief durch die Lobby zum Aufzug.
Und kam in ein leeres Zimmer.
Svenjas Telefon lag auf dem Schreibtisch. Daneben ihre Handtasche, das Notebook. Sie hätte niemals ohne diese Dinge das Haus verlassen.
Svenja war weg. Ich stand vor dem ungemachten Bett, aus dem ich vor zwei Stunden gekrochen war. Schweren Herzens

hatte ich mich aus ihrer Umarmung gelöst, sie geküsst und ihr gesagt, dass sie auf mich warten solle. Wenn ich den Auftrag mit dem Brand erledigt hätte, wollte ich sofort wieder zu ihr unter die Decke kriechen.

Svenja hatte weitergeschlafen, sich von mir nicht wecken lassen wollen. Sie musste erst mittags in die Redaktion, hatte nicht vorgehabt, das Zimmer zu verlassen.

Ich geriet in Panik.

Rannte die Treppen nach unten zur Rezeption, wollte wissen, ob und wann Svenja das Hotel verlassen hatte. Doch nichts. Die Rezeptionistin versicherte mir, dass sie Svenja nicht gesehen hatte, aber ein Mann habe sich nach ihr erkundigt. Mittleres Alter, holländischer Akzent. Er hatte wissen wollen, ob die Journalistin Svenja Spielmann im Haus war, er hatte sogar nach ihrer Zimmernummer gefragt. Die Rezeptionistin hatte ihn abgewimmelt und sich keine weiteren Gedanken gemacht. Sie konnte nicht wissen, dass sie es mit einem Mörder zu tun hatte, der sein nächstes Opfer ausspionierte.

Van Walden.

Er war ganz in meiner Nähe.

Zeigte mir, dass er es ernst meinte.

Er wollte mir wehtun.

Mich bestrafen.

Vor allen Leuten verlor ich die Fassung.

Ich schrie.

Svenja.

Sie sollte die Erste sein.

Irgendwie hatte er es fertiggebracht, sie aus dem Zimmer zu locken. Er musste beobachtet haben, wie ich das Hotel verlassen hatte, unmittelbar danach muss er hier aufgetaucht

sein. Er hatte in Erfahrung gebracht, in welchem Stock unser Zimmer war, und war dann wahrscheinlich mit ihr über die Tiefgarage verschwunden. Er hatte sie weggebracht.
Vielleicht für immer.
Ich musste Anna anrufen.
Mir war bewusst, dass ich sie bereits im Auto hätte informieren sollen, doch ich hatte nicht klar denken können.
Verzweifelt wollte ich ihre Nummer wählen und sah, dass sie bereits mehrere Male versucht hatte, mich zu erreichen.
Aufregung auf beiden Seiten.
Anna überschüttete mich mit Neuigkeiten, sie ließ mich gar nicht zu Wort kommen, erzählte mir, was sie getan hatte, wohin sie Nadia gebracht hatte und warum.
Sie erwartete sich Dankbarkeit von mir, hatte sich Probleme aufgehalst, um mir zu helfen, und riskierte, dass die Geschäftsbeziehungen zu ihrem wichtigsten Auftraggeber litten.
Anna war außer sich, ließ sich nicht unterbrechen, redete sich immer mehr in Rage.
Erst als ich schrie, hörte sie mir zu.
Sei endlich still, verdammt.
Ich war völlig hysterisch.
Svenja ist weg.
Ich erzählte Anna, was Van Walden gesagt und was er wahrscheinlich getan hatte, und lief währenddessen zurück nach oben ins Hotelzimmer. Mit dem Handy am Ohr malten wir uns aus, was er Svenja angetan und wo er sie hingebracht haben könnte. Verzweifelt redete ich auf Anna ein. Bat sie, Robert und die Kinder in Sicherheit zu bringen. Ich hatte Angst um sie alle. Weil mittlerweile klar war, dass es für Van Walden keine Rolle spielte, wie vielen Menschen er Schaden

zufügen musste, um sein Ziel zu verwirklichen. Er wollte die Steine. Und ich war der Schlüssel, um sie zu bekommen.
Ich werde eine nach der anderen töten, hatte er gesagt.
Und ich glaubte ihm.

DREISSIG

DAVID BRONSKI
SVENJA SPIELMANN

– In einem Swimmingpool?
– Mir ist klar, dass es verrückt klingt, aber es war so. Er hat mich auf einem Stuhl festgebunden. Ich saß in der Mitte des leeren Beckens und musste zusehen, wie er es flutet. Das Wasser kam aus riesigen Rohren, es stieg immer höher. Die braune Brühe ging mir nach wenigen Minuten schon bis zum Hals.
– Das tut mir alles so leid, Svenja.
– Ununterbrochen hat er mich gefragt, wo Nadia ist. Er wollte, dass ich ersticke, Wasser schlucke, untergehe. Es war ganz klar, dass er es zu Ende bringen würde. Er wollte dabei zusehen, wie ich ertrinke.
– Das war verdammt knapp.
– Gott sei Dank war es nur ein Traum.
– Dich zu verlieren wäre ganz furchtbar.
– Du verlierst mich nicht, Bronski.
– Aber er war hier und hat nach dir gefragt. Er war unten an der Rezeption. Vielleicht war er sogar in diesem Zimmer.
– War er nicht. Er wollte uns nur Angst einjagen.

– Ich dachte wirklich, dass ich dich nie wiedersehen würde. Ich bin beinahe durchgedreht. Habe überall nach dir gesucht.
– Überall nicht. Den Wellnessbereich hast du leider vergessen. Ist nicht das erste Mal, dass ich in der Sauna eingeschlafen bin.
– Dieser Traum ist kein gutes Omen.
– Du bist abergläubisch?
– Ich mache mir einfach nur Sorgen. Van Walden hat seine Drohungen ernst gemeint. Wenn wir nicht bald etwas unternehmen, wird dein Traum Wirklichkeit werden.
– Wir haben uns doch bereits entschieden, oder? Wir ziehen das gemeinsam durch und nageln diesen Dreckskerl ans Kreuz. Wichtig ist nur, dass Nadia bis dahin in Sicherheit ist. Dank deiner Schwester ist dafür ja gesorgt.
– Anna hat sich ziemlich weit für uns aus dem Fenster gelehnt. Im schlimmsten Fall verliert sie ihren wichtigsten Auftraggeber.
– Dieser Wasim ist doch ein Mistkerl, oder? Wir haben schon oft über ihn berichtet, er schreckt vor nichts zurück, um an Geld zu kommen. Wundert mich eigentlich, dass deine Schwester für so jemanden arbeitet.
– Manche Menschen können sich diese Art von Moral nicht leisten, Svenja. Anna hat sich dafür entschieden, und ich akzeptiere das.
– Mag sein, dass Anna ihn im Griff hat. Aber wir müssen damit rechnen, dass uns jetzt noch ein weiterer Irrer das Leben schwer macht.
– Das glaube ich nicht. Anna wird mit ihm reden.
– Und was ist mit Van Walden?

– Anna kann gut auf sich selbst aufpassen.
– Wenn er einen von uns töten will, dann wird ihm das auch gelingen. Wir können uns nicht ewig in diesem Zimmer hier verstecken, und auch Judith kann nicht auf Dauer in der Redaktion bleiben.
– Regina hat mir versichert, dass das kein Problem ist. Judith schläft in ihrem Büro auf der Couch.
– Für wie lange? Tage? Wochen? Ich habe keine Lust mehr, mich in einem Loch zu verkriechen und um mein Leben zu fürchten. Wir wollen beide unseren Job machen, Bronski. Und genau deshalb sollten wir jetzt handeln.
– Und was sollen wir deiner Meinung nach tun?
– Wenn er bekommt, wonach er sucht, wird er verschwinden und uns in Ruhe lassen.
– Was soll das heißen?
– Wir geben ihm, was er haben will.
– Klingt gut. Das Problem ist nur, dass wir leider nichts haben, um es ihm zu geben.
– Dann müssen wir es uns besorgen. Nadia wird uns sagen, wo sie die Steine versteckt hat.
– Sie wird uns gar nichts sagen.
– Wir werden sie dazu bringen, Bronski. Und das, bevor Van Walden es tut. Nadia wird es nämlich nicht überleben, wenn er sie in die Finger bekommt. Er wird es aus ihr herausprügeln, ihr genauso die Finger kappen wie Rembrand. Er wird ihr so lange wehtun, bis er weiß, was er wissen will. Und anschließend wird er sie töten. Man wird Nadia mit durchschnittener Kehle finden. Du weißt so gut wie ich, dass sie sterben wird, wenn wir sie nicht zur Vernunft bringen.

– Du willst ihn einfach so ziehen lassen?
– In erster Linie will ich überleben. Deshalb werden wir Nadia heute Nacht einen Besuch abstatten. Wir werden zuerst in die Redaktion fahren und später dann in diese Wohnung, die Anna gemietet hat. Und sollte Van Walden unten vor dem Hotel stehen und auf uns warten, werden wir uns etwas einfallen lassen. Wir sehen uns vor und sind gewappnet. Wir kennen die Stadt, er nicht. Wird ein Leichtes sein, ihn abzuhängen.
– Klingt sehr verwegen. Scheinst ja alles wieder voll im Griff zu haben.
– Bist du dabei?
– Bin mir nicht sicher.
– Mit dir oder ohne dich, Bronski. Ich für meinen Teil werde nicht darauf warten, bis mein Albtraum Wirklichkeit wird.
– Tja, dann ist ja alles gesagt.

EINUNDDREISSIG

Nadia konnte Sabor nicht ausstehen.
Jede Minute des Tages, die sie mit diesem Rüpel im selben Raum verbringen musste, war eine Qual. Sie hasste es, mit ihm eingesperrt zu sein, von ihm bewacht zu werden, auch wenn er sich bemühte, ihre Gefangenschaft so angenehm wie möglich zu gestalten.
Wenn er den Mund aufmachte, hätte sie ihn am liebsten geschlagen, ihn für alles bestraft, was ihr in den letzten Tagen zugestoßen war. Nadia hatte Sabor als Sündenbock auserkoren. Er war an allem schuld. Der bullige Serbe mit der Glatze.
Er ist einer meiner besten Leute, hatte Anna gesagt.
Er wird gut auf dich aufpassen.
Nadia hatte die Augen gerollt.
Ich kann auf mich selbst aufpassen, hatte sie trotzig erwidert. Sie gingen mit ihr um wie mit einem kleinen Kind. Man hatte ihr erneut Hausarrest verordnet. Sie hatte etwas angestellt, sie war gierig gewesen, hatte von einer besseren Zukunft geträumt und die Gelegenheit einfach beim Schopf gepackt. Nadia wollte an das Glück glauben.
Immer noch.

Sie wollte sie nicht aufgeben. Nicht aufhören zu hoffen.
Das wird schon, flüsterte sie vor sich hin.
Ich kann das schaffen.
Niemand wird mir etwas tun.
Nadia gab Sabor zu verstehen, dass sie ihre Ruhe haben wollte, sie hatte keine Lust, sich mit ihm zu unterhalten. Sie nahm ihm die Pizza aus der Hand, die er für sie bestellt hatte, und verschwand in ihrem Schlafzimmer, während Sabor sich auf die Couch im Wohnzimmer legte und fernsah. Als Nadia später irgendwann auf die Toilette ging, provozierte sie ihn.
Ich werde deiner Chefin sagen, dass du nur herumliegst.
Wahnsinnig sicher fühle ich mich hier nicht.
Von mir aus kannst du auch gehen.
Macht keinen Unterschied, ob du da bist oder nicht.
Bis auf den Geruch, den du verströmst.
Nadia wollte gemein sein, und sie genoss es. Sie kränkte ihn und fragte sich gleichzeitig, warum sie nicht einfach den Mund halten konnte, warum sie immer begann, wild um sich zu schlagen, wenn es eng wurde. Ihr war klar, dass es dumm war, trotzdem legte sie sich mit ihm an.
Proletenarsch, sagte sie.
Aber Sabor schwieg. Er nahm einfach alles hin und starrte weiter in den Fernseher. Ließ sie links liegen.
Das machte Nadia noch wütender.
Kannst du kein Deutsch, oder was?
Warum ignorierst du mich?
Bist dir wohl zu gut, um dich mit einer wie mir abzugeben.
Er reagierte nicht.
Nadia hatte sich festgefahren. Die Wahrheit war, dass sie sich

gerne mit ihm unterhalten hätte, aber sie konnte es nicht. Mutwillig zerstörte sie alles. Überall lagen Trümmer herum. In ihr, in diesem verdammten Wohnzimmer, in ihrem Kopf, alles war kaputt.

Gedemütigt von sich selbst, warf Nadia die Schlafzimmertür zu. Sie setzte sich aufs Bett. Bis es dunkel wurde, sagte niemand mehr etwas.

Erst als Sabor den Fernseher ausschaltete und an ihre Türe klopfte, wechselten sie noch ein paar Worte.

Ist alles in Ordnung, fragte er.

Was denn sonst, antwortete sie.

Er sagte ihr, dass sie ihn jederzeit wecken könne, wenn sie noch etwas brauche. Er blieb freundlich, obwohl sie ihm eigentlich keinen Grund dafür gab. Sabor machte seinen Job. Er behielt die Wohnungstür im Blick, Nadias Zimmer. Im Auftrag von Anna sollte er verhindern, dass sie davonlief, Dummheiten machte. Er musste darauf achten, dass sie sich nicht mitten in der Nacht still und heimlich aus der Wohnung schlich.

Und Nadia war insgeheim doch froh darüber.

Dass sie nicht alleine war. Dass sie nicht auf irgendeinem Polizeirevier sitzen und Fragen beantworten musste. Dass sie in Sicherheit war. Beruhigt die Augen zumachen und schlafen konnte. Sie drehte sich hin und her, verbarg ihren Kopf unter dem Kissen, sie beschimpfte sich, fluchte. Fühlte sich schuldig am Tod ihrer Freundin. Immer schwerer wurde die Last, immer schwärzer die Nacht.

Nadia schluchzte unter der Decke.

Vor Erschöpfung schlief sie irgendwann ein.

Sie hörte nicht, was draußen im Wohnzimmer geschah. Bekam nicht mit, wie drei Stunden später jemand ihre Tür aufmachte und auf das Bett zuging, in dem sie lag. Nadia begriff erst, was los war, als es bereits zu spät war.

ZWEIUNDDREISSIG

WASIM
NADIA PUCK

– Ich werde jetzt meine Hand von deinem verfickten Mund nehmen. Wenn du um Hilfe schreist, muss ich leider dieses Kissen auf deinen Kopf drücken. So lange, bis du für immer still bist. Einfach nicken, wenn du das verstanden hast.
– Ich schreie nicht.
– Gute Entscheidung. Ich hasse es nämlich, wenn ich jemandem wehtun muss. Friedliche Lösungen sind mir lieber. Ein guter Handel erspart oft viel Leid.
– Was willst du von mir?
– Ich bin hier, um mit dir zu reden.
– Mitten in der Nacht? Ich habe mich zu Tode erschreckt. Außerdem tut meine Schulter weh, bitte geh von mir runter.
– Nur wenn du mir versprichst, dass du ein braves Mädchen bist und nichts tun wirst, das mich wütend macht.
– Ist gut.
– Ich werde mich jetzt auf diesen Stuhl hier setzen und dir einen Vorschlag machen. Du wirst zuhören und dich nicht vom Fleck rühren. Klar?

– Klar.
– Zwing mich nicht dazu, dir wehzutun.
– Werde ich nicht.
– Dann können wir uns also jetzt beide entspannen.
– Wo ist Sabor?
– In der Küche.
– Was hast du mit ihm gemacht?
– Sabor geht es gut. Er streicht sich gerade ein Butterbrot. Immer hungrig, der Mann, jedes Mal, wenn ich ihn sehe, ist er am Fressen. Er ist leider zu fett, dennoch ein verlässlicher Kerl. Etwas langsam und schwerfällig, aber kräftig. Und sehr loyal. Ohne ihn wäre ich jetzt nämlich nicht hier. Wenn Sabor mich nicht netterweise informiert hätte, würden wir beide uns jetzt nicht über eine gemeinsame Zukunft unterhalten.
– Es wird Anna nicht gefallen, dass du hier bist.
– Um Anna musst du dir keine Sorgen machen. Sie wird tun, was ich ihr sage. Eine großartige Frau. Aber leider verheiratet. Wie so oft sind die Besten und Schönsten schon vergeben.
– Was willst du von mir?
– Ich bin zu dem Schluss gekommen, dass es das Beste für dich wäre, dich mir anzuvertrauen. Wir beide werden Geschäftspartner. Es geht nur darum, dass wir ein paar grundsätzliche Dinge miteinander klären.
– Ich habe keine Ahnung, wovon du redest.
– Doch, hast du. So wie hunderttausend andere Menschen in Berlin habe ich die Zeitung gelesen. Eine wunderbare Reportage von Svenja Spielmann. Sie schreibt über Afrika, über einen Mann, der vom Himmel fiel, und über Dia-

manten. Außerdem über eine Frau, die im richtigen Moment so geistesgegenwärtig war, die richtige Entscheidung zu treffen und zuzugreifen. Ich möchte dir zu diesem Schritt gratulieren. Was du gemacht hast, katapultiert dich tatsächlich in eine sehr vorteilhafte Position.

– Was soll das heißen?
– Wenn es nach mir geht, wirst du mit einem angemessenen Teil des Geldes irgendwo am anderen Ende der Welt ein neues Leben anfangen. Es ist sozusagen ein Glücksfall für dich, dass ich es bin, der als Erster hier aufschlägt und dich um deine Mitarbeit bittet.
– Ich brauche deine Hilfe nicht.
– Ich denke doch. So wie es aussieht, haben die Leute, vor denen du wegläufst, nämlich kein Interesse daran, dich am Leben zu lassen. Sie werden kommen, sich die Informationen beschaffen, die sie brauchen, und dich anschließend aus dem Weg räumen.
– Mir wird nichts passieren.
– Da wäre ich mir nicht so sicher. Wenn ich Annas Sorge um dich richtig verstehe, wirst du sterben, wenn du meine Hilfe nicht annimmst.
– Das glaube ich nicht.
– An deiner Stelle würde ich es nicht darauf ankommen lassen. Diese Leute haben kein Problem mit Gewalt. Die lösen Probleme, indem sie töten. Ich aber rede lieber mit dir. Wir führen ein verfickt kultiviertes Gespräch. Und werden beide davon profitieren.
– Warum sollte ich mich darauf einlassen?
– Weil ich dir Schutz biete.
– Das können andere auch.

– Du siehst doch, wie weit es dich gebracht hat, auf diesen Fotografen und seine Freundin zu hören. Es ist vielleicht an der Zeit, die Sache in die Hände von Profis zu legen. Meine Familie kann das Problem endgültig für dich aus der Welt schaffen.
– Und wie soll das gehen?
– Wenn du möchtest, schalten wir die Leute aus, vor denen du dich versteckst. Niemand mehr wird dir etwas antun wollen, du wirst dich nicht bei jedem Schritt, den du tust, fragen müssen, ob jemand auf dich zielt. Du wirst ein ganz normales Leben führen. Du kannst mir vertrauen, Nadia. Ich bekomme das für dich hin. Ich werde die Steine für uns verkaufen und dafür sorgen, dass niemand uns ans Bein pinkelt.
– Du hast nicht gesehen, was sie mit meiner Freundin gemacht haben.
– Du hast keine Ahnung, was ich schon alles gesehen habe. Ich bin definitiv deine beste Option. Für Bronski und seine Freundin bist du am Ende nämlich nur eine Story. Sobald sie die Geschichte in der Zeitung fertig erzählt haben, werden sie dich der Polizei ausliefern. Sie werden dich opfern, das ist dir doch klar, oder?
– Ich muss darüber nachdenken.
– Dafür hast du leider keine Zeit. Du sagst mir jetzt, ob wir in derselben verfickten Mannschaft spielen oder nicht.
– Zuerst erledigst du die Schweine, die Sarah getötet haben. Alle, die damit zu tun haben. Dann kommen wir ins Geschäft.
– Wir haben unsere Fühler bereits ausgestreckt. Wird nicht lange dauern, bis wir diesen Van Walden gefunden haben.

– Van Walden?
– Ein Holländer. Er ist der Mann, vor dem du dich fürchten musst.
– Und vor dir muss ich mich nicht fürchten?
– Wenn du tust, was ich dir sage, wird alles gut.
– Und wenn ich nicht tue, was du sagst?
– Morgen Abend werde ich wiederkommen. Bis dahin sollten die Mörder deiner Freundin nicht mehr unter uns sein. Ich werde dein Problem gelöst haben, und du wirst mir sagen, was ich wissen will.
– Das meinst du nicht ernst, oder?
– Doch. Es könnte tatsächlich nicht besser für dich laufen. Du hast wirklich verficktes Glück. Der gute Sabor wird auf dich achtgeben, bis wir uns wiedersehen.
– Sabor kann mich mal.
– Pass auf, was du sagst. Du solltest dich nicht mit ihm anlegen. Und kein Wort zu niemandem. Vor allem nicht zu Anna.
– Warum nicht?
– Sie soll nicht erfahren, dass Sabor mich in die Wohnung gelassen hat. Wir wollen ja nicht, dass er seinen Job verliert, oder?
– Und was ist, wenn Anna hier auftaucht?
– Das wird sie nicht, dafür sorge ich.
– Aber was, wenn doch?
– Hör auf, dir deinen verfickten Kopf zu zerbrechen.
– Sonst?
– Wird dir das, wie gesagt, leidtun.
– Drohst du mir?
– Das ist nicht nötig.

– Warum nicht?

– Weil du klug bist. Und tun wirst, was ich von dir will.

– Und wenn nicht?

– Stirbst du.

DREIUNDDREISSIG

Judith stürzte sich in die Arbeit.
Von Tag zu Tag hatte sie sich mehr zum Mädchen für alles entwickelt. Sie war neugierig und interessiert, es war ihr wichtig, die Zusammenhänge zu verstehen, die Produktionsabläufe zu verinnerlichen. Judith liebte es, Teil dieser Redaktion zu sein. Mit Leidenschaft tat sie alles, was Regina ihr auftrug.
Noch lieber wäre sie allerdings mit Bronski unterwegs gewesen. Trotz der drohenden Gefahr sehnte sie sich nach dem Abenteuer. Sie hatte Blut geleckt, wollte sich wieder auf die Jagd nach dem besten Bild machen. Obwohl sie ein Frischling war, hatte sie bereits mehrmals abgeliefert. Die Fotos von Rembrand, aber auch die Bilder, die sie in Nadias Haus gemacht hatte, waren von Regina bei der Redaktionskonferenz gelobt worden.
Judith wollte wieder raus aus dem Büro.
Das Adrenalin spüren.
Aber Bronski hielt sie davon ab. Das Schreckgespenst, das er gemalt hatte, blockierte sie. Er machte ihr Angst.
Van Walden.

Der Mörder, der gedroht hatte, sie alle auszulöschen.
Er hatte es Bronski gegenüber klar und deutlich ausgesprochen. Einen nach dem anderen wollte er töten. Ihre Familie. Die Menschen, denen sie sich in den letzten Monaten anvertraut hatte. Völlig irrsinnig war es, aber es geschah. Judith war gezwungen, sich in der Redaktion zu verschanzen und im Büro der Chefredakteurin zu schlafen. Sie hatte eine Zeit lang gebraucht, um sich daran zu gewöhnen, aber ihr war bewusst, dass es vernünftig und klug war. Die Gefahr war echt. Und zum Greifen nahe, auch wenn es sich alles unwirklich anfühlte.
Sie wurde ein zweites Mal in ihrem Leben mit dem Tod bedroht.
Sie spürte das Unheil. Trotzdem tat sie sich schwer damit, still zu sitzen. Nichts zu tun. Nicht zu wissen, was da draußen vor sich ging.
Ich will euch helfen, hatte sie zu Bronski am Telefon gesagt.
Versprich mir, dass du dortbleibst, hatte er geantwortet.
In der Redaktion.
Im Zentrum der Informationen, aber weit weg vom wirklichen Leben.
Judith tappte im Dunkeln, während Svenja und Bronski Pläne schmiedeten. Sie hatte versucht herauszufinden, was sie vorhatten. Aber sie schwiegen, ließen Judith mit ihrem Ärger allein.
Die Polizeireporterin und der Pressefotograf.
Sie waren zu einem Großbrand gerufen worden.
Der Flughafen Berlin Brandenburg katapultierte sich wieder in die Schlagzeilen. Berlins großes Skandalbauwerk stand in Flammen, die Leitungen glühten, die Onlineredaktion

bebte. Vom frühen Nachmittag bis in die Nacht hinein blieben Svenja und Bronski vor Ort, schickten Fotos und Texte. Van Walden und Nadia mussten für ein paar Stunden in den Hintergrund treten, das öffentliche Interesse an der Prostituierten mit den Diamanten sich für kurze Zeit auf das Inferno am Flughafen verlagern.

Alle schauten nur noch dorthin.

Dann kam der Anruf.

Er katapultierte sie wieder mitten hinein in diese haarsträubende Geschichte, die ihr Leben bereits komplett durcheinandergebracht hatte. Nadias Stimme weckte sie mitten in der Nacht. Und Judith wurde klar, dass sie erneut übergangen worden war. Sie hatte keine Ahnung davon gehabt, dass Nadia von Anna in eine andere Wohnung gebracht worden war. Judith begriff, dass man sie absichtlich nicht ins Bild gesetzt hatte.

Sie war verletzt.

Auch wenn sie wusste, dass ihr Vater sie nur schützen wollte, ärgerte sie sich darüber, dass sie nicht eingeweiht worden war. Hätte sie den Anruf nicht angenommen, wäre sie weiterhin ahnungslos im Büro gesessen, hätte Nadias Flehen nicht gehört, die Verzweiflung in ihrer Stimme. Nadia war außer sich. Sie bekam kaum Luft.

Ich weiß nicht, was ich machen soll.

Du bist der einzige Mensch, dem ich noch traue, Judith.

Etwas Schlimmes ist passiert.

Nadia erklärte ihr, wo sie war. Bernauer Straße. Sie sagte, dass alles aus dem Ruder gelaufen sei, sie bat Judith darum, so schnell wie möglich zu kommen und niemandem etwas davon zu sagen. Weder Bronski noch Svenja oder Anna. Sie

hätte eine große Dummheit begangen, sagte sie. Sie hätte alles kaputt gemacht.
Bitte lass mich jetzt nicht im Stich.
Nadia flüsterte es.
Dann legte sie auf.
Und Judith überlegte.
Irgendetwas musste sie tun. Bronski anrufen? Anna? Sie um Hilfe bitten? Ihnen Bescheid geben, dass Nadia Probleme hatte?
Judith wusste, dass es das Klügste gewesen wäre. Doch sie entschied sich dagegen. Bronski und Svenja waren immer noch am Flughafen, die Katastrophe hatte inzwischen verheerende Ausmaße angenommen. Acht Menschen waren bereits ums Leben gekommen, das Feuer konnte nicht unter Kontrolle gebracht werden. Ein medialer Super-GAU war es, alle berichteten die ganze Nacht über live.
Judith hatte in der Redaktion geholfen, wo sie konnte.
Doch der Anruf änderte alles.
Sie witterte eine Story. Wollte den nächsten Volltreffer landen. Und schlich sich davon. Dass Nadia sie angerufen hatte und nicht die anderen, motivierte sie.
Brachte sie dazu, Regina anzulügen.
Sie wolle sich in der Kantine etwas zum Essen holen, sagte sie.
Keiner schöpfte Verdacht, auch Regina nicht. Deshalb war es ein Leichtes, mit dem Lift nach unten zu fahren und am Sicherheitspersonal vorbei nach draußen zu gehen.
Es war dumm, was sie tat.
Judith wusste es. Sie tat es trotzdem. Verdrängte, dass sie in Gefahr war, wollte nicht daran glauben, dass Van Walden sie

aus der Ferne im Visier hatte, sie schloss es schlicht aus. War überzeugt davon, dass niemand sie auf offener Straße angreifen würde. Deshalb biss sie die Zähne zusammen, stieg in ein Taxi und fuhr zum Mauerpark.

Zum zweiten Mal machte sich Judith gegen den Willen der anderen auf den Weg zu der Frau, die im Mittelpunkt von allem stand.

Judith wusste, dass Bronski ihre Aktion niemals gutgeheißen hätte, dass auch Svenja und Anna sie bekniet hätten, in der Redaktion zu bleiben. Doch sie konnte nicht anders.

Es war nicht nur die Story

Irgendetwas verband sie mit Nadia.

Judith hatte die Einsamkeit und den Schmerz in ihrer Stimme gehört, sie konnte ahnen, wie tief die Wunde war, die der Tod ihrer Freundin in Nadia geschlagen hatte. Judith hatte das Bedürfnis zu helfen, für sie da zu sein, etwas gutzumachen, das nicht gutzumachen war.

Judith stieg aus dem Taxi.

Zufrieden und ein klein wenig stolz sogar. Obwohl sie von ihren eigenen Leuten auserkoren worden war, Statistin zu sein, spielte sie jetzt die Hauptrolle. Sie war diejenige, die von Nadia nach oben in die Wohnung gelotst wurde. Ohne dass sie großartig etwas dafür getan hätte, war sie es, die Nadia zur Flucht verhelfen sollte. Was unter normalen Umständen für Judith völlig ausgeschlossen gewesen wäre, rückte jetzt in den Bereich des Möglichen. Eine Mischung aus Trotz und Panik war es, die sie handeln ließ. Zum einen wollte sie zeigen, dass auch sie in der Lage war, mit der Situation umzugehen, und zum anderen ließ ihre Neugier darüber, was in der Wohnung passiert war, sie all ihre Vernunft über Bord werfen.

Als sie die Wohnung betrat, wollte sie ihrem ersten Impuls folgen und so schnell wie möglich wieder verschwinden. Doch sie blieb. Und wurde von dem Bild, das sich ihr bot, mit in den Abgrund gerissen.
Ein Mann lag am Boden.
Im Wohnzimmer.
Regungslos.
Zuerst begriff sie es nicht.
Nadia hatte ihr die Tür geöffnet und sie direkt ins Wohnzimmer geführt. Sie hatte sich auf die Couch gesetzt und wortlos auf den Boden gezeigt.
Nadia wippte mit ihrem Oberkörper vor und zurück und biss an ihren Nägeln. Immer wieder schlug sie sich ins Gesicht.
Judith war wie erstarrt. Ihre Blicke wanderten von Nadia zu dem Mann am Boden und wieder zurück.
Was zur Hölle hast du gemacht, fragte sie.
Was ist mit ihm? Ist er tot?
Nadia schwieg.

VIERUNDDREISSIG

JUDITH BRONSKI
NADIA PUCK

– Wenn du nicht sofort mit mir redest, bin ich weg.
– Bitte, Judith. Bleib.
– Dann sag mir, was hier los ist. Wer ist das? Und was um Himmels willen hast du mit ihm gemacht?
– Frag lieber, was er mit mir gemacht hat.
– Rede oder ich gehe.
– Er wollte mir wehtun.
– Was soll das heißen?
– Ich habe mich nur gewehrt.
– Ist er tot?
– Ich wollte das nicht, das musst du mir glauben.
– Ist dir klar, in welche Situation du mich bringst? Ich kann das nicht, Nadia. Für meinen Geschmack sind das ein paar Leichen zu viel. Ich bin raus.
– Ich glaube, er atmet noch. Aber irgendetwas muss mit seinem Kopf passiert sein. Er ist ohnmächtig.
– Weil du ihm den Schädel eingeschlagen hast.
– Was hätte ich denn machen sollen?
– Auf alle Fälle hättest du ihn nicht fesseln müssen, wenn er

ohnehin schon halb tot hier herumliegt. Und warum das Klebeband über seinem Mund? Er bekommt ja kaum Luft.

– Ich wollte nichts riskieren. Wenn er aufwacht, soll er uns keine Probleme machen.

– Hör mir jetzt gut zu, Nadia. Keine Ahnung, was du getan hast und warum, aber wir müssen jetzt den Notarzt rufen. Der Kerl muss sofort in ein Krankenhaus. Wenn er stirbt, bist du eine Mörderin. Das willst du doch nicht, oder?

– Das Einzige, was ich will, ist, so schnell wie möglich von hier zu verschwinden. Die sind alle hinter mir her, Judith. Die wollen mich töten. Am Ende stellt sich nur die Frage, wem es als Erstes gelingen wird.

– Du redest von Van Walden, oder?

– Nicht nur von ihm. Auch von Wasim und seinem Handlanger hier. Alle wollen sie diese verfluchten Diamanten.

– Wasim? Was hat der damit zu tun? Er hat uns doch geholfen und dich bei seiner Familie versteckt. Vor Wasim haben wir nichts zu befürchten, Anna hat für ihn gebürgt.

– Der Typ hier heißt Sabor. Ist einer von Annas Mitarbeitern. Er hätte auf mich aufpassen sollen. Hat er aber nicht.

– Ich werde jetzt den Rettungswagen rufen.

– Bitte nicht, warte noch. Dieser Dreckskerl hat mich verraten, mich für ein bisschen Kleingeld an Wasim verkauft.

– Wasim war hier?

– Er hat mich mitten in der Nacht aufgeweckt und mir gedroht. Mir zu verstehen gegeben, dass ich keine Wahl habe. Entweder ich gebe ihm bis heute Abend, was er von mir will, oder das war's für mich.

– Bist du dir sicher? Anna würde das niemals zulassen.

– Anna hat nichts mehr zu sagen, glaub mir.

– Was haben sie mit dir gemacht? Komm schon, Nadia, ich will jetzt wissen, was passiert ist. Warum dieser Typ hier am Boden liegt.
– Als Wasim weg war, habe ich so getan, als würde ich schlafen. Ich habe gewartet, bis auch Sabor schläft. Dann wollte ich gehen. Mich heimlich aus der Wohnung schleichen. Aber er ist aufgewacht. Wollte mich aufhalten. Er hat mich attackiert. Mich geschlagen. Ich musste mich wehren.
– Aber wie kann das sein?
– Was meinst du?
– Er ist kräftig, wiegt doppelt so viel wie du, ist doch unmöglich, sich gegen so einen Kerl zur Wehr zu setzen.
– Willst du damit sagen, dass ich lüge?
– Ich möchte es nur verstehen. Wie war es möglich, dass du ihn überwältigen konntest? Womit hast du auf ihn eingeschlagen?
– Mit der Skulptur da drüben. Ich habe sie hochgehoben und sie ihm gegen den Kopf geworfen.
– Das ist Bronze, Nadia. Das Ding wiegt doch mindestens dreißig Kilo. Er hat doch nicht einfach zugelassen, dass du damit auf ihn einschlägst. Wenn es einen Kampf gegeben hat, hätte er dir die Skulptur doch einfach aus der Hand geschlagen.
– Hör auf damit. Was willst du eigentlich von mir? Ich habe dich nicht angerufen, damit du mich anklagst. Du bist mir keine Hilfe, wenn du hier Polizei spielst.
– Er hat geschlafen, oder?
– Keine Ahnung, wovon du redest.
– Doch, das hast du. Er war gar nicht wach, als du ihn angegriffen hast.

– Denkst du, dass du es besser machst, wenn du jetzt allen zeigst, wie schlau du bist?
– Ich mache es besser, wenn ich ihn jetzt so schnell wie möglich in ein Krankenhaus bringen lasse. Ich beschütze dich nur vor dir selbst, Nadia.
– Am Ende hat er nur eine Gehirnerschütterung, nicht mehr.
– Du kannst gehen oder bleiben.
– Ich habe die Nerven verloren. Ich hatte Angst, Judith. Ich wollte einfach nur raus hier. Ich weiß auch nicht, wie das passieren konnte.
– Ich hole jetzt Hilfe.
– Warte noch. Wir rufen an, wenn wir weg sind. Er wird das bestimmt überleben, Judith.
– Ich habe mal Medizin studiert. Für mich sieht es so aus, als hätte der Mann keine Zeit mehr zu verlieren.
– Du musst mir helfen, das Land zu verlassen.
– Das kannst du auch allein, dazu brauchst du mich nicht.
– Bitte, Judith.
– Was erwartest du denn von mir?
– Wir werden jetzt diese Steine holen und sie zu Geld machen. Du wirst es nicht bereuen, wenn du mir hilfst.
– Wach auf, Nadia. Da steht kein Privatjet vor der Tür, der dich von hier wegbringt. Und ich kann dich nicht vor diesen Leuten beschützen.
– Mag schon sein. Aber es fühlt sich alles besser an, wenn du bei mir bist. Gemeinsam finden wir einen Weg, wie wir heil aus der Sache herauskommen.
– Hör endlich auf, davon zu träumen, dass diese Diamanten dein Leben besser machen werden. Das hier ist kein Märchen, bei dem am Ende alles gut wird.

– Wenn ich bleibe, werden sie mich wegen schwerer Körperverletzung einbuchten. Niemand wird Mitleid mit mir haben. Ich bin die Nutte, die die Steine gestohlen und sich davongemacht hat. Für mich gibt es keinen Weg mehr zurück, Judith. Deshalb bitte ich dich, mich zu begleiten. Bleib bei mir, bis ich mit den Diamanten in irgendein Flugzeug steige.
– Warum sollte ich dir helfen? Wofür brauchst du mich?
– Ich kann das nicht alleine.
– Wo willst du denn hin?
– Irgendwohin, wo keiner mich kennt. An einen Ort, an dem ich neu anfangen kann. Vielleicht ja mit dir.
– Mit mir?
– Warum nicht?
– Ich will hier nicht weg, Nadia. Ich will nur, dass dieser Mann hier so schnell wie möglich in ein Krankenhaus kommt. Also lass uns gehen. Wir werden den Notarzt rufen, sobald wir aus dem Haus sind. Von mir aus bleibe ich bei dir, bis du mit den Diamanten in irgendeinem Zug sitzt. Aber dann musst du allein weiter. Ich werde nicht dabei zusehen, wie du untergehst.
– Schade. Wäre bestimmt aufregend geworden mit dir.
– Hör auf zu quatschen, und lass uns lieber abhauen, dein Freund hier scheint wieder zu sich zu kommen.
– Einen der Steine bekommst du.
– Nein, danke. Ist mir zu gefährlich. Außerdem bist du mir nichts schuldig, Nadia. Ich helfe dir auch so.
– Kannst ihn ja in die Spree werfen. Oder auch bei der Polizei abgeben. Ob du willst oder nicht, ich werde mich jedenfalls bei dir bedanken.

– Du bist verrückt, weißt du das?
– Weiß ich. Vernunft ist nichts für mich.
– Vernunft kann aber Leben retten.
– Meines leider nicht.

FÜNFUNDDREISSIG

Die ganze Nacht hatte ich Fotos gemacht. Die Redaktion mit Bildern von der Jahrhundertkatastrophe versorgt.
Jahrelang hatten sie an diesem Flughafen gebaut, jetzt brannte er nieder. Grausame Ironie war es. Um vier Uhr morgens war es zu einer Explosion gekommen, weitere Menschen waren gestorben, das Thema hatte uns alle fest im Griff, es dominierte bereits die internationalen Medien.
Doch irgendwann brach ich ab.
Wegen Judith.
Völlig verzweifelt hatte sie mich angerufen.
Ich legte die Kamera zur Seite und raste mit Vollgas durch die Stadt. Zum zweiten Mal innerhalb kürzester Zeit hatte ich meinen Job nicht gemacht. Was unter normalen Umständen unverzeihlich gewesen wäre, war mir in diesem Moment völlig egal.
Scheiß drauf, hatte auch Svenja gesagt.
Nichts war wichtiger als Judith.
Ich sah sie am Gehsteig sitzen, als ich ankam.
Nicht weit von der Stelle, an der sie Nadia verloren hatte.
Eine verängstigte junge Frau. Für Vorwürfe war jetzt keine

Zeit. Ich musste sie so schnell wie möglich in Sicherheit bringen. Sie beruhigen. Ihr zuhören. Ich bemühte mich, es auszuhalten.
Neben mir am Beifahrersitz ihre Tränen.
Diese schneidenden Sätze, die aus ihrem Mund kamen.
Ihr Schluchzen.
Wasims nächtlicher Besuch.
Nadias Anruf und ihre Bitte um Hilfe.
Sabors Kopfverletzung.
Während wir im Auto saßen und ich im Rückspiegel sah, wie man ihn auf einer Bahre in einen Rettungswagen schob, fuhren wir los. Zu Anna. Judith nahm es hin. Bäumte sich nicht dagegen auf. Sie war dankbar dafür, dass ich sie an einen geschützten Ort brachte. Und sie war offensichtlich froh darüber, dass ich ihr nicht das Gefühl gab, etwas falsch gemacht zu haben. Ich schluckte meinen Ärger hinunter, verkniff mir unnötige Kommentare.
Warum, zum Teufel, hast du das gemacht?
Was dachtest du denn, was passieren würde?
Ich hätte dir sagen können, dass das so enden wird.
Du hast dich sinnloserweise in Gefahr gebracht.
Warum hörst du nie auf mich, Judith?
All das behielt ich für mich.
Ich wollte nicht alles noch schlimmer machen, als es für Judith ohnehin schon war. Sie war erschüttert von dem, was sie erlebt hatte. Fühlte sich verantwortlich, redete sich ein, dass alles nicht passiert wäre, wenn sie sofort die Polizei gerufen hätte, als sie die Gelegenheit dazu hatte. Judith wirkte wie erschlagen. Mehrmals entschuldigte sie sich dafür, dass sie alleine losgezogen war und mir nicht Bescheid gegeben

hatte. Es tat ihr unendlich leid, dass sie Nadia nicht hatte aufhalten können. Dass sie dazu beigetragen hatte, dass die Dinge weiter ihren schrecklichen Lauf nahmen.
Ihre Stimme war leise.
Ihr Blick gesenkt.
Das schlechte Gewissen erdrückte sie.
Ich hätte es vorhersehen müssen, sagte sie.
Hör auf, dir Vorwürfe zu machen, sagte ich.
Und versuchte sie zu beruhigen.
Gar nichts hättest du tun können, Judith.
Es war ihre Entscheidung, nicht deine.
Ich wollte ihr klarmachen, dass sie nicht für Nadias Schicksal verantwortlich war. Ich sagte ihr, dass es ein schöner Zug von ihr gewesen sei, Nadia helfen zu wollen, mehr aber nicht.
Ich versuchte es schönzureden.
Doch Judith wehrte ab.
Was wir vorhatten, war einfach nur dumm, sagte sie.
Wir wussten beide, dass sie recht hatte.
Mit traurigen Augen schaute sie mich an und erzählte mir alles.
Bereits nach wenigen Minuten seien sie gescheitert auf ihrer Flucht. Sie hätten kaum das Haus verlassen gehabt, als Nadias Reise in ein besseres Leben bereits zu Ende war. Der Fahrer eines Wohnmobils, das unscheinbar in der Nähe des Hauseingangs geparkt hatte, habe dafür gesorgt, dass Nadias Träume sich endgültig in Luft auflösten.
Van Walden.
Er hatte auf den richtigen Moment gewartet und zugeschlagen. Sie hatten nicht damit gerechnet, dass die Seitentür

eines Caravans plötzlich aufgehen und ein Mann Nadia ins Innere des Wagens zerren würde.
Alles ging ganz schnell, sagte Judith.
Es gab keine Gelegenheit, sich zu wehren. Er habe sie überrumpelt, sie zu Boden gestoßen, keine drei Sekunden habe es gedauert. Und Nadia sei verschwunden.
Für immer vielleicht.
Judith kämpfte mit den Tränen.
Am liebsten hätte ich den Wagen angehalten, sie in den Arm genommen und nicht mehr losgelassen. Gerne hätte ich die Platzwunde auf ihrer Stirn mit einem Fingerschnippen weggezaubert, Judith mit tausend schönen Worten getröstet, doch ich hielt mich zurück. Ich spürte, dass sie das nicht wollte. Das Einzige, das ich tun konnte, war, mich zu bemühen, ein verständnisvoller Vater zu sein. Ihr Halt zu geben, weil sie dabei war, tief zu fallen.
Was wir alle vermeiden wollten, war passiert.
Van Walden hatte Nadia auf offener Straße entführt.
Judith beschrieb, wie er Nadia mit Gewalt zu Boden gezwungen, die Tür des Wohnmobils zugeschlagen, sich ans Steuer gesetzt habe und losgefahren sei.
Ich konnte nichts tun, sagte sie.
Nur noch kurz habe sie Nadias Schreie gehört, mit Gewalt habe er ersticken wollen, was sie Judith noch zurief. Ein Wort nur, das ihr sagen sollte, was zu tun sei.
Der Schlüssel zu allem.
Was war das für ein Wort, fragte ich.
Was hat Nadia dir zugerufen?
Schimanski, sagte Judith.
Sie wiederholte es.

Schimanski.
Ich schüttelte den Kopf. Hatte keine Idee, was ein Duisburger Fernsehbulle aus den Achtzigern dazu beitragen konnte, unser aller Problem zu lösen.
Verstehe ich nicht, sagte ich.
Sie hat uns gesagt, wo wir suchen müssen, sagte Judith.
Sie erzählte mir von dem Gespräch, das sie mit Nadia geführt hatte. Von ihrem Traum, Schauspielerin zu werden. Von Götz George, den sie verehrt hatte. Von seinem Grab, das Nadia immer wieder besucht hatte. Judith war sich sicher, dass Nadia mit ihr dorthin wollte. Sie hatte ein Ziel gehabt, bevor Van Walden die Stopptaste gedrückt und sie in das Wohnmobil gezerrt hatte.
Er wird sie foltern, sagte Judith.
Bis sie ihm sagt, was er wissen will.
Sie schaute ins Leere.
Sie wird das nicht überleben, sagte sie.
Ich schwieg.
Weil auch ich mir sicher war, dass er sie töten würde, nachdem er aus ihr herausgeprügelt hatte, wo sie die Diamanten versteckt hielt. Es war nur eine Frage der Zeit, bis er sie zum Reden bringen würde. Irgendwann würden die Schmerzen zu groß werden. Und dann würde er sie trotzdem töten. Es gab keinen Grund für Van Walden, sie zu schonen und am Leben zu lassen.
Wir wussten es beide.
Und konnten es nicht aufhalten.
Es war still und laut zugleich in uns.
Alles Normale in unserem Leben war plötzlich außer Sichtweite geraten. Ohne dass wir es bemerkten, waren wir dabei,

uns an das Sterben zu gewöhnen. Es war uns vertraut geworden. Überraschte uns nicht mehr.
Versprich mir trotzdem, dass du es versuchst, sagte Judith.
Und bitte beeil dich.
Bring mich zu Anna. Und dann los.
Obwohl ich es auf keinen Fall wollte, fragte ich sie, ob sie mitkommen wolle. Doch sie schüttelte den Kopf. Sagte mir, dass sie keine Kraft mehr hatte. Dass sie nicht noch einen Fehler machen wollte. Judith gab mir einen Kuss auf die Wange und stieg aus.
Svenja und ich werden uns darum kümmern, sagte ich.
Wir werden alles tun, um Nadia zu retten.
Anna stand unten auf der Straße und wartete bereits auf uns. Ich hatte ihr Bescheid gegeben und sie erneut um Hilfe gebeten.
Sie hatte sofort zugesagt. Anna war unerschütterlich. Ihr Konflikt mit Wasim hatte sich zugespitzt, alles eskalierte, trotzdem gab sie mir mit einem Zwinkern zu verstehen, dass sie es unter Kontrolle hatte.
Ich kümmere mich um deine Tochter, flüsterte sie mir zu.
Danke, flüsterte auch ich.
Dann rief ich Svenja an.
Erklärte ihr alles und holte sie am Flughafen ab, wo ich sie vorhin zurückgelassen hatte. Mit Höllentempo fuhren wir Richtung Zehlendorf. Kurz hatte ich die Hoffnung, dass wir Glück haben würden. Ein gutes Ende für alle wünschte ich mir.
Doch meine Wünsche wurden nicht erhört.
Nicht im Entferntesten.

SECHSUNDDREISSIG

SVENJA SPIELMANN
DAVID BRONSKI

– Das kann nur ein Witz sein, oder?
– Kein Witz, Svenja. Das hier ist am Ende weit besser als jedes Flughafendrama.
– Wenn du willst, können wir gerne eine Wette abschließen. Außer ein paar Knochen werden wir rein gar nichts finden.
– Wenn Judith sagt, dass wir hier richtig sind, dann glaube ich ihr. Wir werden so lange weitermachen, bis wir gefunden haben, was wir suchen.
– Du bist süß, Bronski. Aber glaubst du wirklich, dass Nadia die Diamanten mitten auf dem Zehlendorfer Friedhof versteckt hat? Dass sie Steine im Wert von mehreren Millionen einfach ins Grab von Götz George gelegt hat?
– Ich grabe, du stehst Schmiere.
– Und das soll was genau heißen?
– Du stellst dich auf den Gehweg, und sobald jemand kommt, gibst du mir ein Zeichen. Du hustest oder pfeifst, und ich werde den verzweifelten Fan spielen, der am Grab seines Helden zusammengebrochen ist. Niemand wird sich wundern.

– Na, dann leg mal los, mein kleiner Grabräuber. Je früher wir von hier abhauen, desto besser.
– Keine Scherze bitte. Die Sache ist todernst.
– Die Sache ist völlig absurd, Bronski.
– Ist mir klar. Trotzdem könnest du ein bisschen positiver denken, mich ein wenig motivieren, uns die Daumen drücken.
– Ich könnte auch ein schönes Foto von dir machen. Würde es garantiert ins Blatt schaffen. *Verrückter pflügt Georges Grab um.* Klingt toll, finde ich. *Geisteskranker will Schimanski ausgraben.* Hammer, oder? *Knochen des Schauspielers gerade noch vor Psychopathen gerettet.* Das sind Wahnsinnsschlagzeilen.
– Ich hätte da noch eine.
– Nämlich?
– *David Bronski im Glück. Visionärer Fotograf findet Rohdiamanten.*
– Das ist jetzt nicht wahr, oder? Du hast tatsächlich etwas gefunden?
– Noch nicht. Wird aber bestimmt nicht mehr lange dauern. Es gibt nämlich keinen Grund dafür, dass Nadia uns auf eine falsche Fährte geführt haben sollte.
– Das können wir nicht machen, Bronski. Wenn uns jemand von der Friedhofsverwaltung erwischt, haben wir wirklich ein Problem.
– Mach dir keine Sorgen, Svenja. Die Gehwegplatten liegen ganz lose. Wenn du mich fragst, ist das der optimale Platz, um etwas zu verstecken. Wenn ich Nadia gewesen wäre, hätte ich die Diamanten unter eine dieser Steinplatten in die Erde gedrückt. Sie irgendwo zwischen den Blumen zu

vergraben wäre zu gefährlich gewesen. Irgendwelche Tiere hätten sie ausgegraben, ein Gärtner hätte sie vielleicht gefunden. So aber sind die Steine in Sicherheit.

– Wenn du so genau weißt, was sie gedacht hat, kann die ganze Aktion ja nicht mehr lange dauern.

– Du musst zugeben, kein normaler Mensch würde auf die Idee kommen, hier zu suchen.

– Genau da liegt das Problem, Bronski. Es könnte nämlich sein, dass Judith da was falsch verstanden hat. Du hast gesagt, dass sie völlig durcheinander war, vielleicht hat sie sich einfach etwas zusammengereimt. Aufgrund des Drucks ist ihre Fantasie mit ihr durchgegangen. Sie war panisch, hatte Angst, Schuldgefühle haben sie geplagt, wahrscheinlich wollte sie einfach mit Gewalt etwas gutmachen.

– Wollte sie nicht. Judith hat sofort verstanden, was Nadia ihr sagen wollte. Sie hat quasi den Jackpot für uns geknackt.

– Und woher willst du das so genau wissen?

– Weil ich davon ausgehe, dass das hier einer der Steine ist.

– Verdammte Scheiße.

– Schaut für einen Laien zwar überhaupt nicht aus wie ein Diamant, könnte aber tatsächlich einer sein. Wenn man sich das mächtige Ding hier geschliffen vorstellt, kann man nachvollziehen, warum jemand bereit ist, ein paar Millionen dafür zu bezahlen.

– Das glaube ich jetzt nicht.

– Tja, solltest du aber, Svenja. Hier sind nämlich noch vier Stück. Die Geschichte, die man uns in Sierra Leone erzählt hat, scheint tatsächlich zu stimmen.

- Das ist völlig verrückt, Bronski. Die Wahnsinnige hat es genau so gemacht, wie du gesagt hast. Ich fasse es nicht.
- Volltreffer, würde ich sagen.
- Komm schon, lass mich mal sehen.
- Welchen hättest du denn gerne? Aus dem hier könnte ich einen schönen Anhänger für dich machen lassen.
- Jetzt gib schon her. Ich möchte einmal im Leben ein paar Millionen in der Hand halten …
- Und?
- Geil.
- Sollen wir sie behalten?
- Nein, danke. Ich habe noch keine Lust zu sterben, Bronski. Deshalb solltest du auch so schnell wie möglich das Grab wieder in den Urzustand versetzen und mit mir von hier verschwinden. Es kann nämlich nicht mehr lange dauern, bis Van Walden hier auftaucht.
- So sehe ich das auch.
- Und was schlägt mein Schatzgräber vor? Was sollen wir jetzt machen? Du hast doch bestimmt einen Plan, oder?
- Wir könnten dasselbe Spiel noch einmal spielen.
- Welches?
- Das mit den beiden Schwarzen an der Tankstelle. Funktioniert bestimmt noch ein zweites Mal.
- Leander?
- Ja.
- Er soll also wieder den Dreck für uns wegräumen?
- Du könntest ihn bitten, sich hier auf die Lauer zu legen. Wenn Van Walden auftaucht, kann er ihn in aller Ruhe festnehmen.
- Und wenn er nicht auftaucht?

– Darüber machen wir uns Gedanken, wenn es so weit ist. Im Moment gehen wir einfach davon aus, dass das Glück weiterhin auf unserer Seite ist.
– Ich dachte, du traust Leander nicht? Wenn ich das richtig verstanden habe, wolltest du nichts mehr mit ihm zu tun haben.
– Ich möchte einfach nur das Schlimmste verhindern. Und dazu brauchen wir ihn. Völlig egal, was ich gesagt habe, jetzt denke ich, dass es die richtige Entscheidung ist.
– Als ich Leander kürzlich bitten wollte, uns zu helfen, hast du mich überredet, es nicht zu tun. Jetzt bestehst du darauf?
– Möglicherweise hattest du recht. Ich habe die Situation falsch eingeschätzt, wir hätten ihn schon früher einbinden sollen. Vogt ist wahrscheinlich unsere einzige Chance.
– Wir hatten vereinbart, dass wir diese beschissenen Diamanten auftreiben und sie diesem Dreckskerl Van Walden überlassen. Wir wollten dafür sorgen, dass dieser Wahnsinn aufhört. Er bekommt die Steine, lässt Nadia dafür gehen und uns für immer in Ruhe.
– Leute wie Van Walden halten sich nicht an Vereinbarungen, wir können ihm nicht trauen.
– Bist du jetzt auch Experte für die Psyche von Schwerverbrechern?
– Ich habe einfach nur ein besseres Gefühl, wenn die Polizei sich um Van Walden kümmert.
– Und die Diamanten?
– Übergeben wir den Behörden.
– Und Nadia?
– Van Walden wird aussagen, und Vogts Leute werden sie in Sicherheit bringen. Alles wird gut, Svenja.

– Wird es nicht. Wir wissen beide, dass es so nicht laufen wird. Ihm die Diamanten zu übergeben ist der einzige Weg, um Nadias Leben zu retten. Wir können das Ganze jetzt beenden, Bronski. Lass es uns einfach tun.
– Was denn, Svenja? Soll ich ihn anrufen? Mit einem Mörder verhandeln? Ihn bitten, Nadia laufen zu lassen? Denkst du wirklich, dass wir ihm vertrauen sollten? Dieser Mann hat gedroht, euch alle umzubringen. Solange er frei herumläuft, ist er eine Gefahr für uns.
– Nur solange er nicht hat, was er will.
– Daran glaube ich nicht. Er wird nicht zögern, uns etwas anzutun.
– Du wirst nicht einlenken, oder?
– Ich bitte dich nur, es auf einen Versuch ankommen zu lassen. Sollte Van Walden nicht hier auftauchen und verhaftet werden, setzen wir uns mit ihm in Verbindung.
– Hör auf zu quatschen, Bronski.
– Du bist also einverstanden?
– Einverstanden bin ich nicht. Aber ich mache, worum du mich bittest. Ich rufe Leander an, du wartest im Auto.
– Jetzt? Lass uns doch zuerst von hier verschwinden.
– Nein. Ich kläre das jetzt.
– Danke, Svenja.
– Sag mir, dass ich das nicht bereuen werde.
– Wirst du nicht.
– Hoffentlich.

SIEBENUNDDREISSIG

Als Svenja wieder zu sich kam, war es dunkel.

Ihr Mund war zugeklebt, ihre erstickten Schreie konnte niemand hören. Keiner vermutete, dass sich in der Tonne, die der Mann im Arbeitsoverall völlig gelassen über den Friedhof schob, etwas anderes als Müll befand.

Svenja hatte gerade mit Leander telefoniert, als sie den Schlag auf den Kopf bekommen hatte. Sie war mit dem Handy in der Hand durch das Friedhofswäldchen spaziert und hatte versucht, ihn davon zu überzeugen, mit seinen Leuten zum Grab von Götz George zu kommen und dort auf Van Walden zu warten.

Svenja war bewusst gewesen, wie absurd das klang, was sie ihm vorschlug. Ebenso wenig, wie sie daran geglaubt hatte, dass sie an diesem Ort etwas finden sollten, glaubte er daran. Die schwierige Aufgabe war es, Leander dazu zu bringen, ihr zu helfen, ohne ihm die Wahrheit zu verraten. Dass sie die Diamanten bereits gefunden hatten. Sie wollte ihren Joker nicht aus der Hand geben, solange Van Walden frei herumlief.

Was sollte unser Mörder auf dem Friedhof wollen, fragte Leander.

Das kann ich dir nicht sagen, antwortete Svenja.
Sie ließ all seine Fragen ins Leere laufen. Sagte ihm nur, dass er ihr vertrauen müsse. Während Bronski im Wagen auf sie wartete, versuchte sie, Leander zu überzeugen.
Du musst mir helfen, sagte sie.
Und du solltest mir nichts verschweigen, sagte er.
Svenja flehte Leander an. Doch er wehrte ab. Wollte wissen, was wirklich los war. Er spürte, dass da noch etwas war.
Du musst mit mir reden, sagte er.
Ich kann nicht, sagte sie.
Im Stillen fluchte sie. Biss sich auf die Lippen.
Dann brach sie ab. Sie spürte, dass es sinnlos war. Dass sie hätte verraten müssen, was sie nicht verraten wollte. Sie verabschiedete sich, bat ihn um Verzeihung, sagte ihm, dass sie sich wohl geirrt hätte. Svenja beendete das Gespräch, weil es ihr plötzlich völlig sinnlos vorkam, was sie machte. Sie ärgerte sich, dass sie sich von Bronski hatte überreden lassen, steckte ihr Telefon ein und wollte zurück zum Wagen gehen.
Dann hörte sie diese Stimme.
Höflich, unaufdringlich. Direkt hinter ihr.
Aus dem Nichts war sie gekommen.
Ganz leise flüsterte er ihren Namen.
Svenja.
Ruckartig drehte sie sich um. Svenja sah noch sein Grinsen, den Arbeitsanzug, die Mülltonne und die Schaufel in seiner Hand.
Van Walden.
Blitzschnell hob er den Arm. Schlug zu. Und Svenja verlor das Bewusstsein, sie bekam nicht mit, wie er sie hochhob

und in die Tonne pferchte. Ihre Beine angewinkelt, ihr Oberkörper gekrümmt. Als sie wieder aufwachte, stöhnte sie. Begriff, was passiert war.

Sie versuchte, den Deckel nach oben zu drücken, doch Van Walden war stärker. Sosehr sie es auch versuchte, es gelang nicht. Er schob die Tonne über den Gehweg und hielt gleichzeitig mit aller Gewalt den Deckel zu. Svenjas Trommeln mit den Fäusten wurde durch das Geräusch übertönt, das die Räder der Tonne auf dem Kies machten. Zudem sang er. Fröhlich trällerte er ein Lied vor sich hin.

Don't worry, be happy.

Svenja hörte, wie er sie verhöhnte.

Sofort wusste sie, dass ihre Situation ausweglos war. Dass die Chance zu entkommen nur noch lebte, solange sie auf dem Weg zu seinem Caravan waren. Sobald sie mit ihm allein war, würde ihr niemand mehr helfen können, all ihre Hilferufe wären umsonst. Bronski, der ganz in ihrer Nähe sein musste, konnte sie nicht mehr hören.

Svenja musste also Aufmerksamkeit erregen, Besucher am Friedhof dazu bringen, Hilfe zu holen.

Sie brüllte, hämmerte gegen das Plastik, sie betete dafür, dass Bronskis Eifersucht ihn vielleicht dazu getrieben hatte, ihr nachzugehen. Sie hoffte, dass ein Friedhofsmitarbeiter sich über den Fremden mit der Tonne wundern würde. Svenja wünschte sich ein Wunder herbei.

Sie wusste, dass sie nur noch wenig Zeit hatte. In wenigen Augenblicken mussten sie dort sein, wo er geparkt hatte. Sie schüttelte sich, wollte die Tonne zum Umfallen bringen, doch niemand bemerkte, dass eine Frau vor aller Augen entführt wurde.

Svenja verschwand.
Van Walden hatte so geparkt, dass man nicht sehen konnte, wie er die Tonne öffnete und Svenja erneut schlug. Mit der Faust mitten ins Gesicht. Beinahe verlor sie ein zweites Mal ihr Bewusstsein. In ihrem Kopf blitzte es, sie konnte sich nicht wehren, nichts dagegen tun, dass er sie aus der Mülltonne hob und sie in das Wohnmobil wuchtete.
Es dauerte nur wenige Sekunden, und Svenja lag an Händen und Beinen gefesselt im Caravan. Blut lief aus ihrer Nase.
Panik packte sie.
Alles an Van Walden jagte ihr Angst ein. Sein Blick, mit welcher Selbstverständlichkeit er sie geschlagen hatte, wie er sie mit festem Griff nach unten drückte und dazu brachte, still zu sein.
Er hatte offensichtlich Spaß an dem, was er tat.
Das hat ja wunderbar geklappt, sagte er.
Eine richtig coole Nummer war das.
Findest du nicht auch, Svenja?
Er lachte.
Du bleibst am Boden liegen, sagte er.
Wirst absolut keinen Laut von dir geben.
Wenn du dich rührst, werde ich anhalten und dich töten.
Dann startete er und fuhr los.
Sein Blick war nach vorn auf die Straße gerichtet, doch seine Drohungen kamen bei ihr an.
Verschnürt und wehrlos lag Svenja im Wohnraum des Caravans am Boden. Blauäugig und ohne auch nur einen Gedanken daran zu verschwenden, dass die Sache für sie schlecht ausgehen könnte, war sie in ihr Unglück gerannt. Eigenschaften, die ihr immer zugutegekommen waren, würden sie jetzt

ihr Leben kosten. Ihre Neugier, ihr unbändiger Optimismus, ihr Glaube an das Gute im Menschen.
Svenja hatte zu keinem Zeitpunkt in ihrem Leben damit gerechnet, dass jemand ihr etwas antun könnte. Auch als sie von der Kulturredaktion in das Polizeiressort gewechselt war, war es ihr nie in den Sinn gekommen, dass die Verbrechen, über die sie schreiben sollte, irgendwann mit ihr selbst zu tun haben könnten. Dass vielleicht irgendjemand, über dessen kriminelle Karriere sie schrieb, es in der Folge auf sie abgesehen haben könnte. Svenja war immer unbeschwert gewesen, hatte sich nicht damit belastet, sich unnötig Sorgen zu machen. Immer hatte sie an ein schönes Ende geglaubt. Jetzt tat sie es nicht mehr.
Van Walden summte sein Lied.
Und fuhr zu schnell in eine Kurve.
Die Tür zur Nasszelle sprang einen Spaltbreit auf.
Und plötzlich konnte Svenja ihre Augen sehen.
Den weit aufgerissenen Mund.
Die blasse Haut. Blutergüsse überall.
Einen halben Meter entfernt vor ihr saß sie.
Nadia.
Auf der Toilette, ihr Oberkörper war nach hinten gelehnt.
Kein Blut, nur blaue Flecken. Leuchtende Spuren von Gewalt. Vermutlich hatte er ihr das Genick gebrochen.
Svenja sah es vor sich. Wie Nadia sich gewehrt hatte. Wie sie starb. Van Walden hatte kein Erbarmen gehabt, er hatte Nadia einfach ausgelöscht.
Svenja presste ihre Lider aufeinander.
Sie wollte es nicht sehen, nicht wahrhaben, was passiert war.
Die junge Frau, die sie beschützen wollten, war jetzt tot. Sie

hatten versagt, all ihre Bemühungen waren umsonst gewesen. Sie hatten einen großen Fehler begangen, waren brutal gescheitert.
Wahrscheinlich waren sie sogar mitverantwortlich für das, was man Nadia angetan hatte.
Sie hatten es zumindest nicht verhindert.
Dass sie Van Walden begegnet war. Dass er ihr wehgetan, sie getötet und ihre Leiche auf einer Toilette zurückgelassen hatte.
Es war das Traurigste, das Svenja jemals in ihrem Leben gesehen hatte.
Tränen fielen.
Sie begann sich damit abzufinden, dass auch sie sterben würde. Bald.
Svenja hatte keine Hoffnung mehr.
Eine Stimme in ihr schrie, dass sie kämpfen sollte, doch sie konnte es nicht. Schuld lähmte sie.
Und Angst.
Trotzdem zwang sie sich, ihre Augen wieder zu öffnen und hinzusehen. Den Blick nicht von Nadia abzuwenden.
Ihre Lippen versuchten Wörter zu formen.
Unter dem Klebeband flüsterte sie.
Es tut mir so leid, Nadia.
Dann blieb das Auto stehen.
Van Walden stellte den Motor ab.
Und kam zu ihr nach hinten.

ACHTUNDDREISSIG

DAVID BRONSKI
PETER VAN WALDEN

– Endlich, Svenja. Wo um Himmels willen bist du? Seit einer Stunde renne ich über diesen verdammten Friedhof und versuche dich zu erreichen. Ich habe mir Sorgen um dich gemacht.
– Zu Recht.
– Was ist hier los? Wer spricht da?
– Svenja kann leider im Moment nicht telefonieren. Sie hat mich aber gebeten, dir Bescheid zu geben, dass ihr etwas dazwischengekommen ist.
– Van Walden.
– So ist es.
– Ich will sofort mit ihr reden.
– Du wirst in Zukunft leider ohne deine Freundin auskommen müssen. Wie bereits angekündigt, habe ich damit begonnen, den Kreis deiner Lieben zu minimieren. Hat zwar ein bisschen gedauert, bis ich loslegen konnte, aber jetzt bin ich richtig in Fahrt.
– Was hast du mit ihr gemacht?
– Du hättest wirklich besser auf sie aufpassen sollen, Bronski.

Bist sehr leichtherzig mit deiner Verantwortung umgegangen. Ich dachte eigentlich, dass du nach meiner Warnung alles Menschenmögliche tun wirst, um sie zu beschützen. Da habe ich mich aber wohl getäuscht.

– Bitte sag mir, dass du ihr nichts getan hast.
– Das kann ich leider nicht. Wenn ich mir etwas vornehme, setze ich es in den allermeisten Fällen auch um.
– Nein, nein, nein. Sag mir, dass sie noch lebt.
– Auch das kann ich nicht. Ich möchte es nämlich gerne ein bisschen spannend für dich machen. Wäre doch langweilig, wenn ich die Katze sofort aus dem Sack lasse. Ich habe mir nämlich richtig viel Mühe gegeben. Innerhalb weniger Stunden zwei Frauen zu entführen ist keine leichte Übung.
– Mach endlich dein Maul auf, du Psychopath.
– Ich verstehe deine Ungeduld. Deshalb komme ich dir auch gerne etwas entgegen. Ich kann dir so viel sagen, dass eine der beiden Frauen, die mit mir in diesem schönen Wohnmobil durch Berlin gondeln, seit geraumer Zeit nicht mehr atmet.
– Du verdammtes Schwein.
– Möchtest du raten, wer es ist?
– Ich weiß, wer es ist.
– Sicher?
– Nadia. Sie hat dir gesagt, was du wissen wolltest. Sie hat dir verraten, wo du suchen musst, und dann hast du sie umgebracht.
– Fast richtig, aber nicht ganz. Ich habe sie erst umgebracht, nachdem ich an der Stelle, zu der sie mich geschickt hatte, nichts gefunden habe. Ihr Tod geht also eindeutig auf

deine Kappe. Wenn ihr darauf verzichtet hättet, das Grab dieses Schauspielers zu schänden, wäre sie noch am Leben. Ich hätte, was ich wollte, und Nadia könnte weiterhin auf den Strich gehen und als Nutte alt werden. Alles wäre in bester Ordnung, wenn ihr getan hättet, worum ich euch gebeten habe.

– Du hättest sie so oder so getötet.

– Redest du dir das ein, um dein schlechtes Gewissen zu beruhigen? Ist es so schlimm? Dieses Gefühl, für den Tod eines anderen Menschen verantwortlich zu sein? Es nagt an dir, oder?

– Hör auf zu lügen. Nadia hatte von Anfang an keine Chance. Du hattest nie vor, sie am Leben zu lassen.

– Na gut. Erwischt. Du hast natürlich vollkommen recht. So einen Spaß hätte ich mir doch niemals entgehen lassen. Ist schon viel zu lange her, dass ich jemanden totgeprügelt habe. Nur mit den Fäusten, verstehst du? Absolut faszinierend. So archaisch. Und ehrlich. Ich habe dir eben ein Foto geschickt, schaut großartig aus, nicht wahr? Kannst es gerne für die Zeitung verwenden, wenn du Lust hast.

– Du kranker Spinner. Das ist völlig abartig.

– Aber es ist doch genau das, was du auch machst, oder? Fotos von toten Menschen. Irgendwo im Internet habe ich gelesen, dass das ein Steckenpferd von dir ist. Der andere Vater deiner Tochter hat in einem Konkurrenzblatt ein bisschen aus dem Nähkästchen geplaudert. Er sagt, du hättest eine richtige Sammlung solcher Fotos, würde ich mir gerne mal ansehen, klingt verdammt spannend.

– Was hast du mit Nadia gemacht?

– Habe ich dir doch gesagt. Ich habe ihr so lange in den

Bauch geboxt, bis sie innerlich verblutet ist. Kaum zu glauben, dass das möglich ist, oder? Vielleicht dreißig oder vierzig Schläge waren es nur, irgendwelche Organe müssen versagt haben, plötzlich ist sie weggekippt und hat nur noch geröchelt. Kurze Zeit später war sie tot, und ich habe das hübsche Foto gemacht.

– Dreckschwein.

– Ich habe sie extra drapiert für dich. Du musst zugeben, dass das Bild wirklich hübsch geworden ist. Schreit nach Wiederholung. Ich denke, ich werde mit Svenja genau das Gleiche machen. Vielleicht kann ich ja ein Bild von beiden gemeinsam machen, ein Doppelporträt, zwei auf einen Streich sozusagen. Wäre doch toll, oder?

– Du wirst Svenja nicht anfassen.

– Habe ich leider schon. Ließ sich nicht vermeiden. Anfangs hat sie sich noch gewehrt, sie dachte wohl, dass es einen Ausweg aus ihrer prekären Situation gäbe. Jetzt tut sie Gott sei Dank nichts mehr dergleichen.

– Was hast du ihr angetan? Wo ist sie? Mach dein Maul auf, Arschloch.

– Ganz ruhig, Bronski. Sie sitzt still und brav vor mir und hofft, dass du jetzt das Richtige tust.

– Ich will mit ihr reden. Gib ihr das Telefon.

– Nein.

– Ich will ein Lebenszeichen von ihr.

– Du zweifelst also doch? Bist dir gar nicht mehr so sicher, dass deine Freundin noch atmet, oder?

– Entweder ich höre jetzt ihre Stimme, oder ich lege auf.

– Ist in Ordnung. Bin ja kein Unmensch. Aber ein vertrautes Stöhnen muss dir reichen, deine Süße hat nämlich einen Knebel im Mund, und den möchte ich ungern entfernen. Also. Aufgepasst jetzt. Gib Laut, Svenja. Zeig deinem Freund, dass es sich noch lohnt, um dich zu kämpfen.

– Svenja, hörst du mich? Ich hole dich da raus, das schwöre ich dir. Halt durch. Ich werde alles tun, was er will. Dir wird nichts passieren. Alles wird gut, hörst du.
– Ach, wie rührend. Ihr scheint euch ja wirklich zu mögen. Ist ein großes Geschenk heutzutage. Trotzdem sollte Svenja jetzt mit diesem widerlichen Stöhnen aufhören und wieder still sein. Ich bin nämlich sehr lärmempfindlich. Dieses Gejammer macht mich aggressiv.
– Wo soll ich die Steine hinbringen?
– Oh, wie schön. Jetzt scheinst du endlich begriffen zu haben, worauf dieses Gespräch hinauslaufen soll.
– Du wirst sie nicht mehr anrühren. Du bekommst, was du willst, und lässt Svenja in Ruhe. Hast du das verstanden?
– Wir werden sehen. Kommt ganz darauf an, wen du alles zu unserem Treffen mitbringst. Solltest du dich wieder entscheiden, mit einer Horde Uniformierter aufzutauchen, werde ich Svenja erschlagen müssen. Man wird sie und diese Nutte irgendwo in einem Straßengraben finden.
– Ich komme allein.
– Und was ist mit deiner Schwester?
– Nur du und ich. Sag mir einfach, wann und wo, und ich gebe dir diese verdammten Steine. Ich will sie nicht, brauche sie nicht. Ich will nur Svenja zurück, Geld interessiert mich nicht.
– Sicher?
– Niemand wird erfahren, dass wir uns getroffen haben. Noch weiß keiner, dass wir die Diamanten gefunden ha-

ben. Du lässt Svenja leben und verschwindest für immer. Keiner wird nach dir suchen, wir werden das einfach alles vergessen.

- Klingt gut. Vorher machst du aber noch ein Foto von den Steinen und schickst es auf Svenjas Handy. Jetzt sofort.
- Wozu?
- Ich möchte sichergehen, dass du auch wirklich hast, was ich will. Die Mühe wäre sonst vergebens. Also beeil dich, Bronski. Wenn das Foto nicht innerhalb der nächsten zehn Sekunden bei mir ist, wirst du deine Freundin schreien hören.
- Warte. Ich mach ja schon.
- Fünf. Vier. Drei.
- Müsste durch sein.
- In Ordnung.
- Bist du jetzt zufrieden, Arschloch?
- Das ist sehr gut. Dafür lohnt sich die Scheißmühe. Das sind Wunderwerke der Natur, absolut unglaublich. Kaum vorstellbar, dass sie einfach in einem Taxi liegen gelassen wurden. Ich muss zugeben, das macht mich sprachlos.
- Du sollst mir sagen, wo ich hinkommen soll.
- Das mache ich gerne. Ich habe mich für ein wunderbares Plätzchen entschieden, das ich vor Jahren während eines Berlin-Aufenthaltes kennenlernen durfte. Das ehemalige Kinderkrankenhaus Weißensee. Wir werden dort völlig ungestört sein. Einer geregelten Übergabe steht also nichts mehr im Wege.
- Wo genau dort?
- Du wirst mich schon finden, Bronski.
- Wann?

– Heute Abend, sieben Uhr.
– Warum nicht jetzt gleich?
– Weil ich vorher noch ein paar Dinge zu erledigen habe.
– Wenn du ihr etwas antust, töte ich dich.
– Das wird nicht nötig sein.
– Dir ist klar, dass ich die Steine auch in die Spree werfen kann?
– Das würdest du deiner Freundin niemals antun.
– Ihr nicht, aber dir.

NEUNUNDDREISSIG

Die Verbindung zwischen mir und Svenja brach ab.
Van Walden hatte den Anruf beendet. Er hatte uns endgültig gezeigt, mit wem wir es zu tun hatten. Es gab keine Graubereiche mehr, alles um mich herum wurde dunkel. Es war kein Irrtum mehr möglich, Svenjas Tod war so nahe gerückt, dass ich kaum noch Luft bekam.
Ich war ohnmächtig und wütend zugleich.
In dem einen Moment sah ich keine Möglichkeit mehr, mich dem Schrecken zu widersetzen, ich nahm alles hin, akzeptierte, dass Van Walden mich demütigte, sich lustig über mich machte. Im anderen Moment aber wehrte ich mich. Da war so viel Hass in mir. Mit jedem Wort, das Van Walden gesagt hatte, war er größer geworden.
Einerseits wollte ich ihn besänftigen, ihn anflehen, sie zu verschonen, andererseits wollte ich diesen Mann bestrafen dafür, dass er uns terrorisierte, uns drohte. Mir meine Liebe nahm.
Ich schwankte zwischen Rückzug und Angriff. Wollte schweigen und es so schnell wie möglich hinter mich bringen. Wollte aber auch brüllen und ihn auslöschen.
Ihn tot sehen.

Ich stellte mir vor, wie er irgendwo im Dreck am Boden lag. Aus seinem Mund drangen keine hässlichen Worte mehr. Er konnte niemandem mehr etwas tun.
Ich wünschte es mir. Malte mir aus, was passieren würde am Abend. Um sieben Uhr in Weißensee.
Ich sah Van Waldens Ende.
Aber auch das von Svenja und mir.
Beides war möglich.
Dass keiner von uns Schaden nehmen würde, daran glaubte ich nicht mehr. Mir war klar, dass Van Walden sich an keine Regeln halten würde, er war bereit, so lange zu töten, bis er haben würde, was er wollte. Und darüber hinaus.
Ich saß in meinem Auto und schrie.
Ich hol dich da raus, Svenja.
Bitte, halt durch.
Fuck.
Meine Stimme war laut.
Verzweifelt und ungeduldig.
Ich hatte noch genau acht Stunden, dann würde ich Van Walden in der alten Kinderklinik treffen und Svenja das Leben retten. An einem Ort, den ich gut kannte. Hansastraße. Was für ein Zufall, dass er sich genau dort mit mir treffen wollte. Wahrscheinlich war er einer jener Berlin-Touristen gewesen, die verbotenerweise irgendwann in den letzten beiden Jahrzehnten das verlassene Klinikgebäude erkundet hatten. Das Morbide musste ihn genauso anziehen wie mich.
Lost Places.
Auch ich war fasziniert von diesen Orten.
Die ehemalige Abhörstation auf dem Teufelsberg, die Eisfabrik direkt an der Spree, die Beelitz-Heilstätten, die ehema-

lige irakische Botschaft. Magische Orte waren das. Ich hatte sie alle erkundet, war über Zäune geklettert, hatte Türen aufgebrochen, war durch Fenster gestiegen und hatte Fotos gemacht.
Bilder des Verfalls.
Ich habe das Vergehen dokumentiert. Das Verschwinden.
Ich habe dabei zugesehen, wie sich die Natur ihren Platz zurückerobert hat.
Bereits in meinem ersten Jahr in Berlin hatte ich die meisten dieser Orte lieben gelernt, immer wieder hatte es mich dorthin verschlagen, auch nach Weißensee. Ich kannte mich bestens aus in der Kinderklinik. Tagelang war ich durch die leeren Räume geschlichen und hatte diese Stille in mich aufgesogen. Faszinierende Blicke in die Vergangenheit waren es gewesen. Sehnsuchtsorte für Freaks wie mich. Mitte der Nullerjahre waren es noch Wenige gewesen, die Freude an solchen Erkundungstouren hatten, in den letzten Jahren aber hatte diese Art von Tourismus zu boomen begonnen. Die Betretungsverbote der vielfach denkmalgeschützten Gebäude waren strenger geworden. Nur wer es noch unbedingt darauf anlegte und sich gut auskannte, fand Zugang.
Van Walden.
Und ich.
Er hatte mir, ohne es zu wissen, in die Hände gespielt.
Die Waage hatte sich womöglich zu meinen Gunsten verschoben. Bestimmt kannte ich mich dort besser aus als er. Ich musste also vor ihm dort sein, mich einrichten, im Verborgenen auf ihn warten.
Zuvor aber musste ich mit Anna reden. Und mit Judith. Ich musste ihnen sagen, was passiert war, alles mit ihnen teilen.

Die Last. Diese Schuld, weil ich alles falsch gemacht, mich in Dinge eingemischt hatte, die mich nichts angingen. Ich hatte über meine beruflichen Verpflichtungen hinaus Entscheidungen getroffen, die ich nie hätte treffen sollen.
Van Walden hatte recht.
Nadia ging auf unser Konto. Auf meines.
Nach dem Mord an Sarah Wegscheid hätte ich sie zur Polizei bringen müssen. Mit großer Wahrscheinlichkeit hätte sie überlebt, wenn wir sie überredet hätten, die Diamanten zurückzugeben. Alles wäre schon viel früher ans Licht gekommen, und wir wären Van Walden nie begegnet. Ich hätte Judith, Anna und Svenja nie in Gefahr gebracht.
Ich war ein Idiot.
Und auf gewisse Weise ein Mörder.

VIERZIG

ANNA DRAGIC
DAVID BRONSKI

– Hör auf damit, Bronski. Es hilft niemandem, wenn du dich für alles verantwortlich machst und im Selbstmitleid versinkst.
– Das weiß ich. Aber ich kann nicht anders. Wenn ich nicht so stur gewesen wäre, müssten wir jetzt keine Angst um Svenja haben.
– Svenja ist eine erwachsene Frau, David. Sie hat allem zugestimmt, du hast sie zu nichts gezwungen. Die Wahrheit ist, dass sie am Ende genauso durchgeknallt ist wie du.
– So einfach komme ich aus dieser Nummer nicht wieder raus. Ich kann mir das nicht schönreden, Anna. Ich trage die Verantwortung.
– Einen Scheiß trägst du. Die Zeiten, in denen der Mann Verantwortung für die Frau übernimmt, weil er denkt, sie sei zu dumm zum Denken, sind Gott sei Dank vorbei.
– Trotzdem hätte ich es verhindern können. Wenn ich sie nicht überredet hätte, Leander Vogt anzurufen, wäre sie bei mir geblieben, sie wäre nicht allein über den Friedhof gerannt, wir wären zusammen nach Kreuzberg gefahren

und hätten uns bei dir verkrochen. Svenja würde jetzt bei uns sitzen.

– Van Walden hätte einen anderen Weg gefunden.
– Mag sein. Trotzdem fühlt sich alles falsch und kaputt an.
– Denk an Judith. Du hast sie in Sicherheit gebracht.
– Willst du mir sagen, dass ich leider nicht alle retten kann?
– Nein, ich möchte dir nur sagen, dass es ein Glück ist, dass Judith nichts passiert ist. Nach allem, was du mir erzählt hast, wissen wir beide, dass es auch anders hätte ausgehen können.
– Es geht ihr beschissen, oder?
– Ja. War bereits schlimm für sie, dass Nadia entführt wurde. Dass sie sich jetzt mit ihrem Tod auseinandersetzen muss, macht sie fertig.
– Mir tut das alles sehr leid, Anna.
– Sie schafft das schon.
– Der Job ist schuld. Vielleicht wäre es besser, wenn sie beruflich etwas anderes machen würde. Keine Ahnung, was mich geritten hat, sie da mit reinzuziehen. Am besten, sie beendet ihr Studium und lässt die Finger von Fotoapparaten.
– Das wirst nicht du entscheiden. Sie will das nämlich unbedingt machen. Obwohl sie völlig durch den Wind ist, wollte sie vorhin schon wieder in die Redaktion. Das Mädchen hat Hummeln im Hintern, die erholt sich schneller wieder, als du denkst.
– Hoffentlich.
– Gewiss.
– Kannst du mir sagen, warum ich die Scheiße immer so anziehe? Kann mein Leben nicht einfach etwas langweiliger sein?

– Nein, kann es nicht. Du stehst nämlich drauf, Bronski. Einmal Polizeifotograf, immer Polizeifotograf.
– Genau das ist das Problem. Ich komme nicht davon weg. Auch wenn ich mich nach Licht sehne, das Dunkle zieht mich an.
– Du redest wirres Zeug. Klingt so, als hättest du einen von Roberts Lyrikbänden gelesen. Tatsache ist, dass du einfach deinen Job machst. Und den auch noch verdammt gut. Gehört zu deinen Stärken, dass du nicht so schnell aufgibst. Du bist ein Spürhund, Bronski. Und genau dafür schätzt man dich.
– Ich fotografiere das Unglück der anderen und verdiene Geld damit.
– Und ich arbeite für die libanesische Mafia.
– Du sollst mich nicht zum Lachen bringen.
– Etwas anderes bleibt mir ja nicht übrig. Das Ganze artet sonst in eine Grundsatzdiskussion über dein Leben aus. Dafür haben wir aber leider keine Zeit. Wenn ich mich recht erinnere, geht es im Moment darum, Svenja da rauszuholen. Außerdem macht Wasim ein ziemliches Fass auf. Und das nicht ganz zu Unrecht.
– Wasim hat sich in Dinge eingemischt, die ihn nichts angehen.
– Genauso wie wir, oder?
– Das ist etwas anderes, Anna.
– Du erinnerst dich? Wir haben ihn um Hilfe gebeten.
– Hilfe heißt aber nicht, dass er völlig durchknallt, oder? So wie es aussieht, hat er einen deiner Mitarbeiter umgedreht, ist in Nadias Wohnung eingedrungen und hat versucht, ihr die Diamanten abzunehmen.

– Wasim sagt, dass er ihr nur helfen wollte. Er hätte auf seine Weise dafür gesorgt, dass man sie in Ruhe lässt. Er sagt, dass er einen Deal mit ihr hatte.
– Einen, von dem Nadia anscheinend nichts wissen wollte. Warum hätte sie sonst diesen Sabor beinahe totgeschlagen? Warum hätte sie Judith gebeten, ihr bei ihrer Flucht zu helfen?
– Ich denke, sie hatte Angst. Sie hat überreagiert. Wasim kann manchmal etwas grob sein, er bellt gerne laut, aber am Ende ist er ein guter Kerl. Er hält sich an Vereinbarungen.
– Du verteidigst ihn?
– Vielleicht tue ich das, ja. Ich glaube, dass Nadia noch am Leben wäre, wenn sie auf Wasim gehört hätte. Und egal ob Sabor nun ein Arsch ist oder nicht, er hätte auf Nadia aufgepasst. In wessen Auftrag auch immer.
– Ich verstehe dich nicht, Anna. Es ist eine Sache, für Wasim zu arbeiten und sein Geld zu nehmen, aber eine völlig andere, gemeinsame Sache mit ihm zu machen.
– Vielleicht wäre es aber das Beste, David.
– Willst du ihn um Hilfe bitten? Soll er das Problem für uns lösen?
– Warum nicht? Er und seine Leute könnten das alles beenden. Wasim kennt sich mit solchen Dingen aus.
– Nein, Anna. Das wäre das Todesurteil für Svenja. Sollte Van Walden merken, dass ich mich nicht an seine Regeln halte, wird sie sterben.
– Jetzt denk doch mal nach. Van Walden weiß, dass er die Diamanten nur bekommt, wenn Svenja am Leben bleibt. Er wird kein Risiko eingehen. Wir können also ganz in Ruhe überlegen, wie wir dort aufmarschieren wollen.

– Außer mir wird niemand dort aufmarschieren, Anna. Ich werde alleine zu diesem Treffen gehen.
– Spinnst du? Willst du, dass er euch beide umbringt? Alleine hast du keine Chance. Er wird auf dich warten, dir die Steine abnehmen und dich töten. Der Mann ist Söldner, David. Er kennt den Krieg. Du bist leichte Beute für ihn.
– Ich habe *Nein* gesagt. Ich will deinen Libanesen dort nicht sehen. Svenjas Leben hängt davon ab. Ich muss mich darauf verlassen können, Anna. Du hältst Wasim da raus.
– Na gut. Dann bleibt also nur noch dein Bullenfreund. Er wird bestimmt alles unternehmen, damit seine Ex da unbeschadet rauskommt. Der gute Leander Vogt wird Svenjas Leben auf keinen Fall gefährden.
– Im Gegensatz zu mir, oder was?
– Nein, natürlich nicht. Ich will nur, dass du zur Vernunft kommst und die Hilfe annimmst, die man dir anbietet.
– Wie oft denn noch, Anna? Ich werde das alleine durchziehen. Ich kenne das Areal, ich werde vor ihm dort sein und ihn erwarten. Ich habe alles unter Kontrolle.
– Was bedeutet, dass ich wieder deinen Arsch retten darf.
– Nein. Du bleibst hier. Und bist für Judith da, falls ich nicht zurückkomme.
– Drehst du jetzt völlig durch?
– Bitte sorg dafür, dass sie hier in der Wohnung bleibt, bis alles vorbei ist. Auch wenn sie einen Aufstand macht, sie soll erst wieder raus auf die Straße, wenn Van Walden die Stadt verlassen hat.
– Ich soll also einfach so zulassen, dass du in dein Unglück rennst?
– Sollst du nicht. Du wirst mich nämlich nicht unbewaffnet

in die Schlacht schicken. Ich brauche deine Pistole, Anna. Nur zur Sicherheit. Bekommst sie auch bald wieder zurück.

– Was denkst du eigentlich, wer du bist? Das ist der falsche Moment, um den Helden zu spielen. Ich kann dir nicht einfach eine Waffe in die Hand drücken, das ist doch völliger Irrsinn.
– Ach, komm schon. Du erinnerst dich doch noch daran, wie wir gemeinsam am Schießstand waren. Und auch daran, wer von uns beiden der bessere Schütze war.
– Das hier ist etwas völlig anderes. Du kannst nicht da draußen einfach herumrennen und losballern.
– Ich werde alles tun, was nötig ist, um Svenja da rauszuholen.
– Keine Chance, dass du zur Vernunft kommst?
– Nein.
– Scheiße, Bronski.
– Sag Judith bitte, dass ich in ein paar Stunden wieder da bin.
– Willst du dich nicht von ihr verabschieden? Ich kann sie wecken. Sie will dich bestimmt sehen.
– Nein, lass es bleiben.
– Du rufst mich sofort an, wenn es vorbei ist.
– Mache ich.
– Es gibt Eintopf zum Abendessen, sei pünktlich.
– Bin ich. Danke, Anna. Für alles.
– Wenn du stirbst, bin ich sauer.
– Weiß ich.
– Also?
– Sterbe ich nicht.

EINUNDVIERZIG

Anna tat, was sie ihm versprochen hatte.

Sie blieb in Kreuzberg. Verschanzte sich in ihrer Wohnung und sorgte dafür, dass Judith nicht wieder weglief. Auch wenn es ihr schwerfiel, so zu tun, als wäre alles in bester Ordnung, spielte sie ihre Rolle perfekt, so wie sie es immer tat, wenn es eng wurde und die Dinge in ihrem Leben außer Kontrolle gerieten.

Wenn sie berufliche Probleme hatte, bemühte sie sich umso mehr, eine gute Mutter zu sein. Anna kümmerte sich darum, dass ihre Kinder glücklich waren. Sie half ihnen bei den Schularbeiten, versorgte sie mit Süßigkeiten, sie unterhielt sich über Belangloses mit ihrem Mann und erwähnte mit keinem Wort, dass sie kurz vor dem Untergang standen. Sie verheimlichte es vor ihm.

Alles, was ihr Angst machte.

Anna hatte ihrem Bruder eine Pistole und Munition in die Hand gedrückt. Sie ließ es zu, dass er sich mit Anlauf und kopfüber ins Verderben stürzte. Er lief auf einen Abgrund zu, den sie seltsamerweise viel deutlicher vor sich sah, als er selbst es tat. Bronski war dabei, den Fehler seines Lebens zu machen, und sie hatte nichts entgegenzusetzen gehabt. Anna nahm es in Kauf, dass er sterben könnte. Sie redete sich zwar ein, dass sie keine andere Wahl gehabt hätte, in Wahrheit aber wusste sie, dass sie es verbockt hatte. Sie hätte ihn aufhalten und es ihm ausreden müssen. Doch sie hatte ihren kleinen Bruder im Stich gelassen.

Ein Leben lang war sie für ihn da gewesen, immer hatte sie getan, worum er sie gebeten hatte. Sie hatte ihn beschützt, ihn durch alle Krisen begleitet, sie hatte seine Welt immer besser gemacht. Zumindest hatte sie es immer versucht.

Und Bronski war ihr dankbar dafür gewesen.

Was würde ich nur ohne dich machen, Anna.

Hab dich lieb, große Schwester.

Er hatte sich immer auf sie verlassen. Als ihr Vater gestorben war. Als ihre Mutter mit dem Trinken begonnen hatte. Als Bronski zum ersten Mal unglücklich verliebt gewesen war und er sich nächtelang die Augen aus dem Leib geheult hatte. Ihr harter Bruder mit dem weichen Herz. Anna gab auf ihn acht. Immer hatte sie ihn festgehalten. Auch als er in dieses Loch gestürzt war, in dem er sich jahrelang verkrochen hatte. Sie hatte ihm Mut gemacht, sich nie über ihn gewundert.

Sie kannte ihn wie niemand sonst.

Anna und David.

Und dennoch hatte sie ihn ziehen lassen.

Anna würde verantwortlich sein für Bronskis Tod. Ein unerträglicher Gedanke war es. Er verursachte körperliche Schmerzen. Anna litt. Stellte sich vor, wie Svenja und Bronski erschossen wurden, als Judith ins Wohnzimmer kam.

Woran denkst du, fragte Judith.

Daran, was wir zu Abend essen werden, sagte Anna.

Sie täuschte Gelassenheit vor. Versuchte, Judith zu beruhigen, ihr das Gefühl zu geben, dass Bronski alles im Griff hatte, dass es sich quasi nur noch um eine Formalität handeln würde, die Steine zu übergeben und Svenja abzuholen. Sie log Judith an. Versprühte Optimismus, obwohl ihr eigentlich zum Weinen zumute war. Wenn sie Bronski schon nicht daran gehindert hatte, in sein Unglück zu laufen, sorgte sie zumindest jetzt dafür, dass Judith nichts passierte.
Also überlegte sie sich ein Nachmittagsprogramm.
Anna überredete Robert und Judith, gemeinsam mit den Kindern Siedler von Catan zu spielen. Sie lenkte sich und die anderen ab, sorgte dafür, dass die Zeit schneller verging. Judiths sorgenvolle Blicke ignorierte sie.
Nur zweimal verschwand Anna kurz in ihrem Arbeitszimmer, um ein paar dringende berufliche Dinge zu klären.
Manchmal hasse ich meinen Job, sagte sie.
Und Anna zwang sich zu einem Lächeln.
Dann setzte sie sich wieder zu ihrem Mann und den Kindern.
Während Judith zum Ärger aller zwei Städte gleichzeitig baute, beschloss Anna, den Dingen ihren Lauf zu lassen. Sie zwang sich, darauf zu vertrauen, dass alles gut gehen würde.
Das wird schon, munterte sie die anderen auf.
Sie deutete auf das Spielbrett, auf die spärlich verstreuten Siedlungen ihrer Mitspieler, meinte aber die Übergabe der Diamanten, die kurz bevorstand.
Daumen drücken, sagte sie.
Die Kinder grinsten angriffslustig.
Daumen drücken wird dir nichts nützen, Mama.
Am Ende wirst du verlieren, sagten sie.

Möglicherweise habt ihr recht, dachte sie.
Und blickte auf ihr Telefon.
Sie wartete auf Bronskis Anruf.
Aber der kam nicht.

ZWEIUNDVIERZIG

PETER VAN WALDEN
SVENJA SPIELMANN

– Du bist eine kluge Frau.
– Weil ich nicht versuche abzuhauen? Weil ich nicht herumbrülle? Dich nicht beschimpfe oder angreife?
– Natürlich auch deshalb. Eigentlich wollte ich dir aber sagen, dass ich ein paar deiner Artikel gelesen habe. Gefällt mir, wie du das machst. Bringst die Dinge gut auf den Punkt, scheinst mir eine Realistin zu sein und keine Träumerin, ist bestimmt von Vorteil in diesem Job.
– Soll das jetzt Small Talk werden?
– Warum nicht? Wäre doch schön, wenn wir uns ein wenig unterhalten, bis dein Freund hier auftaucht. Eine gute Stunde haben wir noch. Ein entspanntes Gespräch würde uns in dieser Situation vielleicht beiden guttun.
– Worüber soll ich mich mit jemandem wie dir unterhalten?
– Du als Journalistin musst doch neugierig sein, oder? Du hast jetzt die einmalige Gelegenheit, den Bösewicht in der Geschichte kennenzulernen. Das muss dich doch reizen. Wie oft bekommt man schon die Gelegenheit im Leben,

einen Mörder zu interviewen? Ich an deiner Stelle würde nicht lange fackeln.

– Du hast mich niedergeschlagen und in eine Mülltonne gesteckt.

– Ach, komm schon. War doch halb so schlimm. Du lebst noch. Wegen dieser kleinen Beule auf deiner Stirn solltest du jetzt keinen Aufstand machen. Nadia würde es bestimmt nicht gut finden, dass du wegen solcher Kleinigkeiten rumjammerst. Wenn man bedenkt, was sie alles mitmachen musste, kannst du dich glücklich schätzen.

– Lass Nadia aus dem Spiel.

– Aber warum denn? Ihr haben wir dieses ganze Abenteuer doch zu verdanken. Nur weil sie so schlau war, Amadu die Steine aus der Tasche zu ziehen, liegen sie jetzt nicht in irgendeiner Asservatenkammer. Hat sie wirklich gut gemacht.

– Und warum hast du sie dann umgebracht?

– Was hätte ich denn für einen Grund gehabt, sie zu verschonen?

– Sie hat dir gesagt, was du wissen wolltest.

– Leider hatte sie es vorher aber auch noch jemand anderem gesagt. Das war ein Fehler. Hätte sie nicht machen sollen. Hat mir viel Arbeit bereitet. Sie hat mich genötigt, weitere Schritte zu unternehmen, um dieses Projekt endlich abzuschließen. Wenn sie ihr Maul gehalten hätte, hätte ich Deutschland längst verlassen, und du wärst nicht in dieser prekären Situation. Nadia hat uns also beiden ordentlich in die Suppe gespuckt. Insofern hat sie den Tod durchaus verdient.

– Du entscheidest also über Leben und Tod? Was denkst du eigentlich, wer du bist? Spielst du hier Gott, oder was?
– In Sierra Leone gibt es keinen Gott. Müsstest du bei eurem kleinen Ausflug in die Hölle doch mitbekommen haben. Moral und Mitleid kann man sich dort nicht leisten. Es gibt nur eine Regel, an die man sich halten muss. Wer zuerst zuschlägt, überlebt. Wer zögert, geht unter.
– Wir sind hier aber in Berlin und nicht in Sierra Leone.
– Darauf kann ich leider keine Rücksicht nehmen. Bin ein Kriegskind. Falls du überleben solltest, kannst du das ja in deine Reportage einfließen lassen. Tatsache ist, dass mich die Geschichte zu einem schlechten Menschen hat werden lassen. Vielleicht macht das viele Geld ja jetzt einen besseren aus mir. Man sollte die Hoffnung nie aufgeben, oder?
– Du hast nicht vor, mich am Leben zu lassen, oder?
– Soll ich ehrlich sein? Ist normalerweise nicht meine Art, aber weil du mir irgendwie sympathisch bist, kann ich ja mal eine Ausnahme machen. Die Antwort ist *Nein.* Ich werde dich nicht am Leben lassen.
– Dachte ich mir.
– Sagte ich doch, dass du eine kluge Frau bist. Deshalb verstehst du auch, dass ich mir nur Scherereien einhandeln würde, wenn ich dich gehen lasse. Ich habe kein Interesse daran, dass man Jagd auf mich macht und mir quer durch Europa folgt. Ich werde mit kleinem Gepäck und ohne großes Aufsehen reisen. Nach dem Meeting mit deinem Freund soll endlich wieder ein bisschen Ruhe in meinem Leben einkehren. Man möchte es nicht meinen, aber dieses Katz-und-Maus-Spiel ist auch für mich recht anstrengend. Der Motor kann ja nicht immer so hochtourig lau-

fen, oder? So viel Gewalt lässt einen am Ende müde werden.

- Du bist ein zynisches Schwein.
- Stimmt. Und ich habe so viel Freude daran. Wenn ich daran denke, was dein dummer Freund für Augen machen wird, wenn ich dich vom Dach stoße, werde ich ganz kribbelig.
- Bronski wird das nicht zulassen.
- Viele Möglichkeiten, um es zu verhindern, hat er nicht. Ich nehme an, dass er nichts lieber hätte, als endlich diese Steine los zu sein und dich wieder in seinen Arm zu nehmen. Er wird dein Leben nicht unnötig gefährden wollen, es wird also ein Leichtes sein, ihn mit meinen Plänen zu überraschen.
- Er soll ebenfalls sterben, richtig?
- Aber natürlich. Ich sorge dafür, dass ihr beide auf einer hübschen Wolke für immer Zeit miteinander verbringen könnt. Ist in eurem Job sicher nicht immer einfach, kleine Momente für die Liebe zu finden, die Beziehung kommt ja bei solchen Verbindungen meistens zu kurz.
- Bitte, tu das nicht.
- Du bittest mich? Das ist ja süß.
- Wir werden nichts unternehmen, um dir Schwierigkeiten zu bereiten. Wir werden vergessen, dass wir dir jemals begegnet sind. Wir bringen das jetzt und hier zu Ende und gehen unserer Wege.
- Netter Vorschlag, aber er kommt leider zu spät.
- Ich verspreche dir, du hast nichts von uns zu befürchten. Ich werde keine Zeile über all das schreiben. Kein Wort.
- Das musst du mir nicht versprechen. Ich sorge selbst da-

für, dass du nie wieder etwas schreibst. Nur ein einziges Mal noch wirst du in deiner Zeitung vorkommen. Einmal darfst du noch kurz vor den Vorhang treten, wahrscheinlich wird sogar ein Hauch Ruhm wehen, wenn dein Name genannt wird. Deine Kollegen werden über dich berichten, sie werden dein tragisches Ende zur Titelstory ausschlachten, man wird dich noch einmal hochleben lassen, deine Chefin wird dich zur Heldin stilisieren. Man wird aber auch die Fotos deiner Leiche abdrucken. Dein zusammengeschnürter Leib, wie er da unten auf dem Vorplatz liegt. Ich würde sagen, deine Journalistenkarriere endet heute und hier.

– Du bist ein mieses Dreckschwein. Ein Monster. Du bist kein Mensch, du bist Abschaum.
– Na, endlich. Ich dachte schon, du verlierst deine Beherrschung gar nicht mehr. Freut mich wirklich für dich. Ich habe die Erfahrung gemacht, dass es schadet, wenn man seine Gefühle in sich hineinfrisst. Zu viel Selbstkontrolle macht einen auf Dauer nicht glücklich.
– So wird das hier nicht enden.
– Ich befürchte, doch.
– Bronski wird dir nicht so einfach ins Messer laufen.
– Doch, das wird er. Dieser Platz hier ist nämlich perfekt für das, was wir beide vorhaben. Ein kleiner Stoß von mir, und du wirst fallen. Du stehst im Rampenlicht, ich im Verborgenen. Er kann mich nicht sehen, aber dich. Du bist quasi die Fackel, die ihm den Weg weisen wird. Die schöne Frau an der Dachkante. Er wird dir zu Hilfe eilen, hochkommen und sterben. So einfach ist das.
– Bronski wird nicht alleine hier auftauchen.

– Doch, das wird er.
– Er wird die Polizei mitbringen. Der leitende Ermittler ist ein alter Freund von mir. Gleich wird es hier vor Polizisten nur so wimmeln.
– Du langweilst mich.
– Sie werden dich einsperren. Du wirst für immer in irgendeinem Loch verschwinden.
– Und ich werde für alles bezahlen, was ich getan habe, richtig?
– Wirst du.
– Wie einfallslos du bist. Wie gewöhnlich. Ich habe mir das wirklich anders vorgestellt. Auch unsere Unterhaltung. Anstatt mir Fragen zu stellen, winselst du herum. Ich hätte dir ein paar schöne Geschichten vom Krieg erzählen können. Wir hätten über meine Reisepläne reden können, über Politik vielleicht, über Literatur. Aber nein, dir fällt nichts anderes ein, als um dein Leben zu betteln. Enttäuschend ist das. Widerlich. Deshalb werde ich dir jetzt auch den Mund zukleben. Es reicht. Für immer.
– Du wirst sterben, nicht ich.
– Kaum zu glauben. Das sollen deine letzten Worte sein? Einfallslos bis zum Schluss. Zum letzten Mal in deinem Leben machst du deinen Mund auf, und dann das.
– Bronski wird dich umbringen.
– Dazu muss er erst mal hier auftauchen.
– Wer sagt dir, dass er nicht schon längst hier ist?
– Netter Versuch.
– Dann schau dich doch mal um, du Arschloch.

DREIUNDVIERZIG

Ich wollte Svenja einfach nur in den Arm nehmen.

Ihr ins Ohr flüstern, dass alles vorbei war. Dass sie alles, was er zu ihr gesagt hatte, vergessen sollte. Ich wollte sie an mich drücken, sie atmen hören, mit meinen Fingern über ihre Wange streichen. Ich wollte ihr all die tausend Dinge sagen, die ich ihr längst hätte sagen sollen. Dass ich sie gern habe. Sogar liebe vielleicht.

Dazu kam es aber nicht. Ich konnte nicht.

Van Walden ließ es nicht zu.

Er wich nicht von ihrer Seite.

Aussichtslos schien es.

Mir blieb nur, sie zu beobachten.

Bereits drei Stunden bevor sie auftauchten, hatte ich Stellung bezogen. Mit Bedacht hatte ich den Platz gewählt. Das Areal war groß, Möglichkeiten, mich zu verstecken, gab es viele. Am Ende entschied ich mich aber für das Haus mit dem kaputten Dach. Es bot einen perfekten Ausblick über das gesamte Gelände. Immer wieder waren in den letzten Jahren Brände gelegt worden, manche Dachböden waren eingestürzt und ausgebrannt. Die ruinierten Dächer erhöhten den Abenteuerfaktor der Lost-Places-Besucher. An den ungesicherten Stellen entlangzugehen war gefährlich. Man musste schwindelfrei sein, ein falscher Schritt, und man fiel mit großer Wahrscheinlichkeit in den Tod. Das war es, was auch Van Walden hergetrieben haben musste.

Er hatte Svenja im Arm, als sie die Treppen hochkamen und den Gang entlanggingen. Er wich nicht von ihrer Seite, stand neben ihr am Abgrund. Er wollte mir zeigen, dass er es jederzeit tun konnte.

Svenja töten.

Direkt vor meinen Augen.

Auch wenn Van Walden nicht wissen konnte, dass ich bereits da war, insgeheim rechnete er jeden Augenblick damit, dass etwas Unvorhergesehenes passieren könnte. Zu jeder Zeit hatte er eine Waffe auf Svenja gerichtet. Hätte ich geschossen, hätte auch er es getan. Auch wenn ich ihn getroffen hätte, das Letzte, was er in seinem Leben noch getan hätte, wäre wohl gewesen, Svenja mit in den Tod zu reißen. Mit einer Kugel oder einer winzig kleinen Bewegung. Nur ein Schubs hätte gereicht, und sie wäre gefallen.

Deshalb wartete ich ab.

Sah zu, wie die Angst in ihrem Gesicht immer größer wurde. Svenja schien abgeschlossen zu haben, ich hörte, was sie zu ihm sagte, wie sie versuchte, ihn von seinem Plan abzubringen, wie sie bettelte. Ihre Stimme war ganz nah, sie zitterte. Svenja kämpfte, wehrte sich, versuchte, das Unausweichliche zu verhindern.

Van Walden hatte nie vorgehabt, uns gehen zu lassen.

Zu einer Hinrichtung war ich gekommen, und nicht zu einer Übergabe.

Van Walden verhöhnte uns, es bereitete ihm sichtlich Freude, Svenja zu schockieren, ihr Angst zu machen, ihr seine kranken Gedanken in höflichem Ton entgegenzuschleudern. Sein Grinsen verriet, dass er es genoss. In jedem Wort hörte ich seine Überheblichkeit, seine Arroganz. Seine Bereitschaft, bis zum Äußersten zu gehen.
Er gab sich einem Machtrausch hin. Schien sich unverwundbar zu fühlen, dachte, er könne es alleine mit dem Rest der Welt aufnehmen.
Nichts von dem, was er sagte und tat, ließ darauf schließen, dass er ahnte, dass ich nur wenige Meter von ihm entfernt hinter einer halb eingestürzten Wand kniete und darauf wartete, dass er sich endlich einen Schritt von Svenja wegbewegen würde.
Ich starrte auf ein sadistisches Dreckschwein.
Konnte nichts tun. Jeden Satz, den er sagte, wollte ich ihm aus dem Gesicht schlagen, jedes Grinsen hätte ich gerne mit meiner Faust wieder zurück in seinen Mund gestopft.
Doch es ging nicht.
Auch wenn es mir gelungen war, mich ihnen völlig unbemerkt bis auf fünf Meter zu nähern, ich war immer noch zu weit weg. Zentimeter für Zentimeter musste ich mir erobern. Ich robbte ganz langsam über den dreckigen Boden. Solange Van Walden dort stehen blieb, wo er war, hatte ich die Chance, ihm so nahe zu kommen, dass ich ihm vielleicht die Waffe aus der Hand schlagen konnte.
Ich betete dafür, dass Svenja weiterredete, sie musste ihn weiter ablenken, er durfte nur auf das hören, was sie sagte, nicht auf die kleinen Geräusche, die mein Anschleichen verursachte. Ich musste mich beeilen. Weiterkriechen.

So wird das hier nicht enden, sagte Svenja.
Bronski wird dir nicht so einfach ins Messer laufen.
Doch genau das tat ich.
In dem Moment, in dem Svenja mich sah, entschied ich, nicht länger zu warten. Sie hatte ihren Kopf kurz zur Seite gedreht und mich entdeckt. Ich sah plötzlich dieses Aufflackern von Hoffnung, die Erleichterung in ihren Augen. Svenja dachte in diesem Moment wahrscheinlich, dass ich diesen Horror beenden könnte. Glaubte daran, dass ich Van Walden davon abhalten würde, sie über die Dachkante zu stoßen.
Schau dich mal um, du Arschloch, sagte sie zu ihm.
Wahrscheinlich tat sie es, weil sie das alles keinen Augenblick länger ertragen konnte. Sie ging in die Offensive, verspielte aber damit unseren einzigen Trumpf. Svenjas Reaktion ließ mir keine Zeit mehr, mich in Position zu bringen. Ihr war es nicht bewusst gewesen, aber sie hatte mir die Gelegenheit genommen, ihn zu überrumpeln.
Ob ich wollte oder nicht, ich musste den Moment nutzen.
Deshalb sprang ich.
Um mich auf ihn zu stürzen.
Doch ich war viel zu langsam.
Konnte Svenja nicht retten.
Blitzschnell drehte er sich zu mir um und drückte ab.
Innerhalb von Sekunden war alles vorbei.
Plötzlich sah ich alles nur noch verschwommen.
Die Kugel traf mich in die Schulter.
Ich fiel.
Hörte, wie Svenja schrie.
Dann wurde es dunkel.
Und still.

VIERUNDVIERZIG

ANNA DRAGIC
WASIM

- Was machst du hier, Wasim? Ich hab dir doch gesagt, ich will nicht, dass du zu mir nach Hause kommst.
- Ich dachte, es würde dich interessieren, was passiert ist. Aber wenn du es nicht hören willst, kann ich gerne wieder gehen. Ist deine Entscheidung, Anna. Entweder du erlaubst dem kriminellen Libanesen, dass er in deinem sauberen Treppenhaus eine mit dir raucht, oder du wirst dich weiter fragen müssen, was mit deinem Bruder passiert ist.
- Jetzt sei mal bitte nicht so eingeschnappt. Ich möchte nur Berufliches und Privates trennen. Und sag mir bitte endlich, was los ist. Ich sterbe fast vor Sorge.
- Es war ein sehr großer Gefallen, um den du mich gebeten hast. Ich habe mich und meine Leute in Gefahr gebracht. Der einzige Grund, warum ich mich darauf eingelassen habe, ist der, dass ich dich sehr schätze. Für niemanden sonst hätte ich das getan. Für keinen anderen meiner verfickten Geschäftspartner wäre ich ein solches Risiko eingegangen.

– Bitte sag mir, dass ihm nichts zugestoßen ist.
– Das kann ich leider nicht. Dein Bruder hat das Schicksal ziemlich herausgefordert. Jetzt hat er ein Loch in der Schulter.
– Er wurde angeschossen?
– Bronski war zu langsam.
– Lebt er?
– Natürlich lebt er. Van Walden hat den Abzug nur einmal gedrückt. Zu einem weiteren Mal ist es nicht gekommen. Dein alter Freund Wasim hat sich den Arsch für dich aufgerissen, Anna.
– Herrgott noch mal, muss ich jedes Wort einzeln aus dir herausholen? Ich will wissen, wie es Bronski geht. Wo ist er? Was ist in Weißensee passiert? Wie schwer ist er verletzt? Rede mit mir, Wasim.
– Ich habe deinen Bruder von einem Freund der Familie zusammenflicken lassen. Bronski hatte großes Glück. Ich würde sagen, er wäre sicher nicht mehr unter den Lebenden, wenn Van Walden ein besserer Schütze wäre und ich ihn nicht gestoppt hätte.
– Wo ist er jetzt? Ich will mit ihm reden. Bring mich bitte sofort zu ihm.
– Nicht so hastig, Anna. Wir haben uns gut um ihn gekümmert, er hat eine ganze Ladung Schmerzmittel bekommen. Am Ende wird nur eine kleine Narbe bleiben, du wirst sehen.
– Warum hast du mich nicht gleich angerufen? Und warum hast du ihn nicht ins Krankenhaus gebracht?
– Weil niemand von uns will, dass Bronski gefragt wird, wo er seine Schussverletzung herhat. Wir sollten alle nicht mit

dieser Sache in Verbindung gebracht werden. Ist besser, wenn das unter uns bleibt.

– Und was ist mit Svenja? Komm schon, sag es mir.

– Immer mit der Ruhe, Anna. Wir sollten noch ein paar Dinge klären. Auch wenn es so gelaufen ist, wie ich es mir gedacht habe, ist es trotzdem ein verficktes Desaster für mich. Es ist nun an mir, die ganze Sache unter den Teppich zu kehren. Spuren zu verwischen, Beweise zu entsorgen, ich habe mir viel Arbeit aufgehalst.

– Willst du, dass ich durchdrehe? Oder dass mein Mann gleich raus auf den Flur kommt und alles noch komplizierter macht? Kannst du endlich zum Punkt kommen?

– Der Punkt ist, dass ich deinem Bruder den Arsch gerettet habe. Wie ich es angestellt habe, soll dich nicht kümmern. Wenn du nichts davon weißt, musst du auch nicht lügen, falls man dich irgendwann dazu befragen sollte.

– Du hast ihn umgebracht, oder? Van Walden ist tot, richtig?

– Keine Ahnung, wovon du sprichst, Anna.

– Verstehe.

– War kein guter Mensch, dieser Van Walden. Was er mit Svenja gemacht hat, war nicht schön.

– Svenja? Bitte sag mir, dass es ihr gut geht. Was hat er ihr angetan? Komm schon, Wasim. Ich will es wissen. Sie ist tot, oder?

– Als ich sie das letzte Mal gesehen habe, lebte sie noch. Sie war etwas blass und wirkte durchaus mitgenommen, aber sie hat geatmet. Soweit ich das beurteilen kann, musst du dir auch um sie keine Sorgen machen.

– Was willst du von mir, Wasim? Warum haben wir uns

nicht in deinem Büro getroffen? Wo ist mein Bruder? Wo ist Svenja? Was willst du mir eigentlich sagen, verdammt noch mal?

– Ich möchte sichergehen, dass du deinen Teil der Vereinbarung einhältst.
– Von welcher Vereinbarung redest du?
– Ich darf dich daran erinnern, was du mir in Aussicht gestellt hast.
– Was soll ich dir in Aussicht gestellt haben?
– Der verfickte Plan war es, dass ich dafür sorge, dass Van Walden die beiden nicht umbringt. Und du sorgst dafür, dass ich die Steine bekomme.
– Moment mal, davon war nie die Rede. So habe ich das nicht gesagt.
– Aber ich habe es so verstanden.
– Ich habe dir nur gesagt, dass Bronski die Steine bei sich hat, und dass er sie Van Walden in Weißensee übergeben will.
– So wie es aussieht, hat er das aber nicht getan. Und genau das macht mich traurig, Anna. Ich habe mir wirklich große Mühe gegeben, dich nicht zu enttäuschen. Du hast mich um Hilfe gebeten, und ich war für dich da. Ich habe sehr viel Energie in die Sache gesteckt, herausgekommen ist dabei aber nichts. Ich stehe mit leeren Händen vor dir. Und möchte dich bitten, die Sache für deinen Bruder wieder in Ordnung zu bringen.
– Was soll das heißen?
– Du sollst ihn davon überzeugen, dass es besser wäre, mich nicht zum Feind zu haben.
– Du drohst uns?
– Nein, natürlich nicht.

– Was dann? Ich verstehe nicht, was das alles hier soll. Du sagst mir, dass Bronski verletzt ist, hast ihn von irgendeinem Amateur zusammenflicken lassen und versteckst ihn vor mir.
– Ich verstecke ihn nicht vor dir. Genauso wenig wie Svenja. Ich bin einfach nur derjenige, der den beiden das Leben gerettet hat. Und dafür erwarte ich mir wohl zu Recht ein klein wenig Dankbarkeit.
– Du erpresst mich? Ich werde die beiden erst wiedersehen, wenn du hast, was du willst? Ist es das? Du kommst wirklich hier an, um mir Druck zu machen? Nach all den Jahren zeigst du mir also endlich dein wahres Gesicht?
– Ach, Anna. Wirst du jetzt paranoid auf deine alten Tage? Ich bitte dich nur, in Ruhe darüber nachzudenken, ob es nicht fair wäre, mich für meinen Einsatz zu entschädigen. Wäre auch hinsichtlich einer weiteren Zusammenarbeit sinnvoll, wenn wir am Ende alle glücklich und zufrieden sind.
– Wenn du den beiden etwas antust, wirst du es bereuen, Wasim.
– Du bist lustig, Anna. Sehr amüsant zu hören, was du mir alles zutraust. Sehr schade aber auch, dass du nicht mehr Vertrauen zu mir hast.
– Sag mir einen Grund, warum ich dir jetzt noch vertrauen sollte?
– Vielleicht deshalb, weil ich die beiden mitgebracht habe? Sie sitzen unten im Wagen und freuen sich darauf, gleich hochzukommen und von dir in den Arm genommen zu werden. Freundlicherweise warten sie aber noch kurz, bis wir unser Gespräch beendet haben.

– Ernsthaft?
– Deinem Bruder geht es gut. Und Svenja auch. Sie werden dir gleich selbst erzählen, was passiert ist.
– Ich weiß nicht, was ich sagen soll.
– Du musst nichts sagen, Anna. Aber bitte kümmere dich um das, worum ich dich gebeten habe. Ich war immer fair zu dir. Wäre schön, wenn du es auch zu mir bist.
– Wenn es stimmt, was du mir erzählst, wird auch David zu schätzen wissen, was du für ihn getan hast. Ich werde mit meinem Bruder reden und gemeinsam mit ihm eine Lösung finden. Ich werde mein Bestes geben, Wasim. Versprochen.
– Verfickt guter Plan, Anna.
– Musst du eigentlich immer so fluchen?
– Schaut so aus. Alle haben sich mittlerweile daran gewöhnt. Ist sozusagen eine verfickte Imagefrage.
– Verstehe.
– Du wirst mich anrufen?
– Werde ich. Aber jetzt möchte ich meinen Bruder sehen. Und Svenja. Bin dir wirklich sehr dankbar, Wasim.
– Gern geschehen, Anna.

FÜNFUNDVIERZIG

Svenja hielt Bronskis Hand, so fest sie konnte.
Sie hätte sie am liebsten nie wieder losgelassen. So froh war sie, dass er noch lebte, dass die Kugel ihn nicht ernsthaft verletzt hatte. Der Arzt, zu dem Wasim ihn gebracht hatte, war zuversichtlich. Gewissenhaft hatte er sich um die Wunde gekümmert, von großem Glück hatte er gesprochen. Von einem Durchschuss. Wäre Bronski fünf Zentimeter tiefer getroffen worden, hätte Svenja ihn auf dem Dach sterben sehen. Bronski wäre für immer verschwunden.
Genauso wie sie selbst.
Svenja hatte Tränen in den Augen.
In dem Moment, in dem Van Walden sich zu Bronski umgedreht hatte, war ihr bereits bewusst gewesen, dass es ein Fehler gewesen war, Van Walden auf Bronski aufmerksam zu machen. Sie hätte einfach den Mund halten sollen, beinahe wäre sie schuld an seinem Tod gewesen. Alles war ihr entglitten. Sie hatte Angst um ihr Leben gehabt, hatte mehr oder weniger schon abgeschlossen. Svenja wäre auf dem Dach der Kinderklinik niemals auf die Idee gekommen, dass Van Walden zwei Stunden später im Kofferraum des Wagens liegen

würde, in dem sie jetzt neben Bronski Hände haltend auf der Rückbank saß.
Es war verrückt, was passiert war.
Dass sie noch lebten. Dass Wasim und seine Männer plötzlich aufgetaucht waren. Dass sie auf Van Walden geschossen hatten. Gerade in dem Moment, als sie und Bronski hätten sterben sollen.
Aus dem Nichts waren sie gekommen.
Hatten nicht viele Worte verloren.
Wasim hatte Bronski und Svenja nur zugenickt und gelächelt. Dann hatte er sie durchsuchen lassen. Akribisch und mit Seelenruhe. Allein durch ihre Gesten machten die Männer ihnen klar, dass sie sich besser nicht dagegen wehren sollten. Wasim duldete keinen Widerspruch. Auch Van Walden durchsuchten sie. Bevor sie seine Leiche vom Dach warfen und sie in den Kofferraum luden, hatten sie jede Tasche seiner Kleidung durchwühlt.
Sie suchten die Diamanten.
Fanden sie aber nicht.
Weder bei ihm noch bei Bronski oder Svenja.
Wasim schwieg.
Svenja sah, wie enttäuscht er war. Wie schwer es ihm fiel, sich zurückzuhalten. Wie gerne er geschrien oder geflucht und sie zum Reden gebracht hätte. Wasim bebte vor Wut, doch er beherrschte sich. Sagte kein Wort, drohte nicht. Anstatt sie unter Druck zu setzen, half er ihnen.
Wir werden das später klären, sagte er.
Dann hoben sie Bronski hoch und brachten ihn zum Arzt.
In irgendeine Praxis in Neukölln.
Nun saßen sie auf dem Rücksitz von Wasims Wagen.

Svenja und Bronski blieben sprachlos.
Hielten sich die Hände.
Begriffen, dass ihnen nichts mehr passieren konnte. Sie parkten vor Annas Haus und warteten darauf, bis Wasims Fahrer sie aussteigen ließ. Sie mussten nur noch zwei Stockwerke hochgehen, dann würden sie Judith und Anna wiedersehen.
Es ist vorbei, sagte Svenja.
Bronski nickte.
Sah zu, wie Wasim aus dem Haus kam und die Wagentür öffnete.
Er hörte, was Wasim sagte.
Laut und deutlich.
Nur noch ein Satz fiel.
Du schuldest mir etwas, Bronski.
Dann fuhr Wasim mit Van Walden im Kofferraum davon.

SECHSUNDVIERZIG

SVENJA SPIELMANN
DAVID BRONSKI

- Was hat er mit ihm gemacht?
- Schrottpresse vielleicht? Irgendwo versenkt, zerstückelt, einbetoniert? Ich bin mir sicher, Wasim hat eine gute Lösung für unser Problem gefunden.
- Du meinst, er lässt einfach zwei Leichen verschwinden, und niemand wird sie jemals finden?
- Das hoffe ich zumindest. Wäre nämlich nicht gut, wenn Van Walden wieder auftauchen würde. Wasim würde ein massives Problem bekommen, und in der Folge auch wir. Alles würde wieder von vorne anfangen. Und dafür habe ich keine Kraft mehr, mein Bedarf an Katastrophen ist für die nächste Zeit gedeckt. Ich habe die Schnauze voll, Svenja.
- Ich auch. Trotzdem verstehe ich es nicht ganz. Das mit Van Walden ist mir klar, aber warum Nadia? Warum können wir sie nicht einfach beerdigen? Um sie trauern? Warum muss sie irgendwo verscharrt werden wie ein Tier?
- Weil man das Wohnmobil mit der Leiche irgendwann gefunden hätte. Die Polizei hätte es komplett auf den Kopf

gestellt. Die Spurensicherung würde spätestens dann deine Fingerabdrücke finden. Man würde dich mit dem Mord in Verbindung bringen und dich zum Reden zwingen. Mit großer Wahrscheinlichkeit würdest du aufgrund der Faktenlage dem Druck nicht standhalten. Und das wollte unser Freund Wasim auf alle Fälle verhindern.

- Wie kommst du darauf, dass ich dem Druck nicht standhalten würde?
- Weil du ein wunderbarer Mensch bist. Und keine Lügnerin. Am Ende würdest du die Wahrheit sagen. Du kannst gar nicht anders.
- Ob das nicht ein Fehler ist, so gut von mir zu denken? Wie du gesehen hast, ist es mir nicht besonders schwergefallen, Leander die Wahrheit zu verschweigen.
- Das ist etwas anderes.
- Warum das denn bitte?
- Irgendwie kann ich ihn nicht ernst nehmen.
- Solltest du aber, Bronski. Er ist derjenige, der die bösen Jungs ins Gefängnis bringt. Und wenn mich mein Gefühl nicht täuscht, hat er es auf uns abgesehen.
- Auf mich, meinst du?
- Mittlerweile auch auf mich. Warum hätte er uns sonst vorgeladen? Warum hätte er uns getrennt voneinander befragen sollen? Warum hat er mich unter Druck gesetzt? Mir gedroht?
- Weil er ein Arsch ist. Irgendwann wirst auch du es einsehen.
- Habe ich schon.
- Endlich.
- Er weiß, dass wir etwas verbergen. Und er will unbedingt herausfinden, was.

– Und? Belastet dich das?
– Nein. Das mit Nadia belastet mich. Macht mich ziemlich fertig. Was mir passiert ist, ist verglichen mit dem, was er ihr angetan hat, lächerlich.
– Ist bestimmt nicht einfach, die Bilder aus dem Kopf zu bekommen. Tut mir wirklich leid, dass du das durchmachen musstest.
– Nadia ist tot. Ist irgendwie ungerecht, oder?
– Wäre es dir lieber, es hätte dich an ihrer Stelle erwischt?
– Du weißt, was ich meine. Jeder von ihnen hätte ein bisschen Glück verdient gehabt. Amadu. Tejan. Sarah und Nadia. Warum trifft es immer die, die ohnehin schon am Boden liegen? Kannst du mir das sagen, Bronski? Wie kann man damit leben? Wenn man weiß, dass da Menschen sind, die niemals wirklich eine Chance hatten.
– Darauf habe ich keine Antwort, Svenja.
– Am Ende machen wir einfach die Augen zu und tun so, als gäbe es das alles nicht. Kein Elend, keinen Hunger, keine Gewalt. Wir liegen hier im Bett und vögeln. Gehen schick essen, wir arbeiten, werfen einen zynischen Blick auf diese Welt und tun so, als würde uns das alles nichts angehen.
– Ist vielleicht die einzige Möglichkeit, in unserem Job zu überleben. Deshalb lass uns einfach ein Glas Wein trinken und überlegen, was wir mit den Diamanten machen.
– Krasser Themenwechsel, Bronski.
– Wir müssen dringend darüber reden. Eine gemeinsame Lösung finden. Wir sollten das nicht länger aufschieben.
– Wo sind diese verdammten Steine eigentlich?
– Im Handschuhfach. Unten im Auto.

– Fünfzig Millionen im Handschuhfach?
– Warum nicht?
– Ich mag dich, Bronski. So durchgeknallt kannst nur du sein.
– Ist der sicherste Platz, den ich kenne. Kein Mensch bricht in meine Rostschüssel ein. Niemand vermutet, dass dort das große Glück wartet.
– Glück? Wohl eher nicht, oder? Zu viele Menschen sind gestorben. Wir sollten die Steine so schnell wie möglich loswerden.
– Du willst also auch sagen, dass wir sie Wasim geben sollen?
– Wäre naheliegend. Anna hat recht. Er hat uns das Leben gerettet. Wäre eigentlich nur fair, wenn wir ihn dafür bezahlen.
– Fünf Rohdiamanten für zwei Leben?
– Das sind unsere Leben doch wert, oder?
– Wir geben ihm einen. Das muss reichen. Zehn Millionen dafür, dass er uns den Arsch gerettet und Ordnung gemacht hat. Anna ist damit einverstanden. Sie wird das mit Wasim klären.
– Und die anderen vier Steine?
– Keine Ahnung.
– Was sagt Judith dazu? Ohne sie hätten wir die Steine schließlich nicht gefunden. Sie soll entscheiden.
– Die will auch nichts damit zu tun haben. Sie ist glücklich, wenn sie in die Redaktion gehen kann. Sie scheint wirklich Spaß an dem Job zu haben. Geld ist ihr nicht wichtig, sagt sie.
– Klingt gut.

– Alles, was wir unternehmen würden, um die Steine zu Geld zu machen, würde uns erneut in Gefahr bringen.
– Ich weiß.
– Deshalb hätte ich da vielleicht noch eine andere Idee.
– Und welche?
– Hat mit deinem Ex zu tun.
– Inwiefern?
– Ist dir aufgefallen, wie oft er nach den Steinen gefragt hat? Man hatte fast den Eindruck, dass ihm die Diamanten wichtiger sind als alles andere. Er wirkte verzweifelt. Schien mir beinahe ein persönliches Interesse daran zu haben.
– Das Gefühl hatte ich auch.
– Deshalb habe ich mir überlegt, ob wir ihm nicht eine Freude machen sollten.
– Spinnst du?
– Wir sollten ihm die Diamanten geben.
– Bist du noch ganz dicht?
– Wir könnten ihn überraschen und gleichzeitig das Problem für immer aus der Welt schaffen. Nicht unbedingt so, wie du dir das vielleicht vorstellst, aber doch.
– Ich muss das nicht verstehen, oder?
– Kann es dir gerne erklären.
– Vorher küsst du mich aber noch mal?
– Das volle Programm?
– Ja.

SIEBENUNDVIERZIG

Leander starrte auf das Wasser.

Lüneburger Straße. Grüne Meile. In dem kleinen Park direkt an der Spree lief er mit seinem Handy in der Hand hin und her. Seine Blicke wanderten von links nach rechts, über die Wiese, hinüber zum Schloss Bellevue und dann wieder zum Display seines Handys.

Leander verglich die Standbilder aus dem Video mit der Wirklichkeit. Er suchte den Platz, an dem der kleine Film spielte. Svenja hatte ihn per Mail geschickt. Er versuchte den genauen Standort herauszufinden, an dem die Kamera positioniert gewesen war. Sie hatten sie irgendwo auf den Boden gestellt, an einen Stein gelehnt, eingeschaltet und sich selbst aufgenommen.

Svenja, Bronski und dessen Familie. Judith und Anna.

Vier Menschen auf einem Höllentrip mitten in Berlin.

Bestimmt hundertmal hatte er sich das Video angesehen. Knapp eine Minute lang war es. Verstörende Bilder, die Leander in Aufruhr versetzt hatten. Obwohl er sich gar nichts dabei gedacht hatte, als er zum ersten Mal auf Play drückte, war ihm schon nach wenigen Augenblicken klar gewesen,

wo die Reise hingehen würde. Was er sich ansehen musste, quälte ihn. Es machte ihn verrückt. Brachte ihn beinahe dazu, durchzudrehen.
Leander konnte es nicht fassen.
Dass halbwegs vernünftige Menschen so etwas tun konnten, schockierte ihn.
Er fluchte, wollte sein Telefon am liebsten ins Wasser werfen, wollte resignieren und aufgeben. Doch er blieb, musste herausfinden, an welcher Stelle genau es passiert war. Wo sie gestanden hatten. Fünfzig Meter weiter links oder rechts, es machte einen gewaltigen Unterschied.
Je genauer er das Gebiet eingrenzen konnte, desto besser standen seine Chancen.
Erneut drückte er auf Play.
In der Nachmittagssonne hatten sie sich getroffen.
Sie wollten einen Schlussstrich ziehen, Svenja und Bronski wollten ihm zeigen, dass es sinnlos war, weiter hinter ihnen her zu schnüffeln. Mit den Bildern, die sie aufgenommen hatten, sagten sie ihm, dass es vorbei war. Dass sie nichts mehr mit den Diamanten und allem, was sie ins Rollen gebracht hatten, zu tun haben wollten. Sie gaben Leander mit dem Video zu verstehen, dass es sinnlos war, weiter in der Sache zu ermitteln.
Es gab keinen Grund mehr, Fragen zu stellen.
Die Mörder von Sarah Wegscheid saßen in Untersuchungshaft.
Nadia Puck war genauso wie Van Walden spurlos verschwunden.
Leander hatte verzweifelt versucht, Svenja und Bronski zum Reden zu bringen. Doch sie schwiegen. Gaben vor, nichts

zu wissen. Vor allem nicht über den Verbleib der Diamanten.

Für Leander war es offensichtlich, dass die beiden logen. Sie hatten die Vernehmung mit gespielter Ahnungslosigkeit hinter sich gebracht. Sie deuteten nur an, was wirklich passiert war.

Sagten Dinge, die Leander beunruhigten.

Van Walden ist auf der Flucht.

Nadia ist vermutlich tot.

Von diesem Söldner ermordet.

Die Suche nach den Diamanten hat ein Ende.

Wahrscheinlich werden sie niemals gefunden.

Sie können keinen Schaden mehr anrichten.

Sie grinsten, als sie das sagten.

Warum? Leander versuchte, sich einen Reim darauf zu machen. Erst als er das Video zum ersten Mal gesehen hatte, wusste er, was gemeint war. Was Svenja und Bronski mit Schadenfreude angekündigt hatten.

Achtundfünfzig Sekunden, die ihn zum Verzweifeln brachten.

Alle vier standen nebeneinander und winkten in die Kamera.

Im Hintergrund sah Leander das Schloss am anderen Ufer.

Ein Zufall, dass die Kamera genau so aufgestellt war. Auch wenn man nur einen Teil des Gebäudes hinter den Bäumen sehen konnte, Leander hatte es sofort wiedererkannt.

Er war ein paar Wochen zuvor im Schlosspark gewesen, um sich dort mit einer Frau zu treffen. Sie waren über eine Stunde lang herumspaziert, Leander hatte sich unwohl gefühlt und deshalb die Umgebung gescannt. Er hatte auf die Hausfassade gestarrt, anstatt die Frau zu bewundern, die er im Internet kennengelernt hatte.

Das Date war ein Reinfall gewesen, es hatte ihm letztendlich aber dabei geholfen, herauszufinden, dass das Video im Park gegenüber dem Schloss aufgenommen worden war.
Er war sofort hingefahren und hatte es überprüft.
Die Wiese, die Betonmauer am Ufer, auf der sich Svenja mit den anderen aufgestellt hatte. Alles stimmte überein. Leander lag im Gras und versuchte herauszufinden, wo genau auf der Mauer sie gestanden haben mussten. Auf einem imaginären Raster in seinem Kopf markierte er die Stellen im Wasser, wo er suchen musste. Er versuchte einzuschätzen, wie tief das Wasser und wie stark die Strömung war, er fragte sich, ob der Boden schlammig oder steinig war. Insgeheim hoffte er, dass das Schicksal ihn am Ende doch noch belohnen würde.
Leander war völlig neben der Spur.
Er fixierte das Display und schaute dabei zu, wie vier Wahnsinnige die Arme hoben und etwas nach vorne schleuderten. Auf Bronskis Zeichen hin hatten sie das Unfassbare getan. Klar und deutlich konnte Leander erkennen, was sie da in der Hand hielten, bevor sie es für immer losließen. Es war das, wonach er suchte. Was er unbedingt brauchte, um sein Leben wieder in Ordnung zu bringen.
Der Grund für mehrere Morde.
Steine im Wert von Millionen.
Diamanten.
Leander sah, wie sie durch die Luft flogen.
Die Sonne glitzerte am Wasser.
Einer der Steine blinkte kurz in der Luft.
Sie drehten sich.
Stiegen auf und fielen.

Es war so, als würden sie einen Tanz aufführen.
Drei Sekunden lang glänzte der Himmel über Berlin.
Dann tauchte ein Stein nach dem anderen im Wasser ein.
Das war's, sagte Svenja in die Kamera.
Viel Spaß beim Suchen, sagte Bronski.
Alle lachten.
Ausgelassen. Glücklich.
Sie standen am Ufer und umarmten sich.
Dann drückten sie auf Stopp.

Und nun.
Ausatmen.
Zur Ruhe kommen.

Und eine Mail schreiben.
Ich freu mich über euer Feedback.
aichnerbernhard@gmx.at
Bin gespannt.
Gerne antworte ich euch.

Und außerdem freu ich mich,
wenn ihr mir folgt.
Auf **Facebook** oder **Instagram**.
www.facebook.com/Bernhard.Aichner.Autor
www.instagram.com/bernhardaichner
Wir sehen uns dort.

Alles Liebe.
Bernhard

Dieses Buch ist auch als E-Book erhältlich.

MIX
Papier aus verantwortungsvollen Quellen
FSC® C014496

Penguin Random House Verlagsgruppe FSC® N001967

1. Auflage

Umschlaggestaltung: semper smile, München,
nach einem Entwurf von Thomas Raab
Umschlagmotiv: © www.fotowerk.at, Ursula Aichner
Satz: Uhl + Massopust, Aalen
Druck und Einband: GGP Media GmbH, Pößneck
Printed in Germany
ISBN 978-3-442-75917-0

www.btb-verlag.de
www.facebook.com/btbverlag

Bernhard Aichner

Die Totenfrau-Trilogie

Totenfrau

Thriller

464 Seiten, btb 74926

Blum ist Bestatterin. Sie ist liebevolle Mutter zweier Kinder, fährt Motorrad, trinkt gerne und ist glücklich verheiratet. Blums Leben ist gut. Doch plötzlich gerät dieses Leben durch den Unfalltod ihres Mannes aus den Fugen. Vor ihren Augen wird Mark überfahren. Fahrerflucht. Alles bricht auseinander. Das Wichtigste in ihrem Leben ist plötzlich nicht mehr da. Durch Zufall findet sie heraus, dass mehr hinter dem Unfall ihres Mannes steckt, dass fünf einflussreiche Menschen seinen Tod wollten. Blum sucht Rache.

Totenhaus

Thriller

416 Seiten, btb 71442

Die Jägerin wird zur Gejagten

»Totenhaus von Bernhard Aichner liegt irgendwo zwischen *Shining* und *Alice im Wunderland* auf Speed. Betörend verstörend schön.«
3SAT KULTURZEIT

Totenrausch

Thriller

496 Seiten, btb 71694

Das furiose Finale der Totenfrau-Trilogie

Die Frau, die in das Büro eines Hamburger Zuhälters stürmt, ist verzweifelt. »Ich brauche Pässe für mich und meine zwei Kinder«, sagt sie. Und: »Wenn du mir hilfst, werde ich jemanden für dich töten.« Es wäre nicht das erste Mal ...